Ceux qui meurent

Grégory Laignel

Ceux qui meurent

Éditions ouest france

Pour mon petit-fils Elio

Liste des principaux personnages

Personnel du centre des Ormeaux

Alain Lepigouchet : directeur (49 ans)
Fabienne Faure : intendante (58 ans)
Philippe Jaffré : responsable du personnel (42 ans)
Erwan Le Roux : employé à l'accueil (27 ans)
Romain Jouannet : kiné (42 ans)
Ludovic Ollivier : kiné (43 ans)
Amélie Landron : infirmière (24 ans)
Stéphanie Lecorre : aide-soignante (55 ans)
Charles Abgrall : jardinier/homme d'entretien (53 ans)
Kévin Gapaillard : cuisinier (32 ans)
Sylvie Vaudoré : aide-cuisinière (28 ans)
Gilles Hervieu : serveur (43 ans)
Séverine Beauverger : femme de ménage (35 ans)

Pensionnaires des Ormeaux

Théodore Dagorn (50 ans)
Didier Grosjean (70 ans)
Isidore Ndiaye (60 ans)
François Lamour (62 ans)
Angélique Desmon (66 ans)
Camille Rochebonne (70 ans)
Jacqueline Guillemot (43 ans)
Danielle Le Tallec (60 ans)
Rachel Kaufman (83 ans)
Delphine Even (57 ans)
Jacques Tanguy (75 ans)

Forces de police

Antoine Derouin : commissaire du SRPJ de Rennes (53 ans)
Patrice Hascouet : commandant de police (59 ans)
Noémie Le Tallec : capitaine de police (35 ans)
Alexis Hamon, dit « Yeux bleus » : lieutenant de police (31 ans)
Guillaume Guillou, dit « Guigui » : lieutenant de police (45 ans)
Sébastien Guégan : médecin légiste (50 ans)

Autres

Suzanne Bibollet : psychiatre
M. Robic : ostréiculteur à Sarzeau
Alexandre Montfort : agent immobilier, ex de Noémie Le Tallec (36 ans)
Docteur Desvages : professeur de médecine à l'hôpital Pontchaillou de Rennes

Flâneries

Pour un homme tel que lui, l'inaction, ou plutôt le désœuvrement, était un supplice d'une tristesse absolue.

Théodore Dagorn avait 50 ans et d'ordinaire était connu pour être dynamique et sans cesse affairé. Il le serait toujours si un malencontreux accident de la route ne l'avait pas brisé neuf mois auparavant. « Brisé » était le mot adéquat, quoique « broyé » aurait pu convenir pour parler de sa rotule droite, ou encore « cassé » pour décrire sa clavicule gauche, ou même « arrachés » pour les ligaments de l'épaule, ainsi que « fissuré » pour son humérus…

« *Voilà qu'on m'amène un homme en kit !* » s'était exclamé le chirurgien à son arrivée en ambulance au CHU de Caen. « *Il va être encore plus ardu à remonter qu'une commode IKEA* ». Par bonheur, ce praticien avait plus de talent pour la chirurgie réparatrice que pour l'humour et il avait fait des merveilles. Deux mois à l'hôpital et près de trois au centre de rééducation fonctionnelle de Granville avaient permis à Dagorn de retrouver une partie de sa motricité.

Pour parfaire sa convalescence, un médecin lui avait conseillé de se rétablir dans un établissement privé au sud du golfe du Morbihan, dans la péninsule de Rhuys, sur la commune de Sarzeau : la résidence des Ormeaux était un centre de soins de suite et de réadaptation, un lieu discret réservé à des patients fortunés.

Le quinquagénaire avait suivi son conseil.

À force d'enchaîner les séances de kiné et d'ingurgiter des antidouleurs pendant quatre mois, à force de ténacité et de courage, Dagorn avait fait des progrès notables. Il pouvait désormais se déplacer seul, un bras maintenu par une attelle Dujarrier et l'autre appuyé sur une canne.

Cet homme n'était pas fait pour rester immobile. Il n'était pas conçu pour, en quelque sorte. C'était le genre de type qui avait toujours besoin d'être en mouvement et en activité. C'est dire si cette période d'hospitalisation avait été un calvaire pour lui.

Lorsque le chirurgien lui avait enfin donné la permission de se promener, il ne se l'était pas fait dire deux fois. Ce fut une véritable libération pour lui.

Dès qu'il le pouvait, il empruntait le circuit pédestre le long de la pointe de Bernon, un petit chemin longeant le rivage encadré par les fougères, les grandes ciguës et les ajoncs, sous la ramure épaisse des chênes et des pins maritimes.

Ses sorties étaient encore de courte durée, car il se déplaçait de façon maladroite, tel un pantin manipulé par un marionnettiste fin saoul. Sa démarche était saccadée et hésitante, tant son genou restait douloureux, l'obligeant à faire de nombreuses haltes.

Il appréciait tout particulièrement un endroit sur cette pointe, tout près d'une crique sableuse envahie par le goémon. Il s'asseyait sous un grand chêne aux branches noueuses et tordues lentement colonisées par un immense lierre conquérant, et il se mettait à rêvasser. Quand le corps ne peut plus vagabonder, il faut savoir laisser cette possibilité à son esprit.

Il se remémorait parfois une ancienne lecture de l'ouvrage d'un dénommé Mircea Eliade[1] qui parlait de la

1. Mircea Eliade, *Le chamanisme et les techniques archaïques de l'extase.*

lointaine Sibérie et de certains chamanes toungouses capables d'entreprendre des vols magiques. Après une phase de transe et d'extase, paraît-il que leur âme parvient à quitter l'enveloppe corporelle pour s'envoler vers d'autres cieux. Dagorn était un homme rationnel, un cartésien pur et dur qui ne croyait pas en ce genre de légendes. Cependant, l'espace d'un instant, il aurait aimé y croire et surtout pouvoir bénéficier de ce même don. Que n'aurait-il pas donné pour abandonner son corps meurtri et invalide afin de pouvoir se mouvoir tout à son aise ?

À défaut de voler, il se contentait d'admirer le paysage de son petit promontoire. Ses yeux le faisaient voyager d'une certaine manière, virevoltant de l'île Godec, entourée de parcs à huîtres, à la minuscule île aux Œufs, à sa droite, en passant par l'île Iluric. À sa gauche, plus éloignés, il devinait les rivages de l'île aux Moines et de l'île d'Arz. Il s'étonnait toujours que, bien que face à un golfe, la ligne d'horizon soit remplie par des îles ou des îlots et non par la mer.

Dagorn trouvait que la nature avait su répartir avec justesse l'élément terrestre et l'élément aquatique ; elle avait dû passer du temps pour créer cela, comme un peintre qui aurait voulu coucher sur sa toile le paysage le plus harmonieux. En cette fin juillet si chaude, il jugeait que la scène observée tenait plus de la peinture impressionniste que réaliste : la mer paraissait argentée, le ciel était d'un bleu clair monochrome et vierge de tout nuage intrusif, le granit gris sous ce soleil ardent palissait à vue d'œil et tout un panel de verts s'étalait dans ce panorama majestueux. À croire que Dame Nature avait utilisé toute sa palette de couleurs, du vert empire, bouteille, olive, citron, kaki, mine, irlandais et tant d'autres encore, pour teinter les ormes, les pins de Monterey, les cyprès de Lambert, les chênes, les vasières, les prairies et les fougères. Dans cette toile hors norme, la présence humaine se devinait au loin par quelques taches blanchâtres : les coques des embarcations fendant les eaux ou les façades de certaines maisons perçant à travers la végétation.

Seize heures venaient de sonner.

Il n'était plus temps de rêvasser. Il fallait songer à reprendre cette marche pénible pour regagner la résidence. Théodore Dagorn se mit à avancer, claudiquant affreusement, et emprunta le sentier allant vers le sud. Au loin, sur sa gauche, la pointe du Ruault se découpait dans le ciel.

Il longea bientôt un solide grillage renforcé par une épaisse haie de troènes et ouvrit le portillon donnant sur le parc des « Ormeaux ».

Ce parc était vaste et bien dissimulé au regard des randonneurs. Personne, à partir du sentier pédestre, n'aurait pu se douter qu'il y avait là un domaine aussi étendu, avec un gazon anglais impeccable agrémenté de bosquets composés de tamaris et de pins maritimes.

Ce parc servait d'écrin à un bijou architectural, un vieux manoir construit au début du XIXe siècle par un négociant de Vannes. Le bâtiment était dans le plus pur style néo-classique avec une symétrie parfaite, de grandes baies vitrées, un fronton et une suite de pilastres. La seule fausse note à cet ensemble était la disposition harpée en pierre de granit gris au niveau des chaînes d'angle et des ouvertures, ce qui alourdissait la façade.

À la fin des années 1990, un éminent professeur de médecine s'était porté acquéreur du manoir et y avait rajouté une extension moderne afin de pouvoir y installer un centre de soins de suite et de réadaptation, mais un centre résolument haut de gamme. À l'origine, seuls des accidentés de la route ou les personnes ayant subi des opérations lourdes pouvaient y séjourner. Puis la sélection se fit plus large et plus clémente avec la nouvelle direction, acceptant des dépressifs en recherche de repos, des personnes en surpoids voulant maigrir ou des alcooliques en sevrage. En fait, le seul vrai critère de sélection pour entrer aux Ormeaux était que les patients de tout ordre aient de quoi se payer les tarifs élevés de l'établissement.

C'était le cas de Théodore Dagorn, professeur à l'université de Rennes, et unique héritier d'un opulent céréalier du Bessin, un homme qui n'avait jamais connu de fins de mois difficiles en somme.

Après avoir dépassé un saule pleureur qui laissait nonchalamment ses feuilles lécher la surface d'un petit plan d'eau, il retrouva l'allée sinueuse qui le mena jusqu'au manoir.

En traversant le parking des visiteurs, l'homme marqua un temps d'arrêt. Quelque chose avait attiré son attention. Depuis quatre mois qu'il séjournait aux Ormeaux, il avait eu le temps de voir et d'identifier les proches qui venaient rencontrer les pensionnaires. Pourtant, aujourd'hui, il remarqua aussitôt que trois nouveaux véhicules stationnaient au milieu des autres. Un autre que lui serait passé par ce parking sans rien déceler, mais pas Dagorn. Ce n'était pas son genre.

Il faut préciser que cet homme avait un sens de l'observation hors norme. Ce n'était pas une vue de l'esprit que de dire qu'il était capable de repérer tout ce qu'il y avait dans son environnement proche, même les plus infimes détails. Pour s'en convaincre, il suffit de narrer une anecdote qu'il avait vécue en arpentant les galeries du Musée du Louvre avec un ami. Ils étaient tous deux en train de contempler *La Joconde.* Le regard de son compagnon s'était principalement attardé sur la figure et le sourire de Mona Lisa, comme tout un chacun. Dagorn, lui, avait fait de même, mais presque instantanément, son œil avait repéré des points de détail à l'arrière-plan, comme la présence d'un pont et d'un lac, ou le fait que la ligne d'horizon à gauche du visage n'était pas à la même hauteur qu'à droite.

Il ne se contentait pas de voir les choses, il observait vraiment, avec précision, repérant les vétilles ou démasquant les intrus. Rien ne paraissait pouvoir lui échapper. Il avait le regard si aiguisé qu'il accrochait, agrippait tous les détails qui passaient à sa portée.

Un des trois véhicules l'intrigua tout particulièrement.

Il décida d'en avoir le cœur net en entrant dans le manoir.

Le quinquagénaire poussa avec quelque peine la lourde porte en bois de châtaignier, agrémentée de ferrures fraîchement polies. Il pénétra dans le grand hall d'entrée au décorum fastueux, quoiqu'un peu surchargé, avec un charme étrangement désuet. La première image que la vue de cet endroit avait fait naître en lui à son arrivée était celle d'un lieu qui affichait à la fois le caractère chic d'un club de gentlemen londoniens et le ridicule ostentatoire d'un lupanar de la Belle Époque.

Le salon de thé à sa droite ne dépareillait pas de l'ensemble avec ses murs couverts de boiseries et ses gros fauteuils chesterfield en cuir aussi pansus que confortables. Cette pièce aurait pu être sans fausse note si on n'y avait pas rajouté, par fantaisie ou par provocation, de grandes tentures bariolées et des colonnes dorées avec excès, sans parler des statuettes d'angelots dénudés étalant leurs bourrelets disgracieux à la vue de tous.

Dagorn bifurqua vers le salon de thé et s'avança entre les tables en s'appuyant péniblement sur sa canne, rendant sa démarche quelque peu risible. Cet homme était pourtant normalement de belle prestance. Sa grande taille, ses épaules larges et son allure légèrement rigide le rendaient imposant. Il était toujours élégant et aujourd'hui, il ne faisait pas exception avec son pantalon en tweed beige, ses mocassins et son polo bordeaux impeccablement repassé. En le voyant, certains moqueurs ne pouvaient s'empêcher de trouver qu'il avait un look terriblement *old school*, faussement aristocratique, un look qui se mariait très bien avec le décor suranné des lieux.

Il marchait avec une lenteur voulue, pas seulement à cause de sa jambe invalide, mais surtout pour prendre le temps d'observer autour de lui. Son regard survolait la pièce, retrouvant les figures habituelles et découvrant les nouveaux visages. Sans en avoir l'air, il s'attardait sur eux, détectant différents aspects de leur physique. À cet instant, ses yeux n'avaient rien à envier à un appareil optique doté de numérisation tridimensionnelle. Il scannait chaque être, classait les informations prélevées et les analysait avec méthode. Il repéra bientôt un fauteuil vide, juste à côté d'une femme d'une trentaine d'années, les cheveux châtains attachés en queue de cheval, vêtue d'une veste en jean, qui avait les jambes croisées. Il y avait d'autres places libres dans le salon de thé, mais il avait choisi précisément celle-ci. Il s'assit assez pesamment dans le chesterfield, ravi de délester enfin son unique jambe valide de tout le poids de son corps. Il positionna au mieux son attelle Dujarrier contre la petite table ronde et patienta le temps nécessaire.

À trois mètres de lui, deux vieilles rombières n'avaient rien manqué de son manège. Elles se mirent aussitôt à chuchoter, sans cesser de lorgner dans sa direction. Il ne les entendait pas, mais savait pertinemment ce qu'elles se disaient. Mme Desmon, celle qui était en fauteuil roulant, n'était pas connue dans la résidence pour sa bienveillance. Quant à sa voisine, la mère Rochebonne, qui se remettait avec peine d'une fracture du col du fémur, elle ne valait guère mieux. Ces deux-là étaient des pies qui, en comparaison, auraient fait passer Aello, Ocypète et Podarge[2] pour des rosières[3]. Leurs langues venimeuses et leurs esprits tordus devaient s'emballer pour conclure qu'il s'était installé ici dans le seul but de flirter avec une plus jeune que lui.

Elles se trompaient lourdement.

Bien qu'il soit encore bel homme, Théodore Dagorn n'avait pas l'âme d'un coureur de jupons et ne l'avait jamais été.

Il est vrai qu'il s'était intentionnellement installé près de cette femme, mais pas le moins du monde pour la séduire.

Il s'était assis à cette place pour jouer à son jeu favori après celui de l'observation : le jeu de la déduction.

---

2. Harpyes de la mythologie grecque.

3. Jeune fille qui, autrefois, était récompensée dans les villages pour sa réputation vertueuse.

La rencontre

Contre toute attente et sans préliminaires, c'est la femme à la queue de cheval qui prit la parole en premier sur un ton franc et éclatant :

— Eh bien, pour être esquinté, on peut dire que vous êtes esquinté. À vous voir comme cela, on se demande si vous n'êtes pas un personnage sorti tout droit d'un tableau de Picasso. Ou alors vous êtes un type qui est resté coincé dans sa voiture lorsque César a fait une compression.

Et dans la foulée, elle se mit à rire sans retenue, ce qui laissa d'abord Dagorn sans voix.

Un humour corrosif, un esprit libre et un discours direct ! Voici un cocktail détonnant et surprenant qui n'était pas pour lui déplaire. Il aimait les personnes au caractère bien trempé qui n'y allaient pas par quatre chemins pour s'exprimer. Il avait déjà rencontré une femme autrefois avec un tel tempérament, et cela lui avait tellement plu qu'il en avait fait son épouse.

Il finit par répondre, tout en essayant d'user du même ton mordant pour ne pas être en reste :

— Vous savez, si vous êtes étonnée dès que vous voyez un invalide, vous n'avez pas fini d'être surprise aujourd'hui. Au cas où vous ne l'auriez pas remarqué, vous êtes dans une maison de convalescence ici. À mon avis, vous risquez de croiser plus d'un impotent.

Elle sourit sans rien ajouter. Un petit sourire énigmatique qui conférait à son visage une certaine grâce majestueuse.

Dagorn la dévisagea, lui trouvant quelques ressemblances avec le buste de Néfertiti qu'il avait eu l'occasion d'admirer au *Ägyptisches Museum* de Berlin, le même port de tête avec un cou assez long et menu, des sourcils légèrement arqués, le nez affiné et les pommettes rehaussées. Avec ses yeux effilés comme deux petites feuilles de lauriers-fleurs, elle paraissait avoir un regard détaché et secret.

Cette femme porta son verre à ses lèvres et avala le reste de sa bière d'une lampée.

L'unique serveur du salon de thé, prénommé Gilles, avait vu son geste. Et comme s'il avait pris cela pour un signal, il s'était approché d'elle sans attendre. Sa démarche était rapide et pourtant, étrangement silencieuse, donnant l'impression qu'il glissait sur le parquet.

— Mme Le Tallec, je vous sers autre chose ? demanda-t-il d'une voix enrouée.

— Oui, une autre pression, s'il vous plaît.

Il débarrassa le verre, puis passa par habitude un coup de chiffon sur la table en acajou. Il s'adressa bientôt à l'homme :

— Et vous, M. Dagorn, vous désirez boire ou manger ?

Depuis le temps qu'il le fréquentait, il s'étonnait toujours du visage terne et sans fantaisie qu'affichait constamment ce serveur. Il avait le regard mou où ne brillait ni joie ni entrain. On sentait qu'il était aimable et prévenant par professionnalisme et aucunement par nature.

Tout faisait strict chez lui, même sa silhouette longiligne, cintrée dans une imitation d'uniforme de majordome.

— Je veux bien du porto de votre réserve, du 20 ans d'âge, s'il vous en reste.

— Certainement. Du Tawny ou du Ruby ?

— Du Tawny, s'il vous plaît.

— Avec glaçon ?

— Surtout pas, malheureux ! lâcha-t-il avec horreur. Vous allez me le noyer. Servez-le juste dans un verre frappé.

— Bien, monsieur.

Le serveur revint bientôt avec les consommations, tenant son plateau d'une manière un peu martiale.

Dagorn leva son verre, regarda le liquide d'un bel ambre rougeâtre et ne bouda pas son plaisir d'y tremper les lèvres. Il perçut en fin de bouche un très léger goût de chêne et de vanille grillée qu'il savoura un moment avant de prendre la parole.

Il attendait cet instant avec une impatience mal dissimulée. C'était à son tour d'être franc du collier. Il se tourna vers la femme et lui lança à brûle-pourpoint :

— Je croyais que les membres des forces de l'ordre ne pouvaient pas boire durant les heures de service ?

— Pardon ?

Elle fit une moue, très fugace, qui releva ses lèvres fines et rosées.

— Vous êtes bien policière ? insista-t-il, tout en connaissant très bien la réponse.

— Qui vous l'a dit ? lâcha-t-elle sans masquer une petite contrariété.

— Personne. Enfin si, c'est moi…

— Comment cela, c'est vous ?

— Je veux dire que c'est ce que j'ai deviné, dit-il, non sans une certaine fierté enfantine.

— Ah bon, parce que vous trouvez que j'ai une tête de flic ?

— Ce n'est pas ce que j'ai dit. Ce n'était pas du tout par rapport à votre physionomie que j'ai annoncé que vous étiez policière, seulement par déduction.

— Vous pourriez vous montrer un peu plus clair ? Je n'y comprends rien.

C'était le moment qu'il attendait : pouvoir expliquer son raisonnement. Son épouse lui en avait souvent fait le reproche, qu'il aimait trop étaler ses facultés pour éblouir les gens. C'était de l'orgueil mal placé, lui disait-elle, « tu vas finir par passer pour un con présomptueux à force ».

Mais il s'en moquait. Il savourait — presque autant que le bon porto — les instants où il pouvait détailler sa démonstration aux personnes à l'esprit moins vif que le sien :

— Voyez-vous, madame, en passant tout à l'heure près du parking des visiteurs, j'ai remarqué trois véhicules que je n'avais encore jamais vus aux Ormeaux : la camionnette Volkswagen d'un artisan, d'un peintre en bâtiment exactement ; une Super 5 datant d'une époque antédiluvienne et qui a plus de points de rouille sur sa carrosserie que le visage d'un roux a de taches de rousseur ; et pour finir, une Peugeot 3008 relativement neuve, qui s'avère être la vôtre.

— Qu'en savez-vous ? rétorqua-t-elle.

— J'y viens, j'y viens, souffla-t-il impatient. Dans la 3008, près du tableau de bord, j'ai remarqué deux stylos.

— Vous avez l'œil.

— C'est ainsi, je suis très observateur. Mais revenons à nos moutons, ou à nos stylos. Ce sont des stylos floqués de noms d'associations. L'un était au nom du syndicat de police *Alliance* et l'autre d'*Orphéopolis*, l'institution qui s'occupe des orphelins de cette corporation. Cela me paraît légitime de croire que celui — ou celle — qui conduit ce genre de véhicule fait partie des forces de l'ordre.

— Ça se tient.

Il prit cette phrase laconique pour un encouragement à poursuivre :

— En entrant dans cette salle, à 16 h 30, je savais que j'y trouverais une bonne partie des pensionnaires pour le goûter. J'avais également des chances d'y voir les visiteurs, puisque c'est ici que se font la plupart des rencontres. J'ai tout de suite repéré trois nouveaux visages. Tout d'abord celui de cet individu au pull rouge, au visage rond et au crâne nu que vous voyez parler à M. Grosjean, un ancien entrepreneur dans le bâtiment, qui a été amputé d'une jambe il y a quatre mois. Ce chauve porte aux pieds des chaussures de sécurité et sur le bracelet de sa montre, j'ai remarqué deux taches de peinture. J'en déduis tout naturellement que c'est l'artisan. Après avoir fini un chantier dans le coin, il a dû faire un petit détour pour visiter une connaissance, sans prendre le temps de se changer, sauf d'enlever sa combinaison, mais pas ses chaussures.

Il se tut le temps de siroter une gorgée de porto et reprit son discours, sur un ton toujours aussi docte :

— Vous voyez, près de la baie vitrée, ce jeune guitariste dans son mauvais costume gris qui discute, l'air tout péteux, avec cette matrone très maquillée et aux cheveux teints ?

— Comment savez-vous qu'il est guitariste ? Vous avez vu son instrument ?

— Pas la peine, glissa-t-il en faisant virevolter sa main valide dans les airs comme pour chasser des mouches invisibles. En passant près de lui, j'ai aperçu que les ongles de sa main droite sont longs et ceux de sa main gauche sont courts et bien taillés. Il n'y a que les guitaristes qui font ainsi, lâcha-t-il rapidement comme s'il ne voulait pas perdre de temps avec ce genre d'évidence.

— Admettons qu'il soit guitariste, il est peut-être aussi flic ?

— Le cas est envisageable, mais vite réfutable. Regardez-le, il est tout mince et tout rachetot. Je ne pense pas qu'il ait le gabarit exigé pour entrer dans la police. En outre, il est attifé comme l'as de pique avec un costume d'une trentaine d'euros acheté chez Tati ou dans un magasin du même acabit. Ses chaussures n'ont pas d'âge et sont cirées à l'excès pour masquer les affres du temps. Nul doute que la Super 5 toute décatie est la sienne. De plus, j'ai remarqué que de petits bouts de cheveux parsèment son cou et le haut de ses épaules, signe qu'il sort de chez le coiffeur. Je ne le connais pas, mais je suis prêt à parier qu'il est fauché comme les blés et qu'il est venu se faire bien voir de sa riche tata ou grand-mère, en se faisant beau pour l'occasion, espérant glaner quelques sous.

— Qui vous dit qu'elle est riche ?

— Voyons, madame, pour avoir le privilège d'être soigné dans cette maison de convalescence, il ne faut pas être pauvre comme Job, et vous le savez amplement, j'en suis certain.

Elle ne répondit rien, se contentant d'ingurgiter une grosse rasade de bière. Lui, emporté par son élan, n'en finissait plus de parler :

— Donc, si on écarte les deux autres visiteurs, il ne reste plus que vous. J'ajoute en vous voyant tenir votre verre que vous êtes droitière et que votre veste qui vous enserre le corps enfle légèrement du côté gauche, un enflement dû sans doute à un holster d'épaule qui contient votre arme de service. CQFD.

Manifestement, l'homme était satisfait de lui et, en guise de récompense, il se mit à boire un peu de porto.

— Bravo, vous êtes malin, lâcha-t-elle d'une voix mécanique.

— Non, pas malin, j'estime juste posséder un bon sens de l'observation et également celui de la déduction.

— Un peu comme Sherlock Holmes, en fait ?

— Quitte à choisir un personnage de roman ayant des facultés analytiques assez développées, j'opterai davantage pour le chevalier Dupin[4], mais oui, vous avez raison, la comparaison peut se faire.

Noémie Le Tallec regardait son interlocuteur en train de se gargariser de sa démonstration. Elle se disait qu'il lui était antipathique au possible. Elle qui n'aimait pas les prétentieux, elle avait tiré le gros lot.

— Vous savez, madame, les gens se contentent de regarder. Ils regardent seulement, alors que moi, j'observe vraiment, j'étudie mon environnement, je dissèque tout, je remarque tout. Par exemple, ajouta-t-il en fermant les paupières, sauriez-vous dire quelle est la couleur de mes yeux ?

— Je n'en ai aucune idée, répliqua-t-elle froidement, et si vous pouviez savoir à quel point je m'en tamponne de la couleur de vos yeux.

— Bien sûr que vous ne savez pas, car, comme le commun des mortels, vous regardez, sans vraiment voir les choses, continua-t-il, les paupières toujours closes. Moi, je peux vous dire que vos iris sont d'un marron noisette sur leur bordure extérieure et sur la bordure intérieure, au plus près de la pupille, ils sont d'un vert léger, penchant vers le vert d'eau.

— D'accord, c'est concluant, vous êtes observateur. Grand bien vous fasse.

Elle avait parlé sur un ton qui ne cachait plus son exaspération. Elle se demandait sans doute comment elle pourrait se défaire de ce pot de colle qui jacassait sans fin.

— J'observe et ensuite, j'analyse les données, je les classifie, je les synthétise et j'en déduis quelque chose. C'est ce que disait Honoré de Balzac dans son roman

4. Personnage d'Edgar Allan Poe.

Louis Lambert : « Toute science humaine repose sur la déduction qui est une vision lente par laquelle on descend de la cause à l'effet, par laquelle on remonte de l'effet à la cause. » Chaque élément observé amène à une conclusion et c'est ainsi que, sans que l'autre n'ait seulement ouvert la bouche, j'en sais déjà beaucoup sur lui.

Cette dernière phrase fit mouche chez la jeune femme. Elle esquissa un sourire narquois, bien décidée à lui lancer un défi qu'elle jugeait impossible à relever :

— Très bien, puisque vous êtes si fort, monsieur le vantard, sauriez-vous en dire plus sur moi ? Sur ma vie ? Sur ma présence ici ? Rien que par observation et par déduction ?

À son tour de sourire. Il paraissait ravi de ce challenge.

— Je relève le gant avec plaisir, madame. Je vous vois pour la toute première fois et je sais que vous vous appelez Le Tallec.

— Facile, dit-elle en haussant les épaules, le serveur m'a appelé par mon nom.

— Je suppose que vous êtes bretonne.

Elle soupira sans retenue, avant de lâcher :

— En Bretagne, dans le golfe du Morbihan, vous rencontrez une *Le Tallec* et vous supposez qu'elle est bretonne ? Vous vous foutez de moi ! Ce n'est pas de la déduction, ça, c'est un jeu d'enfant. Je vous demande de m'épater et vous me décevez. Je m'attendais à bien mieux.

Il ne releva pas la remarque et poursuivit sa démonstration avec un calme olympien :

— Je vous devine anxieuse. Certains de vos ongles sont rongés — seulement quelques-uns, pas tous — ce qui me fait penser que vous n'êtes pas anxieuse de nature, néanmoins quelque chose vous tracasse en ce moment, au point de vous rendre onychophage.

— C'est possible. Et quelle serait la cause de mon anxiété d'après vous ?

— Je n'ai aucune certitude, seulement trois hypothèses.

— Lesquelles ?

— Cela pourrait être votre métier qui vous pose quelques soucis. Une enquête difficile ? Des supérieurs hiérarchiques qui vous embêtent ? Des rapports compliqués avec certains de vos collègues ? Que sais-je encore ?

— Et vos autres hypothèses ?

— Je crois que votre séparation récente avec votre conjoint ne vous laisse pas indifférente…

L'expression ahurie qui figea son visage lui prouva qu'il avait vu juste.

— Bordel de merde ! finit-elle par lâcher. Comment savez-vous cela ?

— Élémentaire, ma chère Le Tallec. J'ai remarqué à la base de votre annulaire gauche une marque plus blanche que sur le reste du doigt. De toute évidence, vous portiez il y a peu une alliance ou une bague de fiançailles. Si vous ne l'avez plus, c'est qu'il y a eu rupture récente.

La jeune femme semblait secouée. Elle se tut, but une longue gorgée pour se donner une contenance et, finalement, demanda d'une voix blanche :

— Et la dernière hypothèse ?

— J'ai déjà eu l'occasion de rencontrer dans cet établissement une certaine Danielle Le Tallec, une femme d'une soixantaine d'années, une femme intéressante et cultivée, une femme au caractère vif. Je suppose que c'est votre mère et que c'est elle que vous venez voir aujourd'hui. Je subodore également que les relations entre elle et vous ne sont pas au beau fixe.

— Pourquoi dites-vous cela ?

— Je suis à Sarzeau depuis plus de quatre mois et pas une fois, pas une seule, je ne vous ai entraperçue ici.

En outre, cela fait deux bières que vous patientez et votre mère n'a toujours pas daigné vous rejoindre. C'est là, ma foi, signe qu'il y a un froid entre vous.

Un silence pesant tomba soudain entre eux.

L'homme fut un peu déçu, s'attendant à une réaction plus positive de sa part. Il savait que ses conclusions n'étaient pas erronées et il aurait aimé qu'elle exprime un peu plus d'enthousiasme devant son don. Il n'ajouta rien, se consolant en buvant son porto.

— À mon tour !

Il y avait maintenant de la détermination mêlée à de la véhémence dans la voix de cette femme, le même ton qu'emploie un perdant qui veut sa revanche.

— À votre tour de quoi ?

— De vous prendre comme objet d'observation et de déduction.

— Vous voulez ? lâcha-t-il, non sans laisser échapper un ricanement bref.

— Vous ne m'en croyez pas capable ? Pourquoi ? Parce que je suis une femme ? Ou une flic ? Ou les deux ?

Il hocha plusieurs fois la tête de gauche à droite, sans cesser de sourire.

— Pas du tout. De ma vie, je n'ai jamais sous-estimé les capacités de la gent féminine. L'être le plus intelligent qu'il m'ait été donné de rencontrer dans ma vie était une femme, c'était même la mienne. Quant aux facultés de nos forces de l'ordre, je n'ai aucun préjugé sur elles.

— Alors, vous voulez bien ?

— Tout à l'heure, vous vous êtes prêtée de bonne grâce à mon petit jeu, il est de bonne guerre que je fasse de même.

Noémie Le Tallec décroisa les jambes, se positionna différemment sur son fauteuil, penchant le buste en avant. Son regard se fit plus sévère. Elle était prête :

— Alors, je sais que votre nom de famille est Dagorn, que vous avez la cinquantaine. Je ne doute pas que vous soyez moins pauvre que Job puisque, comme vous l'avez vous-même suggéré, pour être en convalescence dans cet établissement, il faut quelques moyens financiers. Votre polo *Lacoste* et le reste de votre tenue vestimentaire, quoiqu'un peu démodée, confirment ce que je viens de dire. Vous avez aussi parlé de votre épouse, mais seulement au passé. J'en déduis que vous êtes soit divorcé, soit veuf. Mais comme vous portez toujours votre alliance, chose que l'on fait rarement après un divorce, je suppose que vous êtes veuf.

— Pas mal, madame, pas mal du tout, dit-il avec une sincérité non feinte.

— Je suis sûre que vous êtes professeur, il n'y a qu'un professeur pour être persuadé d'avoir la science infuse, de tout savoir mieux que quiconque. Votre manière de vous habiller ne conviendrait pas à un collège, plutôt à une partie du corps enseignant qui se considère plus élitiste : peut-être prof à l'Université ou en classe préparatoire. Vous avez fait allusion à Balzac et à Edgar Allan Poe, peut-être êtes-vous professeur en lettres modernes ?

— Pour être exact, je dirai plutôt professeur de littérature.

— Et pour conclure, j'ajouterai que vous êtes imbu de vous-même et que votre prétention atteint des sommets qui donnent le vertige.

— Mince, ce n'est plus une déduction, c'est un portrait à charge que vous me peignez là.

— Appelez cela comme vous voulez, mais je persiste et je signe. Vous n'êtes qu'un pédant qui veut épater son monde.

Son visage mince se fendit d'un sourire indéfinissable. Il n'était nullement blessé par cette remarque, étant pleinement conscient de son principal défaut si souvent répété par sa défunte épouse. Il n'y avait pas à rechigner, elle avait vu juste, du moins dans les grandes lignes.

Il n'osait pas se l'avouer, mais il éprouvait un début d'admiration pour cette jeune personne qui se défendait avec tant d'aplomb et de répartie. Il aurait pu en rester là, mais en tant qu'universitaire habitué aux débats et aux controverses avec ses pairs, il aimait avoir le dernier mot :

— J'espère que vous vous trompez, car si je suis un pédant, qu'êtes-vous donc, madame ? Car, d'après Malebranche, les pédants sont « ceux qui, pour faire parade de leur fausse science, citent à tort et à travers toutes sortes d'auteurs, qui parlent simplement pour parler et pour se faire admirer des… sots. »

La réplique ne parut pas plaire à la jeune femme puisque sans attendre, elle quitta son fauteuil.

— Nous allons en rester là, si vous le voulez bien, lança-t-elle sèchement.

— Quel dommage ! Notre conversation était des plus agréables.

— Je crois que les types comme vous ne conversent jamais agréablement avec d'autres personnes parce qu'ils ne les voient pas comme des interlocuteurs, seulement comme des miroirs où ils espèrent apercevoir le reflet de leur soi-disant supériorité intellectuelle, surtout en bavardant avec des sottes.

— C'est joliment dit, mais je ne partage pas votre avis. Je ne vous considère nullement comme une sotte et j'ai réellement apprécié notre petit échange. Et s'il vous a importuné plus que de mesure, permettez-moi de payer vos consommations en guise de dédommagement.

— Si ça vous chante.

— Cela me ferait effectivement très plaisir.

Noémie n'ajouta rien d'autre. Elle fit un rapide signe de tête qu'il ne sut interpréter. Voulait-elle lui dire merci ou simplement au revoir ? Ou était-ce un simple hochement de dédain ?

La policière slaloma entre les tables et quitta le salon de thé. Elle s'aventura dans le hall, fit quelques pas et interpella l'employé en costume blanc qui paressait derrière le comptoir de l'accueil. Leur échange ne dura que très peu, mais suffisamment pour la contrarier. Dagorn la vit opérer un demi-tour, traverser de nouveau le hall avant de franchir la grande porte d'entrée. De toute évidence, ce n'était pas encore aujourd'hui qu'elle pourrait rencontrer sa mère.

Il s'apprêta à commander un autre porto lorsqu'il aperçut Mme Desmon et sa commère, toutes deux rigolardes, en train de lorgner dans sa direction. Pas besoin d'avoir le moindre don de déduction pour deviner de quoi ces deux mégères étaient en train de parler. Elles avaient vu Le Tallec partir fâchée et avaient dû en conclure qu'il venait de subir une déconvenue amoureuse. Mme Desmon ne put s'empêcher d'approcher avec son fauteuil roulant, sans doute dans l'espoir de récolter suffisamment de renseignements pour alimenter son ragot, à moins que ce ne soit juste pour le moquer.

Elle le salua assez mielleusement avant de déclarer d'un ton doucereux à vomir :

— Cette dame a semblé mécontente, j'espère que tout s'est passé comme vous le désiriez. Il faut dire que les jeunes d'aujourd'hui peuvent se montrer bien effrontées envers leurs aînés. J'espère que votre fâcherie sera sans conséquence et que vous pourrez vous revoir prochainement.

— Vous vous trompez, ma chère, cette jeune femme n'est pas partie courroucée. Elle et moi étions tranquillement en train d'échanger sur les écrits d'un des plus brillants esprits féminins du XIXe siècle, la trop méconnue

Cécile Fée. C'est elle, notamment, qui clamait que « la médisance naît souvent de la méchanceté, mais plus souvent encore du vide de l'esprit ». Une visionnaire cette Mme Fée, à croire qu'elle vous connaissait…

Dagorn se leva de son fauteuil du mieux qu'il put et, sans un regard pour la vieille infirme, il alla régler les consommations en boitillant. Il avait finalement renoncé à son second porto, mais cela ne le chagrinait pas, tout satisfait qu'il était d'avoir cloué le bec à cette pie.

Un si beau jardin

Pour Théodore Dagorn, les matinées à la résidence des Ormeaux étaient loin d'être de tout repos. Même si le cadre s'y prêtait, il n'était pas en villégiature, mais bien dans un centre de rééducation. Le protocole prévoyait qu'il se lève à 7 heures et prenne son petit déjeuner au plus vite pour être opérationnel à 8 heures dernier carat, l'heure à laquelle une aide-soignante venait le chercher. Il était amené à Romain Jouannet, son kiné attitré, dans ce qu'il appelait avec ironie sa salle de torture.

Romain était un homme robuste et énergique, affichant une jovialité permanente, qui paraissait parfois feinte. Cette bonne humeur était de rigueur parmi l'essentiel du personnel de l'établissement, sans doute exigée par la direction dans le cahier des charges du bon employé. Et c'est ainsi que, toujours avec le sourire, son kiné le massait vigoureusement ou le branchait à une multitude d'électrodes. Sans jamais se départir de ce sempiternel sourire, il lui faisait enchaîner divers exercices de renforcement musculaire avec l'objectif de ressusciter ses membres atrophiés. Ce n'était peut-être pas de la torture, mais il fallait reconnaître que son corps était malmené. Son seul moment de répit restait la balnéothérapie. Plongé dans une baignoire à jets, il appréciait sentir sa peau tressaillir sous ce feu d'artifice aquatique.

Vers 10 h 15, il était reconduit en fauteuil roulant dans sa chambre. Son corps, qui avait été malaxé et tiraillé en tous sens, s'étalait dans le fauteuil avec paresse et délice. Il semblait se diluer, telle une masse flasque qui n'a plus de consistance.

Sa chambre était la numéro 8, quoiqu'au lieu de chambre, il aurait été plus juste de parler d'appartement. Pour le prix exorbitant qu'ils devaient débourser, les pensionnaires avaient le droit à un meublé de taille modeste, mais bien agencé, fonctionnel, avec chambre, salon, sanitaires et kitchenette. Ce qui faisait que pour les personnes les plus réfractaires à la vie en collectivité, il était toujours possible, en dehors des heures de soins, d'être relativement indépendantes. Aller au restaurant, au salon de thé ou à la salle polyvalente demeurait une possibilité, sans être une obligation. Les plus agoraphobes des pensionnaires se satisfaisaient de ce fonctionnement et certains vivaient quasiment en ermite dans leur logement. Le règlement interne permettait également aux résidents d'aménager leur espace à leur guise, avec leur propre mobilier, bibelots et objets en tout genre. En somme, il suffisait d'un rien pour qu'ils se croient réellement chez eux.

L'aide-soignante dut prêter main-forte à Dagorn pour le lever de son fauteuil.

Il se sentit encore un peu las et il sollicita également son assistance pour se vêtir. Comme elle le connaissait pour être élégant et toujours bien apprêté, elle lui proposa un pantalon en flanelle beige, une chemise seyante et immaculée et, pour couronner le tout, un nœud papillon très fin d'un bordeaux assez sombre. Son renfort ne fut pas de trop pour lui enfiler son attelle Dujarrier. Forcément, cette écharpe de tissu jurait avec l'ensemble de sa tenue. Elle enlaidissait tout le reste, enlevait tout charme, un peu comme si on mettait à la *Vénus* de Milo deux prothèses en plastique pour remplacer les bras manquants. C'était une fausse note à l'harmonie de l'ensemble.

Une fois seul dans son appartement, il commença à se peigner devant son « miroir Restauration ». L'objet ne datait pas du tout de la période de la Restauration, il était plus tardif, du règne de Louis-Philippe exactement, avec ses lignes simples et son cadre doré à la feuille de cuivre. Il lui avait donné ce surnom par plaisanterie, car à chaque fois qu'il coiffait ses cheveux en bataille, qu'il recréait la raie sur le côté à la Cary Grant, il avait la sensation de restaurer sa physionomie initiale. Il retrouvait son aspect habituel, le vrai Théodore Dagorn en quelque sorte. Il avait les cheveux noirs grisonnants, aux tempes franchement argentées. Son visage était mince sans être émacié, son nez droit et volontaire. Ses yeux d'un vert très clair renvoyaient un regard vif et lumineux. La fossette sur son menton court amplifiait l'attrait de sa figure.

L'homme n'était plus de première jeunesse, mais il avait un charme certain et une noblesse de visage qu'auraient pu lui envier bien des godelureaux.

C'est pimpant et parfumé que Dagorn émergea de son logement pour déambuler au sein de la résidence. Il portait tout son poids sur sa canne au pommeau en corne, allant clopin-clopant dans un corridor aux murs lambrissés, doucement éclairé par des appliques d'imitation Art déco. Il suivait à son rythme un long tapis de velours rouge qui serpentait dans tout le rez-de-chaussée, tel un fil d'Ariane guidant les promeneurs dans ce dédale de couloirs. Par endroits, des boudoirs à l'ambiance feutrée étaient laissés à la disposition des pensionnaires pour jouer aux cartes, pour bouquiner ou pour discuter dans le calme.

En arpentant cet établissement cossu, on ne pouvait s'empêcher de faire le parallèle avec la première classe d'un transatlantique de la Belle Époque. On retrouvait la même atmosphère confinée et cosy, le même personnel aux petits soins d'une élite oisive et suffisante.

— Je vois que vous faites des progrès remarquables, M. Dagorn. Vous marchez de mieux en mieux. À ce rythme, dans quelques semaines, vous aurez la même démarche que James Stewart, un peu gauche, mais pleine d'une charmante nonchalance.

La femme qui venait de parler de sa voix éclatante se nommait Fabienne Faure, elle était la très compétente et appréciée intendante des Ormeaux.

— Madame, vous vous montrez bien indulgente avec moi. J'ai sans doute la démarche de James Stewart, mais seulement celle qu'il avait dans le film *Indiscrétions*, lorsque son personnage était fin saoul.

Elle répondit par un rire vibrant d'enthousiasme, propagé par une puissante cage thoracique. Il faut dire que Mme Faure était une personne de grande taille et bien charpentée.

Malgré une mâchoire carrée, elle avait un visage plutôt doux, sans doute dû à son regard bienveillant. C'était une dame de 58 ans pleine d'empathie pour les résidents, sachant être à leur écoute, sans que personne n'ait jamais rien à redire sur le sérieux de son travail. À aucun moment, Dagorn n'avait entendu qui que ce soit colporter des méchancetés ou des critiques sur elle, ce qui n'était que justice, puisqu'elle ne les aurait nullement méritées.

La seule chose qu'on se permettait de raconter sur elle, dans les couloirs des Ormeaux, était son histoire triste à faire pleurer les pierres. On la savait vieille fille, mais d'après les on-dit, elle aurait bien été mariée à une époque, avec M. Faure, un petit industriel originaire du Limousin. Comme elle n'avait jamais été capable de lui donner l'enfant qu'il désirait tant pour reprendre l'entreprise familiale, il l'avait quittée comme le salaud qu'il était et se serait remarié avec une autre femme, plus jeune et plus féconde. Toujours selon les commères du SSR, cet événement l'avait si profondément attristée qu'elle serait restée célibataire depuis, gardant le nom de famille de son ex-époux qu'elle n'aurait jamais cessé d'aimer. Cette histoire se répétait inlassablement au sein des murs du manoir, à l'arrivée de chaque nouveau pensionnaire, tel un vieil écho lancinant, sans que personne ne sache vraiment s'il y avait un soupçon de vérité dans tout cela. Le problème avec les rumeurs, c'est qu'elles se transformaient invariablement en phantasmes. Chacun pouvait rajouter dans ce type de ragot son grain de sel ou sa variante selon le public ou selon l'humeur du conteur.

Dagorn ne s'attardait pas sur ces histoires, préférant se faire son propre avis sur l'intendante. Il la jugeait gentille dans ses rapports avec les autres, pensionnaires comme employés, et efficace dans son métier. Il ne pouvait pas en dire autant de M. Lepigouchet, le directeur des Ormeaux. Un vrai cuistre qui gérait fort mal son centre, pas forcément par désintérêt, mais plutôt par incompétence. D'ailleurs, il déléguait l'essentiel de son travail à Mme Faure et au responsable du personnel, M. Jaffré.

Le professeur appréciait sincèrement discuter avec cette femme cultivée, aimant beaucoup la lecture. Ils s'attardèrent ce matin à parler des auteurs naturalistes du XIXe siècle. Ce genre de conversation était du miel pour lui, rien à voir avec le brouet insipide que lui servaient parfois certains résidents qui n'aimaient rien moins que digresser sur ce mois d'août particulièrement chaud et sec, ou sur les soucis de constipation d'untel.

Leur discussion achevée, Théodore Dagorn reprit sa lente déambulation, s'efforçant de mettre en mouvement sa jambe raide.

Il n'était alors que dans le couloir principal qu'il reconnut sa voix de loin. Il l'entendait très distinctement, bien qu'elle dût être dans le grand hall. Manifestement, elle était très remontée, pour que sa voix porte autant. Il s'avança d'une trentaine de mètres et put se rendre compte que son ouïe ne lui avait pas joué de tours. Sans se soucier le moins du monde du scandale, la jeune Le Tallec était plantée au milieu du hall en train de s'égosiller devant un homme chauve à l'embonpoint prononcé qui ne pouvait être que M. Lepigouchet. Cette femme paraissait furibonde et ne mâchait pas ses mots :

— Bordel ! Vous pouvez me dire où est ma mère ? Oui ou merde ?

Le pauvre directeur n'en menait pas large devant cette furie. Avec un mouchoir à carreaux, il ne cessait d'éponger son crâne moite. Il bredouillait des explications qui n'avaient pas l'air d'apaiser son interlocutrice.

— Je suis venue hier à 16 heures pour voir ma mère. On m'a dit qu'elle était partie lire dans votre foutu parc. À 17 heures, on m'a dit qu'elle n'était toujours pas rentrée, mais qu'il n'y avait pas de raison de m'inquiéter, qu'elle avait dû prolonger sa balade. Et ce matin, à 9 heures, votre établissement me téléphone pour me dire qu'elle n'était pas dans sa chambre et que son lit n'avait pas été défait de la nuit. Vous pensez que je peux m'inquiéter maintenant ?

— Mais, madame, je…

— Pourquoi vous ne m'avez pas appelée hier soir pour me prévenir ?

— Votre mère ne s'était pas inscrite au restaurant hier. Elle avait prévu de dîner seule dans sa chambre. En plus, elle n'avait pas de soin hier soir, ce qui fait que personne ne s'est aperçu de son absence…

— Putain ! Vous ne pouvez pas mieux surveiller vos résidents ?

— Mais enfin, madame, nous ne sommes pas dans une prison ici. Les pensionnaires sont libres d'aller où bon leur semble. Tant qu'ils sont à l'heure pour leurs soins, nous n'y trouvons rien à redire.

Cet esclandre avait immanquablement attiré l'attention de certains pensionnaires. Un attroupement s'était lentement formé dans le grand hall, à une distance raisonnable, mais bien assez proche pour capter l'essentiel de cette discussion houleuse.

Dagorn détestait ce genre de curiosité malsaine. Il comparait ces voyeurs à une meute de hyènes s'approchant d'une bête agonisante pour se repaître de sa chair encore frémissante. Eux aussi aimaient se repaître, mais du malheur ou de la colère des autres. C'était la même indiscrétion morbide qui poussait parfois des automobilistes à ralentir sur la route lorsqu'ils voyaient des voitures accidentées pour contempler la scène et, parfois, dans l'espoir secret d'entrapercevoir un corps ou du sang. Un tel spectacle les changeait sûrement de la monotonie morne de leur séjour et leur permettait d'alimenter leurs conversations pendant plusieurs jours au moins.

L'homme préféra s'éloigner de son pas incertain. Il gagna le salon de thé, presque vide à cette heure-ci.

Immobile à l'entrée, dans une attitude hiératique, le serveur sans joie l'accueillit avec servilité. Très mécaniquement, un sourire de façade se dessina sur sa figure :

— Bien le bonjour, M. Dagorn.

— Bonjour, Gilles ! Je vais aller sur la terrasse pour lire le journal.

— Très bien, je vous l'amène tout de suite. Désirez-vous boire un petit quelque chose ? Il n'est que 11 h 15, c'est peut-être un peu tôt pour votre porto ? lâcha-t-il d'une voix atone où affleurait tout de même un soupçon d'ironie.

Depuis quatre mois que le professeur hantait ce lieu, il était logique que le serveur finisse par connaître son péché mignon, mais de là à se permettre de lui faire une remarque, il trouvait cela totalement déplacé. Il lui répondit assez sèchement :

— Je prendrai effectivement un porto, si cela ne vous dérange pas. Et sans glace, mon porto, et sans commentaire, si possible.

Une moue vexée déforma la ligne stricte de ses lèvres.

— Je vous l'apporte sans tarder, monsieur, finit-il par concéder.

La terrasse était particulièrement agréable à cette heure de la journée. Orientée plein sud, elle était baignée d'une belle chaleur en fin de matinée. Elle était à deux pas du perron du manoir, offrant une vue digne d'une carte postale : un bosquet de tamaris, dont les branches ondulaient gracieusement, telles les plumes d'autruche d'un grand éventail, sous les effets d'Éole. La table était idéalement cachée derrière une rangée d'orangers du Mexique qui jouait efficacement son rôle de brise-vent.

Savourant son porto avec une lente volupté, le quinquagénaire lisait les pages de politique extérieure de son journal. Il était plongé dans un article sur la crise au Proche-Orient lorsqu'il entendit des éclats de voix qui se rapprochaient.

Soudain, il vit surgir sur le perron la jeune Le Tallec, le visage empourpré de colère. Derrière elle, suivait comme un petit chien perdu le directeur qui bafouillait des explications incompréhensibles. Un autre homme, plus posé, vint les rejoindre, vêtu d'un costume blanc en lin et les cheveux noirs, luisants et plaqués en arrière. Ce type qui ressemblait à un proxénète napolitain était M. Jaffré, le responsable du personnel. Ayant vu son directeur en difficulté, il avait jugé bon de venir en renfort.

— Mais où allez-vous, Mme Le Tallec ?

— Je vais fouiller votre foutu parc en long, en large et en travers, voir si je ne retrouve pas ma mère. Et vous, je vous conseille d'appeler la gendarmerie pour signaler une disparition.

— Allons, je suis sûr que vous dramatisez. Madame votre mère est seulement partie faire une balade. Elle se sera un peu trop éloignée et aura préféré dormir dans un hôtel au lieu de faire demi-tour. Je suis persuadé qu'il n'y a pas de quoi se faire de mauvais sang.

Ce n'était pas le genre de phrase à prononcer lors d'un tel moment. La policière répliqua sur-le-champ :

— Ah, vous pensez qu'elle est toujours en balade depuis hier après-midi ? Au cas où vous ne seriez pas au courant, ma mère a été opérée du bassin il y a deux mois. Vous ne croyez pas qu'il soit un peu tôt pour elle avec une prothèse de la hanche de faire un trek en pleine nature ? Je suis sûre qu'il lui est arrivé malheur.

Et sans attendre de réponse, elle dévala les marches du perron et s'aventura dans le parc en criant : « Maman ! ». Les deux hommes la regardèrent s'éloigner, un peu décontenancés. À l'abri derrière sa rangée d'arbustes, Dagorn entendit distinctement leur échange :

— Vous parlez d'une emmerdeuse, pesta Lepigouchet.

— Peut-être, mais une jolie emmerdeuse. C'est un beau brin de fille, commenta Jaffré en passant sa main sur ses cheveux brillants pour les rabattre.

— Jolie peut-être, mais surtout emmerdeuse.

— Que faisons-nous maintenant, monsieur ? s'inquiéta Philippe Jaffré.

— Qu'est-ce que vous voulez qu'on fasse ? Il faut lui filer un coup de main sinon elle est capable de nous faire chier à un point inimaginable. Vous rameutez tous les employés disponibles qu'on ratisse le domaine. C'est bien le diable si on ne retrouve pas sa mère.

— Et j'appelle les gendarmes comme elle l'a demandé ?

— Surtout pas ! Ce n'est pas elle qui donne les ordres ici ! Les Ormeaux n'ont pas besoin d'une mauvaise publicité. Si on appelle les flics, la presse va immanquablement le savoir et en ce moment, ce n'est pas ce qu'il nous faut. Les affaires vont déjà assez mal. On se débrouillera entre nous, avec nos moyens et avec nos employés.

Sur ce, M. Jaffré disparut à l'intérieur du manoir pour sonner le branle-bas. Moins de cinq minutes plus tard, une dizaine de personnes s'égailla dans le parc comme une volée de moineaux à la recherche de Danielle Le Tallec.

Après deux excellents portos, Dagorn se sentit particulièrement en jambe pour faire un petit tour sur le domaine. Rien de tel pour s'ouvrir l'appétit avant le déjeuner. Il traversa une grande étendue gazonnée encadrée de rosiers jaunes et longea un alignement de pins maritimes. Était-ce l'effet de l'alcool ou son kiné qui avait fait des merveilles ? Mais son genou lui paraissait moins raide que d'habitude, il le pliait très légèrement. Sa canne était toujours nécessaire. Pourtant, il sentait qu'il y avait du progrès.

Il venait de dépasser un kiosque à la peinture défraîchie lorsque, tout à coup, il y eut un cri terrible.

Un hurlement à vous glacer les sangs !

C'était tout près !

À dix mètres à peine, derrière le rideau de feuilles du grand saule pleureur, il aperçut une silhouette vêtue de blanc. Il s'approcha le plus vite qu'il put et découvrit une jeune infirmière aux cheveux blonds comme les blés qui pleurait pitoyablement.

— Que t'arrive-t-il, petite ? s'écria-t-il.

Elle n'était pas en mesure de répondre.

Le regard horrifié, elle ne put que dresser son bras en direction de la mare, l'index pointé. Dagorn s'avança pour voir ce qu'elle montrait ainsi. Et il réalisa que cette infirmière venait de retrouver Danielle Le Tallec. Celle-ci n'avait pas quitté le domaine, elle était juste ici, dans ce sous-bois.

D'un coup d'œil, il analysa cette scène macabre : un corps sans mouvement, allongé sur le ventre, en partie étendu dans l'eau vaseuse parmi les nénuphars. Au milieu du plan d'eau, un livre entrouvert était en équilibre sur deux gros cailloux. Le nez, les yeux, la bouche et le menton de cette dame étaient immergés, mais pas ses oreilles ni ses joues. Ses cheveux châtains étaient ensanglantés sur le côté droit de la tête. Un infime filet de sang avait coulé le long de sa tempe. Il avait coulé et pourtant…

Il remarqua tout de suite un détail incohérent. Il voulut s'approcher pour en avoir le cœur net, mais brusquement, la jeune Le Tallec surgit des broussailles en criant :

— Maman ! Maman ! Qu'est-ce qui t'es arrivé ?

Elle se jeta littéralement sur le corps. Elle paraissait avoir perdu tout sens commun, tirant sur la robe de sa mère pour essayer de la sortir de l'eau. À croire qu'elle ne réalisait pas qu'il n'y avait plus rien à faire

Le regard du professeur s'attarda sur les mollets et les talons du cadavre.

— Aidez-moi, bordel ! ordonna soudain la policière à Dagorn. Aidez-moi au lieu de rester planté !

Il ne bougea pas d'un iota, observant tour à tour l'arrière des cuisses, les épaules et les coudes de ce corps inerte.

Il venait de tout comprendre.

Il s'avança et empoigna avec vigueur le bras de la jeune Le Tallec :

— Arrêtez, madame ! Je ne pense pas que ce soit une bonne idée de la bouger.

Elle eut une expression impressionnante, une sorte de mimique de menace que seule une bête, qui sent ses petits en danger, serait capable de faire en retroussant les babines.

— Fermez-la, vous ! hurla-t-elle. Elle a dû faire un malaise et tomber dans l'eau. Elle a dû se cogner sur une pierre, mais on doit encore pouvoir la réanimer.

Le bras ne desserra pas son étreinte.

— Vous ne pouvez plus rien pour elle. Elle est morte ! Vous entendez ? Morte !

La jeune Le Tallec était visiblement en état de choc, ne semblant plus rien capter.

— Au lieu de dire des conneries, appelez le SAMU ! Je vous dis qu'on peut encore la réanimer, j'en suis sûre. Il faut expulser l'eau qu'elle a avalée et…

Dagorn l'empoignait toujours.

Il se pencha sur elle et lui lança sans l'ombre d'une hésitation :

— Votre mère ne s'est pas noyée !

— Quoi ? lâcha-t-elle ahurie, comme si elle entendait une aberration sans nom.

— Elle est morte ailleurs et quelqu'un a traîné son corps jusqu'ici…

Elle resta sans voix un bref instant avant d'éclater :

— Mais vous délirez. Vous dites n'importe quoi ! Vous n'êtes qu'un connard, un malade qui…

La voix du professeur se fit plus forte :

— Ressaisissez-vous ! Je vous dis que votre mère a été assassinée ! Vous entendez ? A-ssa-ssi-née !

Garde à vue

— Nom, prénom, âge ?

— Je me nomme Théodore Dagorn. J'ai 50 ans, mais je m'approche dangereusement de mes 51. À mon âge, on a la sensation que les années filent de plus en plus vite. Lachésis[5] déroule si rapidement le fil de ma vie que j'ai l'impression qu'elle veut me faire une sale blague.

Un jeune policier aux yeux bleus d'une clarté impressionnante se tenait en face de lui, tapant assez lentement sur le clavier de son ordinateur. Dagorn prit le temps de le dévisager. Cet homme qui s'était présenté sous le titre de « lieutenant Hamon » avait les traits très fins, les cheveux noir corbeau coupés courts. Sa bouche était bien dessinée, son menton petit, son nez un peu busqué. *Une vraie tête de mannequin*, pensa-t-il. Il ne savait pas si cet homme avait sa place dans un commissariat, mais il était persuadé que dans un défilé de mode, il n'aurait pas dépareillé. La seule chose qui l'intriguait était sa position sur sa chaise. Il était curieusement assis, d'une manière assez rigide, le buste exagérément droit.

— Vous ne voulez toujours pas appeler votre avocat ?

— Ce ne sera pas nécessaire, merci, répondit Dagorn en souriant.

— C'est vous qui voyez. Pourriez-vous me dire votre adresse ?

---

5. Nom d'une des trois Moires grecques qui surveillent le sort des hommes. La vie de chacun est représentée par un brin de laine filé par Clotho (la Fileuse), dévidé par Lachésis (le Sort) et coupé par Atropos (l'Inflexible).

— 24 rue des Jumeaux, 35760 Saint-Grégoire.

— Profession ?

— J'ai l'honneur d'être professeur de littérature à Rennes 2. Mais je suis en arrêt maladie depuis plusieurs mois.

Le temps que le fonctionnaire note ses réponses, le quinquagénaire jeta un coup d'œil circulaire sur cette minuscule pièce du SRPJ de Rennes éclairée par plusieurs néons. C'était un bureau étriqué sommairement décoré par des affiches de films, celle du *Cercle rouge*, des *Incorruptibles*, d'*Usual suspects*, de *Garde à vue* et de *Que dios nos perdone*. Seule intruse parmi ces affiches, une grande carte de la ville avait été épinglée sur un mur. Des monticules de dossiers recouvraient une table dans un coin. Juste à côté se trouvait une armoire avec des portes en métal fermées. Près de l'imprimante, il y avait une bouteille d'eau à moitié pleine. À quelques centimètres du clavier d'ordinateur, il vit une boîte de Doliprane et plusieurs stylos de différentes couleurs.

La porte s'ouvrit soudain, laissant entrer un homme trapu, d'une quarantaine d'années, au visage carré et nez cassé. Une forte odeur de tabac se propagea dans la pièce avec son arrivée. Sans dire un mot, l'homme prit place sur une chaise vide et jeta un coup d'œil sur l'écran de son collègue.

Le policier aux yeux bleus se crut obligé de dire :

— Voici le lieutenant Guillou. Il participera à votre audition.

L'homme trapu prit enfin la peine de glisser un bonjour. Sa voix était rauque et peu agréable. Dagorn remarqua, qu'à sa main droite, l'index et le majeur étaient jaunis. Il ne douta pas que ce gaillard était un fumeur, mais pas un occasionnel, plutôt un impénitent.

Le lieutenant Hamon prit un dossier et le feuilleta silencieusement. Il se tenait toujours d'une façon peu naturelle, trop raide sur sa chaise. Par moments, il montrait un mot ou une ligne du doigt à son collègue en chuchotant. L'autre donnait son point de vue de sa voix caverneuse. Les deux hommes devaient se mettre d'accord sur les points à aborder pour cet entretien.

Dagorn était particulièrement serein. Il se contentait de les scruter du regard, captant quelques grimaces de douleur sur le visage de « yeux bleus », apercevant un paquet de « Gauloises blondes sans filtre » qui dépassait d'une poche de la veste du fumeur.

— M. Dagorn, savez-vous pourquoi vous avez été placé en garde à vue ?

Cette fois, c'était parti ! Les préliminaires avaient été longs, mais, enfin, on entrait dans le vif du sujet.

— Oui, je suis ici suite à une petite erreur d'appréciation. Votre collègue Le Tallec a découvert sa mère sans vie et a cru que j'y étais pour quelque chose.

Il avait répondu d'une voix posée, un infime sourire aux lèvres.

— Je pense au contraire que le capitaine Le Tallec a eu raison de vous mettre en garde à vue, rétorqua Guillou, le regard dur.

— Je ne partage pas votre avis. Je pense que votre collègue, aveuglée par sa tristesse, a pris une décision à la légère. Mais sa peine est bien compréhensible et je ne lui en veux nullement.

Le lieutenant Hamon reprit la main. Sa voix était posée, mais ferme :

— À première vue, Danielle Le Tallec semblait avoir été prise d'un malaise et être tombée face la première dans le plan d'eau, se blessant à la tête et se noyant par la suite. C'est ce que le capitaine Le Tallec a cru sur le coup. Mais vous, presque aussitôt, vous lui avez annoncé qu'elle avait été tuée à un autre endroit, que le corps avait été transporté jusqu'à la mare pour faire croire à une noyade. C'est exact ?

— C'est effectivement ce que je lui ai dit.

Guillou intervint en haussant le ton d'un cran. Dagorn comprit qu'il avait changé de braquet et comptait se montrer plus offensif :

— Et vous ne pensez pas que seul le meurtrier était en mesure de savoir tout cela ?

— Et vous ne pensez pas que si j'avais été le meurtrier, je me serais bien abstenu de révéler tout cela ? rétorqua le professeur dans la foulée.

— Vous êtes gentil, mais les questions, c'est nous qui les posons ! Pas vous !

En prononçant cette phrase, Guillou avait brusquement avancé tout le haut de son corps, gardant le doigt pointé sur le prévenu. *Une manœuvre d'intimidation sans doute*, pensa Dagorn. Il avait senti en tout cas une désagréable haleine de tabac froid.

— Donc, je repose ma question. Comment pouvez-vous savoir, si vous n'étiez pas le meurtrier, qu'elle n'était pas morte dans la mare ?

— Nul besoin d'être sorti de la cuisse de Jupiter pour le savoir. Il suffit d'avoir un minimum le sens de l'observation et surtout avoir deux sous de jugeote.

— Vous pourriez être plus explicite ?

Un peu comme il le faisait devant ses étudiants, Dagorn prit une grande inspiration avant de se lancer dans un long argumentaire :

— Mme Le Tallec était partie hier pour lire dans le parc. Quand j'ai vu son corps allongé dans la mare, j'ai tout de suite remarqué que son livre était à cheval sur deux pierres, presque au centre du plan d'eau. C'est-à-dire à environ deux mètres d'elle. Si elle avait fait un malaise, le livre aurait été retrouvé tout près, et non aussi loin, ce qui veut dire que c'est elle, ou quelqu'un d'autre, qui a jeté le livre plus loin. En conséquence, il y avait quelque chose d'illogique. Mais surtout, j'ai remarqué qu'elle saignait au-dessus de la tempe droite. Du sang avait coulé et séché… Comme elle a été retrouvée morte sur le ventre, le sang aurait dû, en toute logique, perler vers le bas, vers son nez ou ses yeux. Sauf que là, le sang avait coulé vers ses oreilles, vers le haut quoi, ce qui est impossible, car cela va à l'encontre de la gravité… Quand j'ai repéré cela, j'ai voulu vérifier les lividités cadavériques et…

Alexis Hamon l'interrompit :

— Les lividités cadavériques ? Vous connaissez cela, vous ?

— Bien sûr, je lis énormément, je m'informe au quotidien. J'aime apprendre, en savoir plus. La vie ne vaut d'être vécue que si on se cultive, si on s'enrichit chaque jour. Et il m'est déjà arrivé de feuilleter un ouvrage de M. Durigon sur la pratique médico-légale et j'ai enregistré les informations essentielles.

— À chacun ses hobbies, commenta-t-il en ricanant. Poursuivez !

— La goutte de sang qui « remonte » m'avait déjà mis la puce à l'oreille, mais en examinant les lividités cadavériques, je n'ai plus eu de doute.

— Expliquez-vous.

— Lorsque la mort survient, la circulation sanguine cesse bien évidemment et le sang ne se déplace plus que sous l'effet de la pesanteur. Il s'accumule peu à peu dans les parties basses du corps. Et vous savez mieux que moi que des sortes de marbrures violâtres se fixent sur la peau. Et pour Mme Le Tallec, j'ai retrouvé ces marbrures à l'arrière des épaules et des cuisses, aux coudes, aux mollets et aux talons. Ce qui ne signifie qu'une seule chose, que son cadavre était resté longtemps allongé sur le dos, le temps que les lividités cadavériques apparaissent. Et pourtant, dans cette mare, le corps était sur le ventre. Avec tous ces éléments observés, c'était devenu un jeu d'enfant de déduire ce qui s'était réellement déroulé. Elle est morte d'une façon ou d'une autre, peut-être par cette blessure à la tempe, mais je n'ai aucune certitude sur ce point. Votre médecin légiste saura le dire mieux que moi. Le corps est resté un bon moment sur le dos. Puis son meurtrier a bougé le cadavre jusqu'à la mare, l'a mis sur le ventre, le nez dans l'eau, pour faire croire qu'elle s'était noyée. Il a dû aussi jeter le livre dans l'eau pour faire croire qu'elle avait eu un malaise en lisant.

— Et comment expliquez-vous que le livre soit sur des pierres et non plongé dans l'eau ?

— Je ne sais pas, peut-être qu'il faisait nuit lorsque le corps a été déplacé et que le meurtrier n'a pas vu où il avait jeté le livre. Il a sans doute pensé qu'il avait coulé au lieu de rester naufragé sur des cailloux.

— Vous en savez des choses, ajouta Guillou. Mais qu'est-ce qui nous dit que vous ne nous racontez pas tout cela pour vous dédouaner ? Qu'est-ce qui nous dit que ce n'est pas vous qui avez tout manigancé et bougé le corps.

— Et comment aurais-je fait ? lui dit-il en montrant son attelle. Par l'action du Saint-Esprit ? Mme Le Tallec devait peser à vue de nez entre 50 et 60 kilos. J'aurais bien été incapable de la déplacer à la force d'un seul bras.

— Pourquoi pas ? Vous êtes un homme robuste. Vous devez être solide et résistant.

— Pas à ce point-là. En tout cas, ce n'est pas comme cela que me voit mon kiné. Il dit que je suis trop douillet et que je m'écoute trop, déclara Dagorn en riant.

— Je maintiens que vous avez pu le faire, insista Guillou.

Le professeur reprit son sérieux. Le visage impassible, il exposa son point de vue :

— Messieurs, depuis le commencement, vos dires ne reposent que des suppositions et non sur des faits. Vous émettez des hypothèses que je n'ai aucun mal à battre en brèche. Devant un juge d'instruction, vous savez que l'ensemble de vos accusations s'effondrerait comme un château de cartes. Je comprends que, par solidarité avec le capitaine Le Tallec, vous cherchiez à faire du zèle, mais ce n'est pas une raison pour tout vouloir me coller sur le dos. Trouvez un autre suspect, vous lui rendrez davantage service.

Les deux policiers marquèrent une pause. Ce prévenu n'était pas banal. Son attitude, autant que ses réponses, les décontenançaient. Il restait imperturbable du début jusqu'à la fin. Et il avait une telle assurance, une telle sûreté dans chacune de ses réponses. Il faisait penser à un joueur de poker professionnel qui savait bluffer sans qu'aucun tic de visage, sans qu'aucun geste ne vienne le trahir.

Mais justement, disait-il la vérité ou était-il en train de bluffer avec maestria ? Toute la question était là. Le lieutenant Hamon se décida à le pousser dans ses retranchements pour en avoir le cœur net :

— Vous savez pourquoi on vous croit coupable ? interrogea-t-il.

Dagorn faillit répondre « par bêtise », mais jugea plus raisonnable de se taire. Il laissa le fonctionnaire finir sa phrase.

— Lorsque nous avons des innocents en face de nous, ils ne cessent de se plaindre, ils crient au scandale ou à l'injustice. Certains pleurnichent, d'autres s'effondrent. Mais vous, rien de tout cela, vous restez stoïque.

Le professeur haussa les épaules en disant :

— J'ai toujours été une personne calme et attentive, qui manifeste assez peu ses émotions, en tout cas, jamais dans l'excès. De plus, ce n'est pas mon genre de pleurnicher.

Hamon se doutait qu'il allait répondre quelque chose de ce genre et il avait déjà prévu une réplique :

— Mais ce qui joue en votre défaveur, monsieur, c'est que tous ceux qui restent aussi calmes que vous, aussi relax, sont ceux qui sont coupables, justement. Des types qui ont prévu leur arrestation, qui se sont préparés à une garde à vue et à tout ce qu'on pourrait leur demander. Ils se « blindent », créent une sorte de carapace autour d'eux pour résister à la pluie de questions qui va leur tomber dessus. Ils la jouent décontractés, sûrs d'eux. Alors, croyez-moi, ce n'est jamais comme cela que se conduisent les innocents. Ils sont au contraire paniqués. Et vous, regardez-vous ! Vous êtes toujours tranquille, affichant une *poker face*. Et je vais même vous dire mieux, vous semblez vous amuser de tout ce cirque. Comme si vous étiez content d'être là. Avouez que ce n'est pas commun comme comportement ?

Il y eut un moment de silence avant que Dagorn réponde le plus sérieusement du monde :

— Je ne suis pas si mécontent d'être là, en effet. Quand vous aurez passé, comme moi, plusieurs semaines, cloué dans un lit d'hôpital à regarder les carrés d'un plafond ou même resté dans un fauteuil roulant à dépendre d'une autre personne pour pouvoir vous déplacer, vous connaîtrez le sens profond du mot « ennui ». Alors, je le répète, je ne suis pas mécontent de me trouver ici, de vivre quelque chose de différent, de peu ordinaire, qui me sert à me désennuyer le quotidien. Cela me permet en plus d'en apprendre davantage, par exemple sur le fonctionnement d'un commissariat, sur le déroulement d'une garde à vue ou sur la psychologie des enquêteurs. Je me sens un peu comme un ethnologue qui étudie une nouvelle peuplade dans leur environnement naturel.

— Vous nous étudiez ?

— J'exagère, bien entendu. Néanmoins, il y a un peu de cela.

— Une garde à vue est pourtant un moment très sérieux, qui n'a rien de récréatif, ajouta Hamon en se raidissant soudain sur sa chaise.

Il passa aussitôt sa main sur le bas de son dos, massant lentement la partie douloureuse. Le lieutenant Guillou reprit le flambeau en finissant la phrase de son collègue :

— Cette garde à vue doit permettre de déterminer ou non votre culpabilité pour ce meurtre. Or vous savez que nous avons de forts soupçons contre vous.

— Je vous le répète, vous n'avez que des soupçons contre moi, mais aucun fait tangible. Je suis innocent, et cela pour trois raisons, dont chacune est suffisante à elle seule, déclara-t-il en dressant sa main droite avec trois doigts levés. *Primo*, parce que je n'avais aucune raison de tuer cette pauvre Mme Le Tallec, aucun grief contre elle, aucun mobile, lâcha-t-il en baissant un doigt. *Deuzio*, parce que physiquement, j'aurais bien été incapable de la tuer et de transporter son corps, dit-il en baissant un deuxième doigt. *Tertio*, mon emploi du temps d'hier après-midi était trop fourni pour que j'aie l'occasion, à un moment ou à un autre, de me livrer à une quelconque activité meurtrière. À 15 h 30, je suis allé me promener sur la pointe de Bernon. Vu la vitesse à laquelle je me déplace, je n'ai pas pu aller bien loin. J'ai croisé un jogger aux cheveux noirs frisés sur le petit sentier. Je ne connais pas son nom, mais ce n'est pas la première fois que je le vois et je sais qu'il réside au village de Brillac, près de l'épicerie. Vers 16 heures, j'ai aperçu au loin M. Robic, l'ostréiculteur qui vit au Scluze. Il était dans son embarcation et faisait le tour de ses parcs à huîtres près de l'île Godec. Vers 16 h 30, je suis revenu aux Ormeaux où j'ai discuté au salon de thé avec le capitaine Le Tallec. Vers 17 h-17 h 15, j'ai regagné ma chambre pour me préparer. Une aide-soignante, Mme Lecorre, est venue me chercher pour m'emmener faire des soins qui ont duré jusqu'à 19 heures. Ensuite, je suis retourné chez moi pour me changer et aller dîner au restaurant. Après le repas, vers 21 heures, j'ai joué au bridge dans le petit salon des Tritons qui se trouve dans l'aile ouest. J'ai joué avec MM. Ndiaye et Lamour, ainsi que Mme Even jusqu'à 23 h 15. J'ai encore un peu discuté avec M. Ndiaye avant d'aller me coucher vers 23 h 30. J'ai lu un petit quart d'heure *Confession d'un enfant du siècle* avant d'éteindre la lumière et de m'endormir. Je me suis réveillé le lendemain à 7 heures. Par contre, j'admets n'avoir aucun alibi pour toute la durée de la nuit, vu que personne ne partageait ma couche pour pouvoir témoigner de ma présence, dit-il en riant. Mais pour sortir du manoir, il faut passer obligatoirement par le grand hall où se trouvent un veilleur de nuit et deux caméras. Il y a bien des portes de service à l'arrière du bâtiment, mais seul le personnel en possède les clefs, et non moi. Voilà, messieurs, vérifiez tous ces faits et vous vous rendrez vite à l'évidence que je suis innocent.

Il avait fini son petit discours d'un ton narquois, voire un peu bravache, qui fit penser aux deux fonctionnaires qu'il était sans doute en train de se foutre d'eux. Un ange passa dans le bureau. Les deux policiers ne savaient plus trop par quel bout poursuivre cet interrogatoire. L'autre avait du répondant et avait démonté point par point chacune de leurs accusations. Il leur fallait se concerter pour échafauder une nouvelle stratégie. Ils avaient besoin d'un répit.

Hamon s'adressa au professeur :

— Bien, monsieur, nous allons vous remettre en cellule avant de vous interroger de nouveau. Si vous désirez appeler un membre de votre famille ou votre avocat, ou même votre médecin, c'est dans votre droit.

— Non, merci, cela ira ainsi. C'est très bien.

— Vous êtes sûr ? Je vous ai dit que vous en aviez le droit.

— Certain ! Je ne doute pas que cette erreur à propos de ma culpabilité sera rapidement levée, donc je n'ai besoin de téléphoner à personne.

— C'est vous qui voyez.

Dagorn leva soudain la main comme si quelque chose lui revenait à l'esprit et qu'il fallait qu'il s'exprime dans la seconde :

— Ou alors, peut-être juste à mon médecin…

— Vous ne vous sentez pas bien ? s'inquiéta Hamon. Vous avez mal quelque part ?

— Nulle part, je me porte comme un charme. Je voudrais seulement lui demander de vous prescrire du kétoprofène pour votre mal de dos, un médicament qui sera, à mon humble avis, plus efficace que le Doliprane pour chasser la douleur. Quant à vous, dit-il en toisant le lieutenant Guillou, je crois qu'il est urgent qu'il vous prescrive un lot entier de patchs antitabac, car si vous continuez à fumer vos Gauloises sans filtre à ce rythme-là, je suis prêt à parier que vos poumons seront bientôt aussi noirs et ratatinés qu'un vieux morceau de réglisse.

Cette fois-ci, les deux policiers en étaient convaincus, il se foutait ouvertement d'eux.

Dans la jungle

L'homme au front dégarni, assis derrière ce grand bureau couleur ébène encombré de plantes vertes, était tout ce qu'il y avait d'ordinaire. Le genre de type insignifiant, dénué de charisme, que l'on pourrait croiser à la sortie des bureaux sans le remarquer, sans même le voir. Son corps petit et fluet paraissait flotter dans son costume bleu marine.

Décidément, rien dans sa physionomie ni dans son attitude ne pouvait laisser penser qu'Antoine Derouin occupait le poste envié de commissaire du SRPJ de Rennes.

Ce n'était pas ce qu'on appelait un grand flic, quelqu'un qui se serait distingué en résolvant des affaires difficiles. Lui, c'était plutôt un administratif, bien organisé et méticuleux, un vrai communicant particulièrement à l'aise avec les politiques, et surtout un ambitieux. Certains de ses détracteurs répandaient dans les couloirs de l'hôtel de police le ragot selon lequel il aurait eu ce poste grâce à la femme d'un cousin qui avait été un temps conseillère du ministre de l'Intérieur sous Hollande, mais la rumeur n'avait jamais pu être confirmée.

En cette fin d'après-midi ensoleillé, Derouin avait convoqué dans son bureau le capitaine Le Tallec et le commandant Hascouet.

Les deux subalternes qui se tenaient debout devant lui, près d'un palmier nain, n'avaient absolument rien en commun. Autant la jeune femme était grande et longiligne, dynamique et volontaire, autant son collègue était grincheux, rondouillard et ramassé sur lui-même.

Le commandant était le doyen du commissariat, à quatre ans de la retraite et honnêtement, cela se voyait. Toute motivation semblait avoir quitté ce corps grassouillet. Il était dépassé par le monde environnant, notamment par les progrès de la technologie. L'utilisation des logiciels en général et des smartphones en particulier était pour lui un défi insurmontable. Il laissait ce plaisir à d'autres. Hascouet était en quelque sorte un anachronisme ambulant qui ne cessait de se plaindre de la fin de la « belle époque », sans que personne dans son équipe soit en mesure de dater cette fameuse époque dont, à tout bout de champ, il rebattait les oreilles à ses hommes. Râler était devenu une seconde nature pour lui, il ressemblait par moments à un bouledogue français qui pigne pour un oui ou pour un non.

En replaçant savamment quelques mèches de cheveux sur son crâne pour masquer sa calvitie, le commissaire prit la parole. D'une voix flûtée, il exprima ses sincères condoléances à Le Tallec avant d'entamer un discours laborieux qui parlait autant du chagrin légitime lors de la disparition d'un proche que de la tenue des obsèques, en passant par des digressions spirituelles. Il acheva finalement son laïus avec un soulagement évident, comme s'il était satisfait de terminer une corvée.

Avec un chiffon, Derouin se mit en devoir de frotter les larges feuilles d'un yucca, tout en questionnant le commandant :

— Alors, Hascouet, où en sommes-nous sur le décès de Mme Le Tallec mère ?

L'homme rondouillard prit un petit calepin tout en soufflant bruyamment. Sa voix grasse se fit bientôt entendre, lisant son rapport d'une manière plutôt concise :

— Danielle Le Tallec est sortie de la maison de convalescence vers 15 h 30 pour se promener dans le parc. Personne ne l'a plus revue vivante depuis ce moment. Elle a seulement été retrouvée ce matin vers 11 h 45, le corps étendu sur le ventre dans une mare, par Amélie Landron, une jeune infirmière. Le médecin légiste vient de me communiquer il y a à peine une heure, les résultats de l'autopsie.

Hascouet marqua une pause, comme gêné d'aborder ce sujet devant sa jeune collègue. Celle-ci lui renvoya un petit sourire pincé et lui fit signe de poursuivre.

— Elle n'est pas morte noyée, car elle n'avait pas une seule goutte d'eau dans les poumons. La cause de la mort serait plutôt un coup violent au niveau du crâne, par un objet métallique, peut-être un outil de jardinage. Elle a été frappée pile au niveau de l'os temporal, sur la partie supérieure à droite. Selon les premières constatations, Mme Le Tallec aurait été tuée à un autre endroit du parc et son corps aurait été transporté jusque dans la mare, peut-être pour faire passer cela pour un accident, une chute malencontreuse avec choc au niveau de la tête et noyade. L'hypothèse du déplacement du corps est corroborée par le témoignage de Charles Abgrall, le jardinier. D'habitude, ce monsieur nourrit les carpes en début d'après-midi, mais hier, il a oublié et ne l'a fait que vers 20 heures avant de rentrer chez lui, à Arzon. Et il est formel, à 20 heures, il n'y avait aucun cadavre dans l'eau.

La voix épaisse se tut brusquement comme exténuée de s'être tant fait entendre.

— Mais était-elle déjà morte à cette heure-ci ?

— D'après le contenu de son estomac, oui. Le médecin estime l'heure de la mort entre 17 heures et 18 h 30. Mais il va essayer de se montrer un peu plus précis, il lui reste juste quelques vérifications à faire.

— Aucun témoin ne l'a vue durant sa promenade ?

— Personne ne s'est manifesté pour l'instant, mais mes hommes continuent d'interroger le personnel et les résidents. Nous cherchons aussi l'endroit exact où elle a perdu la vie.

— Et la jeune infirmière ? Est-elle au-dessus de tout soupçon ?

— Oui, monsieur. Elle était la veille chez ses parents à Concarneau, elle a dormi chez eux et n'est arrivée que ce matin à Sarzeau pour prendre son service.

Le commissaire se leva de son fauteuil, prit un arrosoir et se dirigea vers une suite de fougères qui trônait sur une commode. Méthodiquement et silencieusement, il arrosa chacun des pots.

Cette pièce était incroyable tant il y avait de plantes qui prospéraient au milieu des meubles et des dossiers, à tel point que les policiers surnommaient le bureau de leur chef la jungle. Cela grouillait de végétaux, comme s'ils colonisaient peu à peu cet endroit avec la bénédiction de Derouin. Du lierre installé au sommet d'une armoire se sentait tellement à son aise qu'il laissait goujatement ses longues branches s'étendre sur une des portes. Un pot en grès contenant un Aloe Vera avec ses longues feuilles dures et agressives cohabitait dans un coin avec la corbeille à papier. Dans l'hôtel de police, il y avait une règle d'or : ne jamais brancher leur commissaire sur ses chères chéries, car sinon, il était capable de disserter sans retenue sur toutes ses plantes en leur donnant des noms barbares tels que *pilea, aeschynanthus, aralia* ou *maranta*, que nul n'osait avouer ne pas connaître.

Cependant, aujourd'hui, Antoine Derouin n'avait pas le cœur à parler de ses protégées. Quelque chose le tracassait, c'était évident. Il fallut attendre qu'il finisse d'arroser toutes les fougères pour connaître la cause de ses préoccupations :

— Vous pourriez m'en dire plus sur le type que vous m'avez collé en garde à vue ?

Le capitaine et le commandant se dévisagèrent pour savoir qui devait répondre. Hascouet feuilleta de nouveau son calepin, relut brièvement ses notes et déclara :

— Il s'agit de Théodore Dagorn, un professeur de littérature à l'université de Rennes, domicilié à Saint-Grégoire. Un type sérieux, brillant et exemplaire, d'après ses collègues et ses supérieurs. Il appartient à une famille aisée du Calvados. Il a 50 ans. Il est veuf. Son épouse, professeur à la fac d'histoire, est décédée d'un cancer du sein depuis cinq ans. Lui séjourne aux Ormeaux depuis quatre mois à la suite d'un grave accident de voiture entre Caen et Bayeux.

— Il y a eu des décès lors de cet accident ?

— Non, apparemment, il n'y avait pas d'autres véhicules en cause. Sa voiture a quitté la route et a fini dans le décor.

— Il a un casier judiciaire ?

— Non, son casier est totalement vierge. Nous n'avons même pas retrouvé la moindre infraction au Code de la route, pas un seul excès de vitesse ni un stationnement gênant. Je suis sûr que ce type a la conscience plus tranquille que le pape en personne.

Il avait dit ces derniers mots en regardant Le Tallec, sans pouvoir s'empêcher de froncer les sourcils.

Il y eut un long silence, avant que le commissaire revienne à la charge :

— Et est-ce que l'un d'entre vous pourrait avoir l'obligeance de m'expliquer la raison pour laquelle une personne aussi irréprochable se trouve en garde à vue dans nos locaux ?

Il avait lâché cette phrase avec une certaine douceur où affleurait un soupçon d'amertume. Il désapprouvait la situation, cela se voyait comme une fille avec une jambe de bois à un concours de miss. Le Tallec savait qu'elle ne pouvait pas y couper. Elle se crut en devoir de répondre :

— C'est moi, monsieur, qui ai demandé au procureur de la République de pouvoir le placer en garde à vue.

— Pour quel motif? Comment avez-vous réussi à le convaincre ?

— Je lui ai dit que Dagorn était sur les lieux du crime et…

— Il n'était pas le seul que je sache. Pourtant, vous n'avez pas collé en garde à vue la totalité des pensionnaires des Ormeaux !

— Je sais bien, mais lui, il connaissait des détails troublants sur la manière dont le meurtre avait été commis, il affirmait que ma mère ne s'était pas noyée, que son corps avait été transporté. Seul l'assassin pouvait être au courant de tout cela. C'est ce que j'ai dit au proc' qui m'a suivie.

Le commissaire prit le temps de la réflexion avant de s'adresser à Hascouet :

— Votre avis, commandant ?

L'homme rondouillard hésita, ne voulant pas mettre sa jeune collègue en difficulté.

— Je pense que Dagorn n'a rien à voir avec le meurtre. D'abord, avec ses blessures, il aurait été incapable de déplacer un corps de soixante kilos.

— Très juste.

— Et s'il était vraiment l'assassin, je ne vois pas pourquoi il aurait ouvertement déclaré au capitaine qu'il s'agissait d'un crime. Il l'aurait laissé croire à un malaise ou à un accident. Cela n'a aucun sens. C'est juste un gars malin qui sait observer. Il a déduit le déroulement du meurtre juste en examinant les lieux et le corps.

— Il est efficace votre professeur, plus que le capitaine, on dirait, lança le commissaire Deroin avec sévérité.

— Il faut excuser le capitaine, monsieur. Elle venait de découvrir le corps de sa mère, avouez qu'il y a de quoi perdre les pédales.

Noémie Le Tallec bouillonnait intérieurement. Elle brûlait de répliquer, de donner tous ses arguments. Mais elle réalisait qu'elle ne devait rien dire pour le moment. En tant que petite-fille de marin, elle savait que lorsque le vent devenait mauvais, il fallait parfois accepter de rentrer au port plutôt que de braver la tempête. Sinon, il pouvait y avoir de la casse.

Le visage émacié du commissaire s'assombrit. C'était le seul signe visible qu'il était furieux. Aucun éclat de voix ni aucun geste intempestif ne vint le trahir. Cet homme n'était pas un impulsif, il gardait tout intérieurement. Il prit une grande inspiration et annonça d'un ton assez posé :

— Écoutez, tous les deux. Cette histoire est bien belle, mais elle ne m'arrange pas tellement. Pour vous dire le fond de ma pensée, je ne sais pas qui est ce type au juste, mais je peux vous certifier que son arrestation a provoqué un beau remue-ménage dans les hautes sphères. Depuis cet après-midi, mon téléphone n'arrête pas de sonner. Le préfet, le président du conseil régional, le président de l'université et plusieurs élus se sont tous donné le mot. Ils m'appellent pour me faire part de leur grande désapprobation, affirmant que ce ne peut être qu'une lamentable erreur, que M. Dagorn est au-dessus de tout soupçon. Je vous le dis et répète, je ne sais pas qui est ce type, mais vous me diriez que c'est Dieu le Père en personne, je ne serai pas davantage surpris, tant ça rue dans les brancards ! Alors, si vous n'avez rien de plus sérieux et de plus consistant sous la main, vous me le virez fissa avec vos plus plates excuses. Ai-je été assez clair ?

Cette fois, Noémie ne put se contenir davantage. Elle lâcha tout ce qu'elle avait sur le bout de la langue. Elle affirma qu'elle savait que ce Dagorn était un prétentieux et qu'elle était persuadée qu'il avait dit tout cela par bravade, qu'il voulait narguer la police.

Il fallait admettre qu'elle mettait du cœur à sa plaidoirie. Et ce n'était pas fini ! Elle poursuivit en prétendant que les blessures de cet homme s'étaient peut-être remises plus vite que prévu ou qu'il surjouait les impotents. Pour elle, il ne fallait pas se laisser duper par ce beau-parleur.

Le commandant voulut lui dire de se calmer, mais le commissaire lui fit signe de la laisser s'exprimer jusqu'au bout.

Derouin n'était pas insensible à son argumentaire.

En fait, il était partagé. D'un côté, il ne voulait pas faire de vagues pour ne pas mécontenter quelques personnalités de la région, mais d'un autre, que penserait-on de lui s'il faisait relâcher un individu sous la pression des notables de la ville et qu'on apprenait dans quelques semaines qu'il était bien le coupable ? Cela serait du plus mauvais effet sur sa carrière. Si la nouvelle venait aux oreilles de la presse, on en ferait des gorges chaudes à Rennes — et peut-être à Paris — de son manque de discernement. Qu'adviendrait-il alors de ses chances d'obtenir un jour le poste de commissaire divisionnaire de Lyon dont il rêvait ? Il hésita encore, cherchant la meilleure solution. Il prit le temps d'arroser un ficus aux feuilles jaunies.

— Il a appelé son avocat ? demanda-t-il finalement.

— Non, dit Hascouet.

— Il a protesté contre cette garde à vue abusive ?

— Pas le moins du monde. On dirait qu'il s'en fout comme de l'an 40.

— Curieux, ajouta Derouin, curieux.

La jeune femme en profita pour rajouter son grain de sel :

— Vous voyez qu'il est louche. Il ne réagit pas comme les autres prévenus. Je suis prête à parier qu'il joue à un jeu avec nous. Il cherche à nous mener en bateau.

Le commissaire frotta de nouveau les feuilles de son yucca, pas par nécessité, juste pour prendre le temps de réfléchir.

— Il est où en ce moment ?

— Dans une geôle.

— Voilà ce que vous allez faire. Vous allez le sortir de sa cellule et l'emmener séance tenante à Pontchaillou pour qu'il soit hospitalisé cette nuit. Vous le baratinez, vous lui dites que c'est pour le remettre de ses émotions ou je ne sais pas quoi. Débrouillez-vous ! Improvisez ! Et demain matin, vous lui faites passer toute une batterie d'examens, scanners, IRM, et *tutti quanti* pour savoir si c'est un simulateur. J'appelle dès ce soir le professeur Desvages, un ami, pour qu'il fasse le nécessaire. Mais c'est bien compris, si on ne trouve rien, aucune supercherie, vous le laissez libre comme l'air. Ah, capitaine, et pour avoir pris des initiatives qui nous mettent tous dans la panade, vous aurez un avertissement.

Elle voulut protester, mais Derouin l'en empêcha d'un geste de la main. La mort dans l'âme, elle s'apprêta à quitter la pièce.

— Autre chose, capitaine Le Tallec, ajouta-t-il en lui signifiant de revenir d'un mouvement de doigt, dès demain matin, vous serez déchargée de cette enquête.

— Mais pourquoi ?

— À votre avis ? Pour proximité avec la victime ! De quoi créer un vice de procédure que n'importe quel avocat novice nous balancerait dans les dents pour obtenir la relaxe.

— Mais c'est de ma mère dont il s'agit !

— Justement. La colère et la tristesse risquent d'altérer votre jugement. Rassurez-vous, le commandant Hascouet et vos collègues feront le maximum pour débusquer l'assassin. Le procureur de Lorient a refilé le dossier au procureur de Rennes qui nous charge d'enquêter sur cette triste affaire et c'est ce que nous allons faire. Mais vous, vous ne vous en occupez plus du tout. D'ailleurs, je vous mets en congé pour deux semaines pour que vous vous reposiez et prépariez les obsèques de votre mère.

— Vous ne pouvez pas me faire ça, monsieur.

— Oh que si je le peux ! Et s'il vous venait l'idée stupide de protester de nouveau, je vous jure que je vous mets à régler la circulation sur le rail d'Ouessant. C'est clair ?

Le marché

L'hôpital de Pontchaillou était loin d'être un hôtel quatre étoiles, cependant Dagorn y avait dormi comme un loir et trouvait que le personnel était exemplaire d'efficacité et d'amabilité. Il s'y sentait même en sécurité puisqu'un policier avait veillé la nuit entière devant la porte de sa chambre. À l'aube, un de ses collègues, mal rasé et l'air fatigué, était venu prendre la relève.

Cette surveillance renforcée ne manquait pas de l'amuser. *Ils ont vraiment peur que je prenne la clef des champs*, pensa-t-il goguenard. *Avec ma patte folle et mon épaule en vrac, je n'irai pourtant pas bien loin. Même un centenaire cacochyme et unijambiste serait capable de me rattraper à la course.*

Dès 8 heures, un brancardier d'origine maghrébine à l'humour pince-sans-rire l'avait calé dans un fauteuil roulant d'une horrible couleur jaune fluo.

— Voici votre bolide, M. Dagorn. On vous l'a customisé comme une formule 1. Vous allez vous prendre pour Schumacher avec ça, avait-il lâché.

Sans attendre, il l'avait emmené dans différentes salles de l'hôpital pour lui faire passer toute une série d'examens : échographie, radiographie, IRM et scanner. Le jeune Arabe lui avait glissé à l'oreille :

— À force, ils vont connaître l'intérieur de votre corps mieux que leur poche.

Ensuite, il l'avait baladé dans divers services, toujours escorté par ce policier mal rasé qui ne cessait de bâiller.

— Si je passe la seconde sur votre fauteuil, vous croyez qu'on a une chance de le semer votre ange gardien ?

Il lui avait fait rencontrer un ergothérapeute, puis un rhumatologue et pour finir, un chirurgien orthopédiste. Il avait été inspecté sous toutes les coutures et manipulé dans tous les sens, à tel point qu'à l'heure du déjeuner, il se sentait éreinté et douloureux.

En début d'après-midi, il avait aperçu le capitaine Le Tallec en grande conversation avec le professeur Desvages. D'où il était, le quinquagénaire ne pouvait entendre leur discussion, mais il comprenait que ce qui se disait ne plaisait guère à la jeune policière. Elle espérait sans doute une réponse différente. Lorsqu'elle vint le trouver, elle lui avait dit, maussade, avec ce genre d'intonation que l'on prend de coutume après une défaite cuisante :

— C'est bon, vous êtes libre. Vous pouvez partir.

Dagorn ne s'était pas fait prier. Aidé par une aide-soignante rondelette et rougeaude, il s'était rhabillé et avait pris sa canne. Dans le couloir, il retrouva Le Tallec discutant avec le policier mal rasé. Il le salua en lui serrant généreusement la main :

— Je vous quitte là, monsieur. Vous avez été irréprochable dans votre rôle de cerbère. Et surtout, prenez soin de vous. Je sais qu'avoir un bébé qui ne fait pas ses nuits n'est pas de tout repos. Mais courage, votre petite Charlotte a déjà 2 mois, vous tenez le bon bout.

L'autre resta interdit. Ses yeux roulèrent d'étonnement. Il voulut dire quelque chose, mais ses mots se figèrent dans sa bouche. Appuyé sur sa canne, Dagorn quitta le service en boîtant, accompagné de la jeune femme silencieuse. Dans l'ascenseur, elle brisa la glace pour le questionner :

— Honnêtement, comment vous avez su qu'il avait un bébé ?

— Rien de plus simple ! Vous avez vu la tête de votre collègue. Ce n'est plus des cernes qu'il a sous les yeux, mais des fossés. Il est évident qu'il est épuisé, le pauvre. Et puis sur sa chemise, au niveau de l'épaule, j'ai aperçu une tache blanchâtre, comme un renvoi mal nettoyé. J'en ai déduit qu'il avait un bébé qui se montrait assez actif la nuit. C'est logique.

— Et l'âge de sa gamine ? Son prénom ? Vous avez fait comment ? Par logique aussi ?

— Ah ça ? Non ! C'est juste que je l'ai entendu en parler avec son collègue quand il est venu le remplacer pour faire le pied de grue devant ma chambre.

Une curieuse mimique parcourut le visage de la policière.

— Vous êtes un foutu roublard, vous ! lâcha-t-elle.

— Je vous ai déjà confié que j'avais le sens de l'observation et celui de la déduction, mais je ne suis pas pour autant dépourvu des autres sens, comme celui de l'ouïe par exemple. L'ouïe participe également à l'observation d'un environnement et des êtres qui l'occupent, dit-il avec un grand sourire.

La porte de l'ascenseur s'ouvrit. Ils traversèrent le hall avant de gagner le parking. Noémie lui désigna sa Peugeot 3008 de la main :

— Venez, je vous raccompagne jusqu'aux Ormeaux.

La voiture, après avoir trépigné aux feux rouges de chaque intersection d'une vaste zone commerciale de la banlieue rennaise, put enfin accélérer sur une quatre-voies en direction de Lorient et de Vannes. La conductrice lâcha la bride à son véhicule qui s'élança brusquement tel un cheval au départ d'une course. Manifestement, cette jeune femme aimait la vitesse, ce qui était loin d'être le cas de Dagorn. Il préféra s'abstenir de tout commentaire, espérant seulement que son ange gardien ne soit pas en grève aujourd'hui et prenne le temps de veiller sur lui.

L'homme resta pensif et silencieux, regardant cette route s'étaler à perte de vue. Elle perçait outrageusement la campagne de son long sillon bitumeux, encadrée par des feuillus tristement alignés en rangs d'oignons. Cette interminable et monotone rangée d'arbres lui masquait les bâtisses et le maillage bigarré des champs. Il trouvait déprimant de supporter ces œillères végétalisées qui l'empêchaient d'embrasser du regard l'ensemble du paysage. Dagorn s'ennuyait et il ne put attendre plus d'un quart d'heure avant de poser sa question :

— Allez-y, je vous écoute, capitaine Le Tallec. Qu'avez-vous à me dire au juste ?

La jeune femme parut décontenancée un instant. Elle prit le temps de répondre, d'une voix mal assurée :

— Que voulez-vous dire ?

Il se tourna de trois quarts et la fixa de son regard ardent :

— Allons, vous le savez aussi bien que moi. Je crois qu'il est grand temps de jouer cartes sur table. Je ne crois pas que ce soit par bonté d'âme que vous acceptez de faire une heure et demie de route pour me ramener aux Ormeaux.

Elle hésita, ses joues s'empourprèrent presque imperceptiblement.

— Bien sûr que si. Il fallait bien que quelqu'un le fasse.

— Je ne pense pas que vous disiez la vérité. Mon rapatriement à Sarzeau aurait très bien pu être pris en charge par une ambulance et pourtant, je vous ai entendue tout à l'heure à l'hôpital insister auprès de votre collègue pour me ramener personnellement.

— C'était le minimum que je pouvais faire pour m'excuser de vous avoir mis en garde à vue par erreur. Le professeur Desvages a été catégorique : vu votre état de santé, vous étiez incapable de soulever et traîner un corps d'une soixantaine de kilos, et donc…

Il ne prit pas de gant pour lui couper la parole :

— Je ne pense pas une seconde que vous me raccompagnez pour vous amender de votre erreur de jugement. Je crois plutôt que vous avez quelque chose à me proposer, mais que vous ne savez pas comment aborder le sujet. Si j'ai un conseil à vous prodiguer, allez droit au but, c'est le meilleur chemin à suivre. Dites-moi tout. Vous avez un marché à me proposer, je me trompe ?

Elle mordit sa lèvre inférieure comme le ferait une petite fille prise en faute.

— J'ai effectivement un marché à vous proposer, finit-elle par dire en le dévisageant.

— Alors, je vous écoute, mais, s'il vous plaît, continuez à regarder la route pour que nous ne finissions pas dans le fossé. Ce genre de mésaventure m'est déjà arrivée, et cela ne m'intéresse guère de renouveler l'expérience, même en votre compagnie.

— Voilà, le commissaire Derouin vient de me retirer l'affaire sur le meurtre de ma mère.

— Vous ne pouviez que vous y attendre, glissa-t-il d'une voix lisse. Vos liens de parenté avec la victime, et les émotions qui en découlent, ne pouvaient que nuire à votre sagacité. Le commissaire a pris la bonne décision.

— Ce n'est pas de votre avis que j'ai besoin…

La voix s'était faite cassante. De toute évidence, la jeune femme n'aimait pas qu'on lui rappelle qu'elle avait tort.

— J'ai compris, dit-il. Vous ne voulez pas mon avis, seulement mon aide.

— Exact ! Je voudrais que vous enquêtiez pour moi aux Ormeaux. Vous êtes dans la place, personne ne se méfie de vous et les gens répondront sans problème à vos questions.

— Vous voulez en quelque sorte que j'agisse devant tout le monde, mais à l'insu de tous ? Que j'espionne en toute discrétion ?

— C'est exactement ça. Et puis, vous m'avez prouvé que vous étiez observateur, alors profitez-en une fois sur place pour examiner partout, pour fouiller.

— Et pourquoi le ferais-je ? Pour vos beaux yeux noisette ?

Elle s'attendait à ce genre de remarque et avait préparé l'argument adéquat pour y faire face :

— Non, vous ne le ferez pas pour moi, mais pour vous ! Vous êtes le genre de type à raffoler des énigmes. Là, je vous en propose une, et grandeur nature. Et puis, je sais que vous vous faites chier comme un rat mort dans ce centre, alors pour vous, cela sera l'occasion inespérée de vous occuper.

— Je vois que vous avez pensé à tout, capitaine.

— Vous serez ma taupe à l'intérieur, et de mon côté, je vous rencarderai sur tout ce que mes collègues voudront bien me dire. À nous deux, nous finirons bien par coincer le meurtrier.

— En somme, vous voulez vous venger, mais, vous savez, il n'y a que Lord Byron[6] qui affirme que la vengeance est douce aux femmes. Dans la réalité, elle ne vous apportera nulle consolation et surtout ne fera pas ressusciter votre mère.

---

6. Dans *Don Juan*.

— Soyons clairs, je ne veux pas me venger, je veux juste la justice. Il faut démasquer le salopard qui a tué ma mère et je crois que vous pouvez m'y aider.

— De la vengeance à la justice, la limite est bien ténue. La différence vient souvent de celui ou celle qui l'exerce. Vous, vous êtes trop liée à la victime pour garder votre sang-froid et…

— Putain ! cria-t-elle en frappant son volant du plat de la main. J'ai besoin que vous m'aidiez, pas que vous me fassiez la morale !

— Je vous fais juste part de mon sentiment.

— Eh bien, gardez-le votre foutu sentiment ! Je veux que vous m'aidiez ! Entrez dans la place ! Fouinez, furetez, observez et posez des questions !

Dagorn ne voulut pas l'avouer ouvertement, mais la proposition de cette femme lui convenait parfaitement. Il aurait enfin un objectif dans sa vie, enfin une occupation digne de ce nom. Le visage de l'homme s'illumina bientôt d'un sourire radieux et espiègle :

— « Vos ordres sont charmants ; votre façon de les donner plus aimable encore ; vous feriez chérir le despotisme.[7] »

Elle quitta la route des yeux pour le dévisager sévèrement :

— Ça veut dire quoi au juste ? Vous ne pouvez pas parler comme tout le monde pour une fois, sans faire de citations à tout bout de champ et sans utiliser des expressions démodées ?

— Je vous répondais juste que si vous me le demandez, j'accepte d'être votre sycophante dans la maison de convalescence. Je serai vos yeux et vos oreilles, glanant tous les secrets des lieux pour les rabattre vers vous.

---

7. Extrait de la lettre IV de Merteuil à Valmont dans *Les Liaisons dangereuses*.

Noémie le regarda de nouveau, l'air interrogateur. Son sourcil relevé formait une sorte de charmante apostrophe.

— Donc, c'est oui ?

— Je viens de vous l'annoncer, ajouta-t-il en souriant toujours, c'est oui.

Rapport en catimini

En ce milieu d'après-midi, le soleil n'était plus à son zénith. Pourtant, il rayonnait encore avec ardeur dans un ciel limpide débarrassé de tout nuage. Impérial et omniprésent, il trônait au-dessus du golfe du Morbihan, chauffant sans ménagement les eaux calmes et les berges moutonnantes de verdure. Dagorn aimait sincèrement ce lieu. C'était une mer à échelle humaine comme il disait, presque à portée de main. Il comparait souvent le golfe aux eaux sereines d'un étang, les îles à des nénuphars délicatement posés sur l'onde et les côtes bordées de chênes et de pins aux rives envahies de massettes et de joncs. Quant aux piquets des parcs à huîtres qui émergeaient par-ci par-là, ils auraient pu passer pour des roseaux esseulés et étêtés. Les embarcations qui sillonnaient en tous sens cette petite mer ressemblaient à des punaises d'eau s'égaillant à la surface.

Le quinquagénaire avait donné rendez-vous à Noémie au bord du sentier de la pointe de Bernon, près d'un bloc de granit dominé par un chêne centenaire à l'aspect maladif. Cet arbre était étrangement enlacé par un immense lierre, si immense que sa tige était démesurée, rappelant les anneaux géants d'un boa enserrant un tronc.

Ils étaient tous les deux assis là, un peu dissimulés par la végétation, le regard lancé vers les eaux du golfe. Les rares randonneurs qui les avaient aperçus avaient dû croire à un conciliabule d'amoureux. Ils avaient tort. L'atmosphère autour du couple tenait moins à celle régnant au pont des Arts à Paris qu'à celle qui existait sur le pont de Glienicke lors de la Guerre froide[8]. Ce n'était pas un rendez-vous galant, plutôt une sorte de rencontre entre espions.

Cela faisait maintenant deux jours que le capitaine Le Tallec avait passé un accord avec le professeur Dagorn. Il devait se fondre dans le décor à la résidence des Ormeaux, être dans la place pour observer les comportements des résidents et des employés, pour les questionner en toute discrétion. En plaisantant, il dit à la jeune policière qu'il se comparait un peu aux Grecs cachés dans le cheval de bois pour prendre la ville de Troie. Et il enchaîna en récitant un passage de l'*Énéide* :

— « Tous entourent l'ouvrage. Sous les pieds du cheval, ils font glisser des roues et tendent des cordes de chanvre autour de son cou ; la machine fatale, pleine d'hommes armés gravit les remparts. Autour d'elle, de jeunes garçons et des pucelles chantent des hymnes sacrés et prennent plaisir à toucher les cordages. La statue monte et, menaçante, pénètre au centre de la ville. »

— Bon, alors ? Qu'est-ce que vous avez appris, demanda Noémie avec impatience.

— Pas grand-chose en vérité. J'ai glané ce que j'ai pu. Et je dis bien « glané » et non « moissonné », car la récolte fut maigre. Les gens disent que votre mère était une personne dynamique et au caractère fort, une dame très sociable et très causante, qui s'intéressait à tout le monde. Personne ne lui connaissait d'ennemi. Bien sûr, tous affirment qu'elle ne méritait pas cette mort, que c'est horrible, que c'est abject, que c'est injuste et *tutti quanti*. Enfin bref, tous lui servent une oraison funèbre auréolée de compliments. Un vrai panégyrique ! Malheureusement,

---

8. Pont sur la Havel faisant la jonction entre le secteur américain de Berlin-Ouest et la RDA durant la guerre froide. Ce pont a servi de lieu d'échanges d'espions entre les deux camps.

en prolongeant certaines discussions, quelques-uns de mes interlocuteurs ont commencé à craqueler leur vernis et à se montrer moins policés, moins complaisants dans leurs descriptions sur votre mère. Beaucoup m'ont révélé qu'elle pouvait se montrer aussi indiscrète qu'une vieille chouette et qu'elle était souvent incisive dans ses remarques, sans se soucier qu'elle puisse blesser. J'ai cru comprendre qu'elle ne s'entendait pas avec tout le monde et surtout, qu'elle avait eu maille à partir avec des résidents ou des employés à plusieurs reprises.

— Ça ne m'étonne pas une seconde. Maman était curieuse comme une pie et avait un caractère de cochon. Toujours à se mêler de tout et à faire des histoires. Je suis bien placée pour le savoir. Je peux vous dire que mon enfance à ses côtés n'a pas été une sinécure.

— Tenez, madame, ajouta-t-il en lui donnant un papier griffonné, j'ai noté les noms de ceux avec qui votre mère s'était déjà querellée. Cela va de la simple bisbille à la bonne altercation avec éclats de voix.

La jeune femme déplia le feuillet et put lire quelques patronymes : *Lepigouchet, Desmon, Jaffré, Rochebonne, Le Roux, Ollivier, Even, Grosjean, Guillemot* et *Lecorre.*

— Cette liste ne vous donnera peut-être rien, mais vos collègues pourraient vérifier l'alibi de tous ces gens. On ne sait jamais ?

— Merci, glissa-t-elle doucement, c'est déjà un début de piste.

Dagorn continua son rapport d'une voix sereine. Il prenait très à cœur son rôle d'indic' :

— Quelques-uns de mes interlocuteurs sont persuadés que votre mère a été tuée parce qu'elle avait levé un lièvre. À force de fouiner, elle aurait fini par déranger une personne ou par découvrir un secret. Mais ce ne sont que des suppositions, que des on-dit sans fondement. À l'inverse, la majorité des gens pensent plutôt qu'elle a fait une mauvaise rencontre, par hasard, qu'elle serait tombée nez à nez avec un rôdeur ou un voleur. C'est même l'hypothèse la plus répandue au centre.

— Les deux hypothèses sont plausibles.

— Forcément, un meurtre aux Ormeaux n'a pu que provoquer un certain émoi. Pas mal de résidents ne se sentent plus rassurés et parlent de partir, ce qui n'arrangerait pas les affaires de la direction, surtout en ce moment.

— Pourquoi dites-vous cela ?

— J'ai surpris une petite conversation qui laisse à penser que le SSR de Sarzeau n'est pas au mieux de sa forme, du moins d'un point de vue financier. Il faut dire que c'est très mal administré. Le directeur, Alain Lepigouchet, ne gère absolument rien, il semble planer à quinze mille cet homme-là, toujours dans la lune. Il doit vivre dans une autre sphère spatio-temporelle, avec d'autres préoccupations que les nôtres, ce n'est pas possible autrement.

— À ce point ?

— Oui, son bateau est en train de sombrer et lui ne réagit même pas, il se contente de regarder les autres écoper à sa place, sans paraître réaliser la gravité de la situation.

— Et qui écope à sa place ? interrogea-t-elle.

— Il y a bien sûr Fabienne Faure, l'intendante des Ormeaux, une femme très compétente et appréciée. La vraie capitaine du navire, à mon humble avis. C'est la seule qui semble tenir la barre en ces temps agités. Et il y a M. Jaffré, le responsable du personnel. Si je reste dans la métaphore maritime, je dirai qu'il est le quartier-maître, un individu autoritaire, mais plutôt efficace, qui sait gérer son équipage. Vous l'avez peut-être déjà croisé, c'est un homme assez apprêté, bien mis de sa personne, qui joue les minets auprès de la gent féminine.

— Oui, dit-elle en esquissant un sourire, je vois bien qui c'est. Le premier jour où je suis venue au centre, il m'a accostée, vêtu du même costume que Delon dans *Borsalino*, un vrai look de maquereau. Il m'a fait du gringue sans beaucoup de finesse.

— Ah ça, on ne peut pas empêcher un minet de faire des minauderies et de servir des chatteries, lâcha le quinquagénaire en ricanant.

Le moins que l'on pouvait dire est que Dagorn n'avait pas menti : la récolte était bien maigre et décevait la jeune femme. Ses investigations au sein du manoir n'avaient pas donné grand-chose, peu de faits tangibles, surtout des impressions ou des ragots des pensionnaires.

Noémie Le Tallec ne pouvait cependant pas lui tenir rigueur, car de son côté, elle n'avait pas appris grand-chose. Elle avait bien tanné son collègue, le lieutenant Guillaume Guillou, un flic bourru qu'elle amadouait parfois en le surnommant affectueusement « Guigui », néanmoins il n'avait pas lâché beaucoup d'éléments. Ce n'était pas par mauvaise volonté, seulement parce que « l'affaire Danielle Le Tallec » restait au point mort. Guigui lui avait surtout répété ce qu'elle savait déjà : sa mère était morte entre 17 h 15 et 18 h 15 d'un coup reçu entre l'os temporal et l'os pariétal du côté droit, un coup violent porté par un outil métallique, une serfouette pour être précis. L'objet avait été retrouvé dans le fond vaseux de la mare, la pointe encore légèrement ensanglantée. Aucune empreinte digitale ne put être décelée sur le manche en bois. D'après le médecin légiste, la mort avait été quasiment instantanée. Le corps avait ensuite été transporté jusqu'à la mare, dans la brouette du jardinier. Les traces de ses roues s'étaient imprimées dans la boue au bord de l'eau et d'infimes gouttes de sang séché avaient été relevées dans le véhicule. Par contre, l'endroit exact où sa mère avait été tuée restait introuvable. Le visionnage des caméras situées dans le grand hall ou au portail d'entrée du domaine n'avait rien donné. Mais cela ne voulait pas dire pour autant que le coupable venait forcément de l'intérieur de la résidence, car une grande partie du parc et de sa clôture n'étaient pas couverts par les caméras. Ses collègues avaient également vérifié les comptes en banque de sa mère sans rien déceler d'anormal, aucun mouvement d'argent suspect. Bref, il n'y avait pas eu vraiment de progrès dans l'enquête.

— Et cela risque de continuer, souffla-t-elle d'un air découragé.

— Pourquoi donc ?

— Il y a eu trois braquages suite à suite, en moins d'une semaine, à Rennes et dans son agglomération. Autant dire que mes collègues sont sur les dents et que le commissaire Derouin ne met pas vraiment la priorité sur le meurtre de ma mère.

Sa dernière phrase avait fini par dérailler, son timbre clair et régulier tressaillait sous les trémolos.

— On n'avance pas, bordel ! Ce n'est pas comme ça qu'on va retrouver le salopard qui a tué ma mère !

Ses yeux s'embuèrent peu à peu de larmes. L'armure que la jeune femme s'était forgée était en train de se fendiller.

Depuis le début, Dagorn l'avait trouvée particulièrement forte face au drame qui la frappait. Forte, pour ne pas dire dure et froide, comme si la mort de sa mère ne la touchait que très peu. Finalement, elle se décidait à laisser place à ses émotions, très naturellement. Le barrage de son indifférence lâchait enfin, les larmes jaillissaient maintenant en torrent.

L'homme ne dit rien, se permettant juste la familiarité de lui empoigner le bras, assez délicatement, pour lui signifier qu'il était présent, qu'il était sensible à son chagrin, en gardant une distance toute pudique. Il ne voulait en rien faire cesser ses larmes. Il croyait en l'effet bénéfique des pleurs pour se consoler, un effet cathartique pour chasser de l'esprit les plus noires ou tristes des pensées.

Elle finit par s'apaiser doucement, graduellement… Elle se crut obligée de s'excuser en essuyant ses yeux rougis.

— Vous n'avez pas à vous excuser, votre chagrin est bien compréhensible, dit-il posément.

— Maman est morte assassinée et j'ai l'impression que le monde entier s'en contrefout, lâcha-t-elle la voix déformée par les sanglots.

Elle renifla bruyamment.

— Moi, je ne m'en moque pas, madame, et je vous ai dit que je vous aiderai à retrouver le meurtrier, déclara-t-il en lui tendant un mouchoir.

Elle se moucha à deux reprises, avant de confier :

— Vous ne croyez pas qu'il soit temps que vous arrêtiez de me servir du madame à tout bout de champ. Cela fait un peu guindé, non ? Appelez-moi Noémie, cela sera plus simple et moins distant.

— Je le ferai si vous m'appelez Théodore en retour, répondit-il en souriant.

— O.K., va pour Théodore ! Je crois que c'est la première fois de ma vie que j'appelle quelqu'un avec ce prénom.

— C'est vrai que ce n'est pas très commun comme prénom… enfin de nos jours.

— Alors ça vous va bien, parce que vous n'êtes pas commun comme type.

Dagorn esquissa un petit sourire, sans qu'elle sache si c'était par politesse ou parce qu'il ne savait pas quoi répondre à son compliment. La jeune femme se disait qu'il était parfois difficile à cerner. Il renvoyait à tout moment l'image d'un homme calme, voire flegmatique, à moins que son sens de la déduction lui permît de savoir à l'avance ce que les autres allaient dire ou faire devant lui et qu'ainsi, il n'était jamais surpris. Quand elle conversait avec lui, il faisait songer à un joueur d'échecs qui a plusieurs coups d'avance sur son adversaire, qui a déjà anticipé tous ses futurs gestes et sait comment la partie va se terminer. Cela pouvait être affreusement déstabilisant, mais, pour l'heure, il la rassurait. Elle se sentait en confiance et surtout soutenue dans cette épreuve.

Les larmes avaient disparu et laissèrent peu à peu la place aux confidences. Dagorn l'écoutait religieusement, sans l'interrompre :

— Mes relations avec maman ont toujours été très conflictuelles, surtout à l'adolescence, mais aussi après, ce qui fait que j'ai rarement été proche d'elle, en tout cas, moins qu'avec mon père. Et ces derniers temps, c'était pire que tout. Lorsqu'elle a appris que je me séparais de mon conjoint, elle m'a fait un caca nerveux. Vous savez ce qu'elle m'a sorti sur le coup ? demanda-t-elle sans intention d'attendre la moindre réponse. Elle m'a dit : « Moi, au moins, j'ai attendu que ma mère décède avant de me séparer de ton père pour ne pas la chagriner. Tu aurais pu avoir cette élégance. » Vous vous rendez compte ? Comme si j'avais dû rester avec mon mec, juste pour ne pas la contrarier. N'était-ce pas un monstre d'égoïsme ?

Dagorn fit un petit signe de la tête pour signifier qu'il approuvait. Elle, elle tordit ses lèvres d'un air gêné.

— Je sais ce que vous vous dites, que je vous emmerde avec mes histoires de famille, lâcha-t-elle.

— Pas le moins du monde.

— Vous dites cela par politesse.

— Je le dis en toute sincérité, lança-t-il amusé. Vous savez, je n'ai rien de mieux à faire que de vous écouter en ce moment, blagua-t-il. Avez-vous une idée de ce qu'il nous était proposé comme distraction à la résidence cet après-midi ? Un « Goûter d'anniversaire en l'honneur de M. Lepigouchet » ! Croyez bien que je me suis abstenu de m'inscrire à ce genre d'activité digne d'une maison de retraite. Rien qu'en lisant le programme, bien que je n'aie qu'une patte valide, j'ai pris mes jambes à mon cou.

— L'activité « Épanchement sur les malheurs familiaux et conjugaux d'une femme flic » vous convient donc mieux ?

— Ce n'est même pas comparable. Mille fois mieux.

— Alors tant pis pour vous, je continue à me lamenter.

— Je suis tout ouïe.

D'un geste rapide, elle replaça derrière son oreille une mèche de cheveux qui s'était égarée sur sa pommette. Elle poursuivit son histoire, en troquant son ton larmoyant pour un ton plus enflammé et plus révolté :

— Mon enfoiré de mec a été s'envoyer en l'air avec une collègue de bureau, une pétasse maquillée comme une voiture volée. Et il croyait que j'allais lui pardonner comme s'il ne s'était rien passé, que ce n'était pas si grave après tout. Vous me croyez, si je vous dis qu'il est revenu un jour avec la bouche en cœur et un bouquet dans les mains en me balançant des « je t'aime » à tire-larigot ? Je peux vous certifier que je l'ai foutu à la porte de chez moi fissa.

— Pour ça, je vous fais confiance, dit-il en riant.

— Je ne peux pas lui pardonner à ce salaud.

La jeune Le Tallec le regarda subitement dans les yeux et lui demanda le plus sérieusement du monde :

— Et vous ? Votre femme vous avait-elle déjà trompé ?

— Non.

— Peut-être que vous n'en savez rien.

Il répondit sans l'ombre d'une hésitation :

— Ma femme était trop entière. Elle n'aurait jamais eu de double vie, jamais mené de double jeu. Si elle avait eu l'impression que notre couple était devenu bancal ou que son amour pour moi s'était éteint, elle m'aurait quitté aussitôt, sans chercher à trouver un palliatif auprès d'un autre homme. Cela ne fait aucun doute.

— Et à votre avis, si elle vous avait trompé, est-ce que vous pensez que vous lui auriez pardonné ?

— C'est une question que je ne me suis jamais posée. Je n'ai pas la réponse à ça.

— C'est rare que je vous voie sécher à une question. D'habitude, vous avez toujours le dernier mot.

— Avec mon épouse, je n'ai jamais eu le dernier mot, avoua-t-il en souriant doucement.

Un cri rauque leur fit détourner le regard.

Sur l'estran tout proche, encombré de goémon flottant, deux aigrettes garzettes marchaient dans l'eau peu profonde en étendant leurs longues pattes noires à doigts jaunes, leurs têtes penchées à la recherche de petits poissons et de crustacés. Elles avaient une démarche lente et apprêtée, paraissant ne pas vouloir éclabousser leur plumage immaculé à chacun de leurs mouvements.

Noémie semblait les examiner en silence, à moins que son regard s'éloignât jusqu'à l'île d'Arz, ou peut-être divaguait-il encore plus loin, jusque dans ses pensées mélancoliques ?

— Maman est morte et je n'ai même pas pu lui dire au revoir, lâcha-t-elle soudain, un peu amère. C'est vraiment con d'avoir des enfants et ne pas s'entendre avec eux. Cela devrait être obligatoire de bien s'accorder entre parents et progéniture. Cela devrait être naturel, être aussi simple que de le dire. Le jour où j'aurai des gosses, croyez-moi que je les aimerai de tout mon cœur et que je resterai tout le temps en bons termes avec eux, sans que jamais il n'y ait de brouille.

Assis à côté d'elle, Dagorn l'observa pendant qu'elle digressait sur l'amour maternel. Elle avait vraiment un beau profil, bien découpé avec son nez fin et son menton court. Ses yeux longs rehaussés de savants traits d'eyeliner noirs s'allongeaient à l'orientale. Tout le reste de son maquillage était discret, seuls ses yeux étaient sublimés. C'était osé à son goût, mais plutôt charmant, dommage que les larmes récentes aient quelque peu bouleversé l'harmonie du visage.

— Il y a ce qu'on dit et ce qu'on fait, glissa le quinquagénaire dans la conversation avec la délicatesse d'un homme qui voudrait replacer un oisillon dans son nid, sans brusquerie, pour ne pas l'effaroucher. La vie n'est pas toujours aussi simple qu'on le souhaite. On prend toujours de bonnes résolutions avant d'avoir des enfants et quand ils sont là, on s'adapte, on ajuste, on fait des compromis entre ce qu'on voulait et ce qu'on peut. C'est un peu comme les résolutions de début d'année. On y croit, on est motivé, mais la réalité rattrape souvent nos bonnes intentions.

— Vous avez des enfants, Théodore ?

— Nous avons eu une fille qui se nomme Victoire.

— Quel âge a-t-elle ?

— Elle va avoir 25 ans le 3 septembre prochain.

— Et vous vous entendez bien avec elle ?

— Pas vraiment, concéda-t-il en pinçant les lèvres. Je n'ai pas été un père exemplaire, souvent absent pour mes conférences, souvent absorbé par mon métier. Elle m'en a tenu rigueur, sans que je m'en rende compte.

— Comme quoi vous n'êtes pas si bon observateur que vous le prétendez ? ironisa-t-elle avec le sourire.

— Il y a surtout qu'on voit ce qu'on veut bien voir. Je savais que je délaissais ma fille, mais sans vouloir l'admettre. L'admettre m'aurait forcé à revoir le temps passé pour mon métier, un métier que j'adore. Tant que ma femme était encore de ce monde, elle faisait le lien entre ma fille et moi. Lors des repas ou des week-ends, j'étais présent, tout en faisant illusion. Je jouais le rôle du père, sans l'habiter totalement. Les rôles de mari aimant et d'éminent professeur d'Université me convenaient davantage. J'y étais plus à mon aise, plus en confiance, plus en sûreté. Les responsabilités me semblaient plus faciles à endosser que celles que doit supporter un père. À partir du jour où mon épouse est décédée, le lien s'est rompu avec ma fille. Je n'ai pas trop su comment lui parler, comment la consoler. J'ai des dons pour l'observation et pour la déduction, mais pas pour ces choses-là. Je n'ai pas l'instinct paternel.

— Il n'est peut-être pas trop tard, ajouta-t-elle en lui donnant un petit coup de coude amical.

— Cela fait cinq ans qu'on s'est à peine vus.

— C'est important de raccrocher les liens avec sa progéniture, croyez-moi, dit-elle avec l'assurance d'une femme qui a déjà vécu cent vies. Ma mère et moi n'avons pas su le faire et aujourd'hui, je le regrette amèrement. J'aurais dû m'asseoir sur mon amour-propre et aller vers elle. Moi, je ne peux plus le faire, mais vous, si !

— Ce n'est pas si évident.

— Je n'ai pas dit que c'était évident, j'ai seulement dit qu'il fallait tout tenter pour le faire.

— Je tenterais bien si je savais comment m'y prendre.

Noémie parut réfléchir quelques instants avant de demander :

— Quel était le livre préféré de votre épouse ?

Il répondit du tac au tac :

— *Bel Ami* de Maupassant.

— Alors, pour son anniversaire, envoyez-lui ce livre avec un petit mot, une sorte de bouteille à la mer, la bouteille du dernier espoir pour reprendre contact, pour renouer le lien.

— L'image est belle et l'idée séduisante.

— L'idée se tente, surtout. Ne faites pas comme moi avec ma mère. Réparez ce qui est réparable avant qu'il ne soit trop tard…

La sonnerie d'un portable vint interrompre brutalement et impudiquement leurs confidences. C'était une sonnerie assez gaie et rythmée, sans doute la mélodie d'une chanson à la mode, en tout cas d'une chanson que Dagorn ne connaissait pas le moins du monde. Cette sonnerie eut l'étrange effet de déclencher un tombereau d'injures de la part de la jeune fille :

— Bordel, je suis sûre que c'est encore Alex. Qu'est-ce qu'il peut me faire chier !

— Alex ?

— Oui, Alexandre, mon ex, répliqua la jeune femme en farfouillant dans la poche de sa veste. Il n'arrête pas de me téléphoner depuis quelques jours. Il veut me parler, il veut qu'on mette les choses au point, paraît-il. Il ne va pas être déçu. Je vais lui dire deux mots, juste ce qu'il faut pour lui dire d'aller se faire foutre !

Elle finit par tirer le smartphone de sa poche. En regardant son écran, elle parut étonnée.

— Tiens, ce n'est pas lui ! s'exclama-t-elle. C'est Alexis.

— Qui ça ?

— Alexis Hamon, celui qui vous a interrogé durant votre garde à vue.

— Ah oui ! Le beau lieutenant avec des yeux aussi bleus qu'un lagon de Polynésie.

— Oui, si on veut. Enfin, c'est lui. Je me demande ce qu'il me veut. Excusez-moi, lâcha-t-elle en prenant l'appel.

Il fit un petit geste de la main pour signifier qu'il n'y avait aucun souci. L'échange fut bref. Dagorn n'entendit que quelques bribes, mais le ton de surprise et d'inquiétude employé par Noémie lui fit comprendre qu'il y avait du grabuge.

— Quoi ? Qu'est-ce que tu dis ? cria-t-elle.

L'autre devait lui répondre, en expliquant la situation de manière très sommaire. La femme répliqua à toute vitesse :

— Je suis tout près du manoir. J'arrive tout de suite. Merci de m'avoir prévenue, Alexis.

Elle venait à peine d'éteindre son téléphone que Dagorn, brûlant de curiosité, l'interrogea :

— Que se passe-t-il ?

Elle eut la mine grave et le regard sombre en répondant :

— Il vient de me dire qu'un nouveau meurtre avait été commis aux Ormeaux.

Mort subite

À leur arrivée, le manoir des Ormeaux avait tout d'une fourmilière en effervescence. Il y avait des policiers partout ! Sur le perron, sur le parking, dans le parc et dans le hall ! Ils s'affairaient en tous sens, dans un ordonnancement indéfinissable. En les voyant s'agiter ainsi, Théodore Dagorn ne pouvait que faire le parallèle avec des fourmis survoltées après qu'un marcheur indélicat ait piétiné leur repaire.

La jeune Le Tallec gravit les marches du grand escalier extérieur en deux ou trois mouvements pour aller questionner un de ses collègues. Dagorn reconnut la silhouette épaisse du lieutenant Guillou. Il était en train de fumer en catimini derrière un pilastre du bâtiment. Il avait l'air renfrogné de voir sa supérieure. Il n'appréciait pas beaucoup être dérangé lors de ses pauses cigarette. Il y avait des moments sacrés pour lui, auxquels il ne fallait pas toucher. Malheureusement pour lui, Noémie n'avait pas les mêmes considérations de sacralité pour le clopage et il n'eut d'autre choix que de répondre à ses questions.

À cause de sa jambe impotente, Dagorn mit plus de temps à les rejoindre. Il ne put entendre l'essentiel de ce bref échange, juste capter quelques mots, une fois parvenu à leur niveau – empoisonnement – et surtout un nom, celui de la victime : François Lamour.

Le professeur sentit un serrement dans la poitrine en reconnaissant ce nom. Lamour était un des pensionnaires des Ormeaux, un fabricant de bateaux de plaisance dans le Finistère, un homme de 62 ans, bon comme du bon pain. Il jouait souvent au bridge avec lui et appréciait sa bonhomie. Cela faisait deux mois qu'il résidait à Sarzeau, pour surmenage comme il disait, ou pour un burn-out pour reprendre le vocable du monde du travail. Malgré les soucis et la fatigue de cet entrepreneur, jamais Dagorn n'avait pu prendre en défaut son amabilité et sa bonne humeur.

Son mégot collé aux lèvres, le policier trapu leur indiqua la chambre 19 où se trouvait encore le corps.

À plusieurs reprises, Noémie dut faire des pauses pour ne pas semer Dagorn dans les couloirs. Elle avait du mal à dissimuler son agacement tant elle était impatiente d'en savoir plus sur ce second meurtre. Le quinquagénaire s'excusa de ne pas être aussi véloce qu'un cabri, mais prétexta que sa jambe était plus raide qu'un bout de ferraille aujourd'hui.

Bien qu'ils mirent plus de temps que la normale, ils finirent par arriver devant la porte de l'appartement numéro 19.

Un policier en uniforme, d'une taille imposante, à la mine patibulaire, jouait les cerbères devant l'entrée. *Il a vraiment le physique de l'emploi*, pensa Dagorn avec amusement. Reconnaissant le capitaine Le Tallec, l'armoire à glace la laissa passer sans rien y trouver à redire. Il se montra plus circonspect en voyant ce civil avec une canne qui avait la prétention à son tour de pénétrer sur la scène de crime. La jeune femme se crut obligée d'intervenir :

— C'est bon, il est avec moi.

L'agencement de ce logement était en tout point similaire à celui du professeur. Seule la décoration changeait. Très peu de livres ici, mais plusieurs maquettes de voiliers et une foule de grandes photographies montrant des paysages de récifs ou de phares pris d'assaut par des vagues monstrueuses. L'appartement était orienté plein sud et le soleil, frappant sur la grande baie vitrée, réchauffait exagérément la pièce. On se serait cru dans une serre. Dagorn trouvait qu'il y faisait vraiment trop chaud. Et ce n'était pas le gros commandant Hascouet qui aurait pu le contredire. Il était en train de suer abondamment, comme un morceau de saindoux qu'on aurait mis à frire dans une poêle. Il épongeait son front dégoulinant avec son revers de manche.

— Bonjour, commandant ! lança la jeune femme survoltée.

— Nom de Dieu ! Le Tallec ! s'exclama Hascouet après un temps de surprise. Qu'est-ce que vous foutez là ? Vous n'avez pas compris que vous étiez en congé ?

À l'entendre grogner de la sorte, il avait tout d'un vieil ours sortant d'une longue période d'hibernation, énervé et acariâtre. Il était toujours ainsi lorsqu'il arrivait sur une scène de crime. Il ne supportait plus ça. Il en avait trop vu, il en avait trop enduré. Et cela se ressentait. Tous ses subalternes savaient que ce n'était jamais le moment où il fallait le titiller. C'est pourtant ce que fit Noémie à insister autant :

— Quand j'ai su qu'il y avait eu un autre meurtre, j'ai accouru, expliqua la jeune femme. Il y a sans doute un lien avec la mort de maman.

— Ça, c'est à moi et à mon équipe de le vérifier ! C'est notre boulot. Toi, tu n'as rien à foutre dans le coin. Alors tu dégages !

Resté un peu à l'écart, Théodore Dagorn s'avança et s'immisça soudain dans la discussion, sans y être invité :

— Comment est-il mort au juste ?

Il avait parlé d'une voix simple, légèrement détachée, de la même manière qu'un touriste en balade aurait demandé à un guide : « Cette église date de quel siècle ? »

Le commandant le regarda avec de grands yeux, tout éberlué qu'il ose ainsi s'insérer dans l'enquête.

— De quoi il se mêle le marquis ? J'ai déjà une chieuse sur les bras, ce n'est pas pour avoir un chieur en prime !

La phrase fit tiquer le professeur, mais le mot insultant pour lui n'était pas celui qu'on aurait pu croire.

— Marquis ? Pourquoi m'appelez-vous marquis ?

— Parce que ce n'est pas ce que vous êtes peut-être avec votre air prout-prout ? Et votre langage si soutenu qu'il en paraît démodé, voire anachronique. Sans causer de vos manières d'aristocrate sur le retour…

— C'est sur cette erreur de jugement que vous me qualifiez de marquis alors même que je ne possède aucun titre de noblesse ! Nous sommes tous roturiers dans ma famille. Mon grand-père était agriculteur, mon père également. De simples culs-terreux comme on disait.

— Avec près de 160 hectares de bonnes terres agricoles dans le Bessin, je crois que votre père tenait plus du *gentleman farmer* que du cul-terreux, corrigea Hascouet.

— Je vois que vous vous êtes renseigné sur moi.

— C'est mon métier, figurez-vous. J'essaye de tout savoir sur les personnes qui gravitent autour de mes scènes de crime. Et plus elles sont pénibles, plus je me renseigne, rien que pour le plaisir de dénicher quelque chose de gênant, de pas racontable.

— Oh, avec moi, vous pouvez chercher jusqu'à l'heure du Jugement dernier, vous ne trouverez rien de graveleux ou de répréhensible à vous mettre sous la dent !

— Je verrai bien.

— Quel dommage que vous ne mettiez pas autant d'énergie à retrouver le meurtrier de Mme Le Tallec que de harceler les honnêtes gens tels que moi, persifla le professeur.

Les deux hommes étaient à couteaux tirés. Ce n'était pas seulement deux personnalités qui se mesuraient l'un à l'autre, mais bien deux mondes diamétralement opposés. Leur combat de coqs aurait pu s'éterniser si Noémie n'était pas revenue à la charge pour grappiller de nouvelles informations sur le meurtre. Le commandant s'y opposa d'abord formellement, mais elle sut déployer des trésors de diplomatie pour le faire fléchir. Elle savait s'y prendre cette petite, songea Dagorn en l'écoutant. Mine de rien, elle déroulait ses phrases comme autant d'outils qui serviraient à éroder lentement, mais sûrement, les résolutions de son supérieur. C'était ni plus ni moins un long travail de sape qu'elle entreprenait, avec patience et détermination, descellant point par point les arguments d'Hascouet. Celui-ci finit par jeter l'éponge. Il se tourna vers le lieutenant Hamon :

— Vas-y, Alexis, explique-lui, car sinon, on ne va jamais avoir la paix. Elle est pire qu'une tique cette fille. Plus on essaye de s'en débarrasser, plus elle s'accroche, plus elle s'entête.

— Merci pour la flatteuse comparaison, commandant, mais je vous signale que je ne pompe pas le sang, moi, rectifia Noémie.

— Non, mais tu me pompes l'air, ce qui n'est pas mieux !

Le beau lieutenant aux yeux bleus fit un rapport succinct de la situation :

— Vers 16 heures, un goûter avait été préparé pour l'anniversaire du directeur des Ormeaux. Le cuistot, Kévin Gapaillard, avait confectionné des pâtisseries pour l'occasion. Au total, vingt-cinq personnes, résidents comme membres de l'équipe de direction, étaient présentes, dont

M. Lamour, dit-il en s'avançant dans la pièce pour montrer du doigt un corps allongé sur le lit.

À ses côtés, le médecin légiste faisait les premières constatations d'usage. Noémie chuchota à Dagorn que ce médecin se nommait Sébastien Guégan et qu'il avait la réputation d'être compétent. Le professeur le trouva vraiment atypique. C'était un homme de petite taille, totalement chauve, aux sourcils étonnamment fournis. Il avait un visage disgracieux, aux traits peu réguliers. Le menton était long, le front large et ridé. De fines lunettes rondes reposaient sur un nez épais. Il y avait une certaine préciosité dans ses gestes, un peu comme un archiviste manipulant avec une extrême précaution un manuscrit millénaire, de peur de l'abîmer.

— Entre 16 h 30 et 16 h 40, reprit Hamon, François Lamour s'est levé de table, disant qu'il ne se sentait pas bien, il avait comme des vertiges et un fichu mal de crâne. Il a voulu se diriger vers sa chambre, mais une aide-soignante a dû l'aider, car il avait des faiblesses dans les jambes. Arrivé à son logement, il s'est plaint d'avoir terriblement froid et il se sentait oppressé au niveau de la région cardiaque. Et là, ça s'est brusquement aggravé. Il s'est mis à convulser. Le docteur de garde a compris que c'était sérieux quand il a vu que les pupilles étaient dilatées et surtout que Lamour avait perdu toute sensibilité dans les membres. Il a demandé que le SAMU soit appelé de toute urgence. Mais c'était trop tard, son patient était comme paralysé et finalement, avant que le SAMU arrive, il était mort. L'heure du décès a été notée à 17 h 14.

— Donc, par empoisonnement, m'a dit Guigui ? interrogea Noémie pour avoir confirmation.

Le médecin légiste jugea qu'il était temps pour lui d'intervenir :

— Effectivement, il a été empoisonné, annonça-t-il d'une voix si doucereuse qu'elle en était peu agréable.

Il ne parlait pas ainsi par une quelconque obséquiosité, c'était son timbre de voix naturel. C'était toujours surprenant à entendre la première fois. Il y avait de quoi se demander s'il ne jouait pas un rôle à s'exprimer de cette façon mielleuse.

— Et empoisonné à quoi ? questionna la jeune femme.

Guégan s'apprêta à répondre lorsque quelqu'un lui grilla la priorité, à la surprise générale :

— C'est un empoisonnement à la ciguë.

Dagorn avait lâché cette phrase, d'un coup, comme une évidence. Noémie le dévisagea avec des yeux ronds comme des ballons.

— Comment vous savez ça, vous ? finit-elle par dire.

— Les symptômes décrits par le lieutenant ressemblent en tout point à ce que Platon a écrit dans le *Phédon* pour relater la mort de Socrate. Vous savez, au IVe siècle av. J.-C., ce philosophe avait été condamné à mort pour avoir corrompu la jeunesse. À cette époque, à Athènes, les citoyens étaient condamnés à boire de la ciguë. Et dans ce texte, il est noté que Socrate sent d'abord ses jambes s'alourdir, puis perd peu à peu toute sensibilité des membres inférieurs et du bas-ventre. Son corps se serait glacé et raidi inéluctablement jusqu'à ce que la mort survienne. La seule différence est qu'on pense que les Athéniens rajoutaient du pavot à la ciguë afin d'atténuer les douleurs.

Le capitaine Le Tallec demanda son avis au médecin légiste qui, après avoir regardé avec curiosité Dagorn, répondit :

— Effectivement, c'est bien de la ciguë, de la famille des apiacées. Ce poison est mortel à cause des alcaloïdes qu'il contient, notamment la conine. Sa molécule se fixe sur les récepteurs nicotiniques situés au niveau des terminaisons nerveuses et au niveau des muscles provoquant la paralysie et des convulsions, et au final, la mort à brève échéance, entre une demi-heure et une heure.

— Si c'est un poison, on peut retrouver sa trace, déclara la jeune femme. Il faut savoir où le meurtrier s'en est procuré. Est-ce qu'on le trouve en pharmacie ce machin ?

Cette fois encore, le médecin légiste ne fut pas assez rapide, ou Dagorn trop pressé de répondre :

— Pas besoin d'en acheter, Noémie, dit-il doucement de son ton docte. On en trouve dans la nature. Tout à l'heure, lors de notre promenade dans le sentier qui borde la pointe de Bernon, nous avons vu des plantes avec des fleurs blanches, c'est cela la grande ciguë. Depuis l'Antiquité, on sait que cette plante est toxique. Au ve siècle av. J.-C., Hippocrate préconisait déjà de l'appliquer seulement à usage externe et de ne jamais l'utiliser par voie interne, par ingestion, au risque de mourir avec souffrance. Au IIIe siècle av. J.-C., Théophraste[9] affirme qu'un dénommé Thrasyas de Mantinée avait réussi à créer un poison à partir des sucs de la ciguë, un poison sans remède. Dans le *Phédon*, il est dit qu'un esclave apporte le poison broyé dans une coupe. En fait, tout est toxique dans cette plante : les racines, les sucs, les boules vertes et les fleurs. On sait depuis longtemps dans nos campagnes qu'en écrasant cette plante et en la laissant macérer dans de l'eau, on peut en faire du poison.

— À vous entendre, on dirait que ce n'est qu'un remède de bonne femme, simple à faire avec quelques plantes.

9. Dans son ouvrage *Recherches sur les plantes*.

— Justement, non ! Ce n'est pas un remède *bona fama*, mais plutôt de *malum fama*[10], puisqu'il n'est pas fait pour guérir ou soulager un mal, mais bien pour nuire à quelqu'un.

— Et pour vous, c'est ce qu'a fait notre meurtrier ? Il a seulement pris des plantes du coin et il a confectionné son petit poison tout seul, comme un apprenti sorcier ?

— Apparemment, répondit-il. Il a fabriqué sa mixture létale et a dû l'injecter dans la pâtisserie mangée par François Lamour.

Cette fois, le docteur Guégan se manifesta, résolu à défendre ses prérogatives :

— Il faudra attendre que je l'autopsie pour le savoir réellement, mais… le raisonnement se tient, dit-il.

Il se demandait qui pouvait bien être ce grand gaillard en costume qui empiétait sans vergogne sur ses plates-bandes. Était-ce un éminent confrère ? Un spécialiste de la criminologie ? Il s'avança, un peu timidement, comme un petit enfant qui n'ose pas s'approcher d'une grande personne. Il lui tendit la main en lâchant de sa voix mielleuse :

— Je crois que je n'ai pas l'honneur de vous connaître, monsieur ?

— Oh, pardonnez-moi, je manque à tous mes devoirs, répliqua-t-il en lui serrant la main. Je suis Théodore Dagorn, professeur à l'université de Rennes.

— Professeur de médecine, je suppose ?

— Oh non, pas du tout. Professeur de littérature !

— Hein ?

Le médecin chauve resta bouche bée, sans plus rien comprendre.

---

10. L'expression « remède de bonne femme » vient d'une déformation des mots latins *bona fama* qui veut dire bonne réputation.

— Ce M. Dagorn est surtout un emmerdeur de première, intervint Hascouet agacé. Monsieur le marquis est un mêle-tout sans gêne qui a pris l'habitude de se balader sur les scènes de crime comme d'autres se promènent sur la croisette. Mais maintenant que sa curiosité malsaine a été satisfaite, il va me faire le plaisir de décaniller en vitesse avec Mme Le Tallec, et tous les deux, ils vont aller très très loin de moi et de mon enquête ! Compris vous deux ?

Le message était on ne peut plus clair.

La mort dans l'âme, ils allaient repartir quand le lieutenant Guillou fit brusquement irruption dans la pièce. Il était écarlate et haletant, autant que s'il venait de finir un marathon. Il avait du mal à reprendre son souffle. Il faut dire qu'il n'avait ni le physique ni les poumons pour piquer un sprint. Il prenait de grandes inspirations pour essayer de ventiler ses bronches encrassées par des années de tabagisme intensif. Par miracle, il fut en mesure de s'exprimer :

— Co… commandant ! On… On a retrouvé… Quelque chose… de bizarre à l'accueil.

— Qu'est-ce que vous avez retrouvé ?

— Un… Un message adressé à… à M. Lamour.

— Quel genre de message ?

— Le genre… de message… pas ordinaire.

— Cela veut dire quoi « pas ordinaire » ? Tu ne peux pas être plus clair, bordel de Dieu ?

— Cela veut dire qu'à mon avis, celui qui a écrit cela… est complément cinglé !

Le bibliste

« *La gourmandise fait partie des sept péchés capitaux. Il faut manger pour vivre et non vivre pour manger. Il n'est nul besoin de se nourrir plus que de raison. Notre ventre ne peut devenir notre Dieu. La gourmandise est mauvaise pour l'Homme, en cela qu'elle le porte à de grandes et déréglées licences qui sont tout à fait opposées aux bonnes mœurs. Jean Chrysostome a écrit :* C'est l'incontinence du ventre qui expulsa Adam du paradis. Et moi, je dis que celui qui succombera à la Tentation de la bonne chère sera expulsé du monde des vivants. On fera mourir chacun pour son péché. »

Le menton dans ses paumes de main, Dagorn lisait et relisait ce papier d'un air absorbé.

— Où le lieutenant Guillou a-t-il retrouvé ce message exactement ? finit-il par demander à Noémie Le Tallec.

— À l'accueil de la résidence, répondit-elle. Dans la corbeille où les pensionnaires déposent le courrier qu'ils veulent envoyer. Parmi les enveloppes timbrées, il y avait un papier A4 plié en quatre, avec, au recto, ce texte tapé à l'ordinateur et au verso « Pour M. Lamour » également tapé à l'ordinateur.

— Quand l'a-t-il trouvé précisément ?

— Eh bien, hier, en fin d'après-midi, quand nous étions tous dans la chambre du mort. C'est un employé, Erwan Le Roux qui, en quittant le manoir, a pris le courrier pour aller le poster à Sarzeau. C'est là qu'il a découvert ce message et il en a averti Guigui.

— Vous pouvez me remontrer le deuxième message, s'il vous plaît ?

La jeune policière s'exécuta. Le professeur l'examina dans un silence de scriptorium.

— *Il est écrit : « Détourne mes regards des choses vaines. L'Homme ne doit pas faire preuve d'indiscrétion, car elle est malsaine, en cela qu'elle est mère de deux autres vices : la convoitise et la médisance. Néanmoins, il est dans la nature de l'Homme d'être curieux. » Il est écrit : « L'œil ne se rassasie pas de voir et l'oreille ne se lasse pas d'entendre. » Il est dit également : « Le séjour des morts et l'Abîme sont insatiables, insatiables aussi sont les yeux de l'Homme. » L'indiscrétion est pourtant un vilain défaut, qu'il faut combattre, et je combattrai l'indiscret.*

Devançant de nouvelles questions, Noémie raconta le contexte de sa découverte :

— Ce mot-ci a été retrouvé hier, en début de soirée, dans la chambre de ma mère, juste plié sous un gros vase. « Pour Mme Le Tallec » était écrit sur le verso, aussi tapé à l'ordi. C'est le commandant Hascouet qui a ordonné que le logement de ma mère soit fouillé. Avec la trouvaille du message de Lamour, il a dû flairer qu'il y en aurait un aussi pour ma mère.

— Et sa chambre n'avait pas encore été perquisitionnée depuis qu'elle était décédée ? demanda-t-il un peu dubitatif. Depuis bientôt quatre jours ?

— Je ne sais pas vraiment, dit-elle en haussant les épaules d'incertitude. Sans doute sommairement puisque mes collègues ne recherchaient rien de précis et qu'elle est morte à l'extérieur de la résidence. De plus, je vous ai dit que tout le SRPJ était sur les dents ces derniers jours avec cette série de braquages à Rennes. Face à cette priorité, le commissaire Derouin n'avait mis que le strict minimum pour enquêter sur le meurtre de ma mère.

— C'est dommage. Il aurait été important de savoir quand, exactement, ce mot avait été déposé dans la chambre de votre mère.

— Je sais bien, mais je n'y peux rien.

— Est-ce qu'il y a des empreintes digitales qui ont été retrouvées sur ces deux papiers ? interrogea-t-il.

— Mais j'en sais rien, moi ! s'énerva-t-elle. Je suis comme vous, je suis déclarée *persona non grata* dans cette affaire. On ne me communique rien, on ne me dit rien. J'ai seulement réussi à obtenir les copies des deux messages. Et encore, cela a été chaud ! J'ai dû insister et Alexis a fini par me les refiler.

— Le lieutenant aux yeux bleus ?

— Oui, le lieutenant aux yeux bleus. Il me les a données par amitié pour moi.

— Seulement par amitié ? Vous êtes sûre ? lança-t-il d'un air malicieux. Il n'éprouverait pas d'autres sentiments plus prononcés à votre égard par hasard ?

— Vous dites n'importe quoi ! souffla-t-elle agacée.

— Ses yeux ne sont pas seulement d'un bleu magnifique, ils sont également éloquents lorsqu'ils se tournent vers vous. Je l'ai vu vous dévisager plusieurs fois hier et je suis persuadé qu'il se réjouit que vous ayez rompu avec votre compagnon.

Cette fois, c'en était trop. Elle pointa son index vers le quinquagénaire et lui lâcha, sans rien cacher de son énervement :

— Écoutez, Théodore, si je vous ai montré ces messages, c'est pour que nous trouvions une piste, pas pour que vous me cherchiez des prétendants ! Vous vous rendez compte que ce sont des mots écrits par l'assassin que nous lisons ! Ce n'est pas le courrier du cœur, ici !

La saillie arracha un rire sincère à Dagorn. Cette femme l'amusait. Ou plutôt l'étonnait, dans le bon sens du terme.

Elle pouvait être drôle, souvent mordante, franche et directe, combative, en somme, et peu impressionnable. Et par-dessus le marché, elle était très jolie. Pas surprenant que « Yeux bleus » ait un petit faible pour elle. Dagorn, lui-même, se disait que, plus jeune de quelques années, il aurait pu être sous son charme. Il reprit son sérieux, sachant qu'elle avait raison. Il n'était plus temps de badiner, mais bien d'essayer de tirer quelque chose de valable de ces billets.

Dans le silence de l'appartement du professeur, ils restèrent longtemps tous les deux, debout devant la table, à examiner les messages de l'assassin. Ils ressemblaient à deux membres d'un état-major étudiant une carte du champ de bataille avant un affrontement imminent, évaluant chaque éventualité, jaugeant les intentions de l'adversaire. Quel but pouvait poursuivre ce meurtrier ? Pourquoi semait-il derrière lui ces billets ? Était-ce un tueur en série ?

— Pour moi, on a affaire à un psychopathe, conclut la jeune femme.

— Au moins à un psychotique, ajouta Dagorn plus modéré. Mais quel genre ? Ça, je ne saurai le dire. Est-ce un maniaque ? Et vu qu'il associe Dieu à ses actes, est-ce un illuminé ? Un mystique ?

— Bref, c'est un taré ! lâcha la jeune femme.

— Voici un avis pour le moins tranché et lapidaire, dit-il en souriant. Il serait bon d'avoir le diagnostic d'un expert plus pondéré. Il faudrait par exemple demander à un psychiatre.

— O.K., ça, je m'en occupe, annonça Noémie sans l'once d'une hésitation.

Dagorn approuva d'un geste de la tête et reprit la parole :

— Il y a une chose qui m'inquiète fortement, c'est que les travers visés par le meurtrier, la gourmandise et la curiosité m'apparaissent comme bien mineurs.

— Vous avez raison, ce n'est pas grand-chose comme défaut, mais pour le meurtrier, cela apparaît suffisamment grave pour mériter de mourir.

— Pourtant, ceux-ci n'ont rien de péchés mortels, ce ne sont que des péchés véniels[11], le genre de péchés que tout un chacun commet régulièrement, voire quotidiennement : l'indiscrétion, le mensonge, l'envie, la gourmandise, la convoitise, l'oisiveté…

— Ce qui signifie que n'importe qui aux Ormeaux peut être en danger, poursuivit Noémie en écho à la phrase du professeur. N'importe qui peut être la prochaine cible de ce dingue, sous prétexte qu'il ne s'est pas conduit d'une manière exemplaire…

— … et qu'il ne soit pas d'une probité sans faille, ajouta Dagorn. Ce qui fait que le nombre de victimes potentielles pour un prochain meurtre est très important. Tout le monde peut être visé.

— C'est ce que je dis, on a affaire à un vrai taré, une sorte de tueur en série qui se prend pour Dieu le Père en personne ou pour un de ses serviteurs et qui punit qui lui semble ne pas être dans le droit chemin.

— Il ne nous reste plus qu'à espérer que vos collègues ne tarderont pas à mettre la main sur ce déséquilibré.

La jeune femme lui donna une tape amicale dans le dos en s'exclamant, un sourire aux lèvres :

11. Faute digne de pardon d'après l'Église, à l'inverse des péchés mortels qui concernent des actes plus graves comme le meurtre, le viol, la violence, le vol.

— Et nous aussi, on va essayer de démasquer ce cinglé, Théodore ! On ne va pas rester les bras croisés à attendre qu'il zigouille d'autres personnes.

— Je veux bien, néanmoins notre marge de manœuvre est bien limitée. Nous savons moins de choses que la police. Rien sur les empreintes digitales, rien sur l'ADN, rien sur le passé de François Lamour. Comme « Yeux bleus » ne vous redonne les informations qu'avec parcimonie, nous n'avons pas grand-chose à étudier, ni beaucoup de pistes à explorer.

— Alors, cherchons là où mes collègues ne s'attarderaient pas. Là où un érudit tel que vous peut nous être d'un grand secours.

— Que voulez-vous dire ?

— Essayons de trouver d'où proviennent ces textes ? De quoi sont-ils extraits ? De quels livres ? Grâce à ça, nous en apprendrons peut-être plus sur l'assassin.

— « Dis-moi, ce que tu lis et je te dirai qui tu es ! » glissa Dagorn. Ce n'est pas bête du tout comme idée.

L'homme fit soudain un bond en arrière, en traînant sa jambe meurtrie. Il prit sa canne et, presque exalté, s'écria :

— Venez, Noémie. Je vais vous présenter quelqu'un.

— Qui ? dit-elle surprise.

— Isidore Ndiaye.

— Qui est-ce ?

— C'est un pensionnaire tout comme moi, il loge à la chambre numéro 24, et de surcroît, c'est un bon compagnon.

— Et en quoi votre copain va-t-il pouvoir nous aider ?

— C'est un érudit de renommée nationale, spécialiste de l'histoire du christianisme. Il est ce qu'on appelle un bibliste.

— Ça sert à quoi un bibliste, au juste ?

— Je vous l'ai dit, à nous aider !

Ils n'échangèrent plus un seul mot en arpentant les couloirs vides de la résidence. Ils croisèrent très peu de personnes durant leur déambulation. Il faut dire que la nouvelle d'un second meurtre au sein de la résidence avait provoqué un vent de panique. Certains pensionnaires avaient préféré plier bagage et quitter ces lieux de mauvais augure. Ils n'auraient pas réagi autrement si on leur avait annoncé qu'il y avait un pestiféré dans une des chambres et que le risque de contagion était grand.

Ceux-là avaient détalé la peur au ventre, persuadés qu'un tueur fou liquidait impunément tous les résidents un à un. Mme Desmon racontait même à qui voulait bien l'entendre qu'un psychopathe échappé d'un asile s'était réfugié aux Ormeaux et prenait un plaisir sadique à trucider les pauvres gens au hasard, selon son humeur instable. Elle affirmait même l'avoir vu une nuit rôder dans le parc. Ses supputations ne reposaient sur rien de solide et de vérifié, mais elles avaient trouvé un écho parmi les plus sensibles et les moins sensés des pensionnaires. Il est connu que c'est toujours dans les périodes de trouble ou de malheur que les rumeurs circulent le plus aisément. La crainte et l'incertitude rendaient les oreilles plus perméables aux ragots.

Une fois arrivé devant la chambre numéro 24, Dagorn marqua un temps d'hésitation. Il crut bon d'avertir la jeune femme :

— Noémie, il faut que je vous informe d'un fait important. Ce cher Isidore a quelques soucis avec l'alcool. Et s'il est aux Ormeaux, c'est dans le but d'entreprendre une cure de sevrage, du moins, c'est dans ce but que son épouse l'y a envoyé.

— D'accord.

— Ceci étant dit, il vous faut savoir qu'Isidore n'est pas vraiment le genre d'homme à se plier à des règlements et qu'il prend beaucoup de libertés avec son sevrage.

— Bref, il picole toujours.

— C'est dit un peu trivialement, mais il est vrai qu'il a encore des difficultés à lâcher la dive bouteille. Il prétend qu'il en a besoin pour s'animer et pour ressentir pleinement les choses. Sans whisky, il se sent apathique et inutile, il ne se sent pas lui-même. Je crois que c'est Barbey d'Aurevilly qui comparait l'alcool « au feu de Prométhée » permettant à « la vie de couler dans la misérable et flasque argile » que sont les hommes. Eh bien, figurez-vous que c'est à peu de choses près ce que pense mon ami.

— Cela promet, souffla Noémie en levant les yeux au plafond.

Dagorn frappa brièvement à la porte. Un homme immense à la peau noire vint leur ouvrir, un grand sourire aux lèvres. Les présentations furent faites assez sommairement. Noémie fut sincèrement impressionnée par la stature d'Isidore Ndiaye. Il était très corpulent, voire gros, mais il n'avait rien d'un obèse. Son poids semblait bien proportionné par rapport à sa taille. Il avait tout d'un colosse, un colosse jovial et avenant. Son crâne était aussi nu qu'un œuf. Il avait le nez épaté, un vrai nez cassé de boxeur. De petits yeux vifs étaient noyés dans un visage rond et massif.

À peine entrés, Ndiaye leur proposa de prendre un verre. Sans attendre de réponse, il se dirigea vers une imposante bibliothèque qui courait tout le long d'un mur et il déplaça plusieurs volumes d'une encyclopédie derrière lesquels il avait soigneusement dissimulé un florilège de bouteilles d'alcool. Le Tallec déclina l'offre poliment. Dagorn n'eut pas besoin de dire quoi que ce soit que le géant lui avait déjà collé entre les mains un ballon de porto. Manifestement, il connaissait les goûts du professeur. La jeune femme comprit que ces deux-là avaient leurs petites habitudes. Ndiaye se servit très généreusement du whisky dans un grand verre et commença à ingurgiter plusieurs rasades :

— Qu'est-ce qui vous amène chez moi ? finit-il par demander.

Le professeur se mit à lui parler des deux messages retrouvés après les meurtres et expliqua qu'il espérait qu'il pourrait les aider. L'homme vida la fin de son verre d'un trait et, la bouche encore pleine de liquide, il acquiesça d'un signe de tête.

— Par contre, il va peut-être falloir y aller mollo avec le whisky, sinon vous ne pourrez pas nous aider à grand-chose.

La jeune femme avait lâché cette phrase d'un coup, sans enrober son propos, sans même faire mine d'y mettre les formes.

— Il me faut vous prévenir que Mme Le Tallec ne met pas toujours de gants lorsqu'elle s'exprime, précisa Dagorn un peu gêné. Elle est assez franche et dit ce qu'elle pense.

— Je ne vois aucun mal à ça, commenta Ndiaye rigolard. Et puisque vous me faites l'honneur de votre franchise, je vous répondrai de la même façon, sans travestir ma pensée. Je ne bois jamais pour m'enivrer, madame, seulement pour me stimuler l'esprit. C'est un coup de fouet que j'inflige à mon cerveau afin d'être opérationnel et faire mes recherches. Sans cela, je ne suis bon à rien. Il est bien connu que l'alcool ouvre à l'inspiration et à l'imaginaire. N'est-ce pas, Théodore ?

— C'est ce que prétendent certains écrivains en tout cas. L'alcool leur aurait servi de muse, leur aurait insufflé leurs plus belles pages comme pour Ernest Hemingway ou Francis Scott Fitzgerald.

— Ce sont des conneries que tout cela, répliqua-t-elle sèchement. Je peux vous dire qu'au commissariat, j'en ai vu défiler des poivrots, et ils n'avaient rien à voir avec des artistes inspirés. Quand ils dégobillaient dans leur cellule, ce n'était pas pour nous faire des œuvres d'art avant-gardistes. C'étaient des ivrognes, point barre, de pauvres pochtrons.

— Tout est une question de dosage ! s'exclama le colosse noir en levant les bras au ciel. Prenez l'exemple d'un ferronnier qui veut créer un objet en bronze, il devra doser les bonnes proportions de cuivre et d'étain pour permettre la fusion adéquate. C'est la même chose pour le whisky ! Il s'agit d'une complexe alchimie afin que les vapeurs de l'alcool puissent booster les neurones sans les ramollir.

— À trop boire, vos neurones risquent plutôt de surnager dans un océan de whisky comme des poissons crevés qui flottent sur le dos dans une mare polluée. Pour moi, les vapeurs d'alcool embuent les réflexions plus qu'elles n'élèvent l'esprit. Vous avez beau faire de grands discours sur l'alcool pour vous donner bonne conscience, moi, je vous assure que cela finira par vous jouer de mauvais tours.

— Est-elle piquante, votre amie ! lâcha Ndiaye en riant.

— C'est vrai qu'elle peut avoir l'humeur hérissonne quand elle veut. Mais dans les moments où elle ne se met pas en boule, il faut admettre qu'elle est de bonne compagnie.

— Monsieur est trop aimable, ajouta Le Tallec en renvoyant une grimace espiègle à Dagorn.

À se montrer directe, sans moucheter sa pointe, la jeune femme avait jeté un pavé dans la mare, ce qui eut l'effet bénéfique et inattendu d'obtenir une pause dans les libations du bibliste. Il posa son verre sur un guéridon en acajou plaqué de bois d'ébène et s'affala dans un fauteuil en velours gris, assez laid à vrai dire. Au vu de sa silhouette massive, le fauteuil paraissait presque trop petit pour lui. Ndiaye se saisit des deux messages qu'on lui tendait et se mit à les lire attentivement.

— Sauf votre respect, jeune femme, il est vrai que madame votre mère était sacrément curieuse. Toujours à poser des questions sur les gens, toujours à fouiner.

— Je suis bien placée pour le savoir. Elle se mêlait de tout, surtout quand cela me concernait, dit-elle, mais de là à vouloir la tuer…

— À moins qu'elle n'ait déniché un secret auquel le meurtrier tenait.

— C'est envisageable.

— Par contre, ce que je ne m'explique pas, poursuivit Ndiaye, c'est que ce pauvre François Lamour ait eu un mot sur la gourmandise. Il était certes bon mangeur, mais n'avait pas un coup de fourchette si exceptionnel que cela. Moi, dit-il presque avec fierté, c'est autre chose. Je vous assure qu'il vaut mieux m'avoir en photo qu'à table.

Dagorn vint confirmer son propos :

— C'est vrai que même Gargantua passerait pour un petit joueur à côté d'Isidore lorsqu'il est attablé.

— Alors pourquoi l'avoir tué et lui avoir laissé un message sur la gourmandise ? Avec sa déprime, il aurait pu choisir un autre péché, la mélancolie par exemple, voire la paresse, mais pas la gourmandise.

— Je ne sais pas, Isidore. Je m'étais fait la même réflexion que vous, mais je n'ai aucune réponse, ajouta Dagorn. Quelque chose nous échappe pour l'instant dans le cheminement intellectuel du tueur.

L'homme avait dû se dire qu'il avait été sobre déjà de trop longues minutes. Il se saisit de la bouteille pour remplir son verre avant d'ingurgiter goulûment plusieurs gorgées de whisky. Cela impatienta le capitaine Le Tallec et elle repartit à la charge :

— Qu'est-ce que vous pouvez nous dire sur le contenu des textes ? Il paraît que vous êtes un spécialiste en la matière, c'est le moment de nous le prouver et surtout de nous montrer que vous n'êtes pas seulement un spécialiste en bourbon ou en scotch.

— Je vais vous dire ce que j'en pense, jeune effrontée, une fois que j'aurai fini de désaltérer ma bouche asséchée. Ces textes sont de la composition d'un individu, dit-il en reposant son verre vide. Ils ne sont pas issus *in extenso* d'un seul ouvrage. Il a compilé en un texte diverses choses, comme des proverbes ou des maximes populaires, des passages de la Bible et des extraits d'une somme.

— Une somme ? répéta Noémie. C'est quoi au juste ?

— C'est un manuel de confesseur qu'on utilisait au Moyen Âge et à l'époque moderne, expliqua Dagorn. Cela servait de mode d'emploi aux prêtres pour entendre les confessions des fidèles.

— Exact, il n'était pas toujours évident pour les curés de savoir interroger leurs paroissiens. Par conséquent, l'Église avait jugé utile de rédiger des sortes de livres d'instruction pour questionner les pécheurs et leur faire avouer leurs fautes.

— Ce n'est pas le genre de bouquin que l'on trouve partout aujourd'hui, je suppose ?

— Vous supposez bien, jeune femme. Celui qui a écrit vos messages doit posséder une somme chez lui. Si je ne m'abuse, c'est celle rédigée par le révérend père Étienne Bauny qui appartenait à la compagnie de Jésus au XVIIe siècle. J'ajouterais que notre inconnu possède une solide culture du christianisme. Il mentionne notamment le nom d'un père de l'Église, Jean Chrysostome.

— Quoi d'autre ?

— Il y a une chose qui m'étonne, dit-il en avalant une nouvelle dose d'alcool.

— Quoi donc ?

— On dirait que votre inconnu a utilisé plusieurs Bibles différentes.

— Plusieurs Bibles ? s'étonna Noémie. Mais je croyais qu'il n'y avait qu'une seule Bible.

Sa remarque provoqua un rire de Ndiaye. Son ignorance paraissait beaucoup l'amuser.

— Il n'y a qu'une Bible, jeune béotienne, mais il y a plusieurs traductions, plusieurs versions. Attendez, ne bougez pas, ordonna-t-il en s'arrachant de son fauteuil. Je vais vous expliquer.

Il s'éloigna dans un coin sombre de la pièce où traînaient plusieurs ouvrages reliés en cuir empilés sur une table basse. Il tira un rideau pour laisser entrer la lumière du jour et éclairer la zone. Les livres ne semblaient pas classés d'une manière très professionnelle et il mit un peu de temps à trouver ce qu'il voulait.

D'une voix la plus discrète possible, Noémie confia le fond de sa pensée au professeur :

— Théodore ?

— Oui ?

— Et si c'était lui ?

— Lui qui ?

— Et si c'était lui le tueur ? Après tout, il a l'air de toucher sa bille question religion et Bible, tout comme l'assassin. C'est troublant, non ?

— Oubliez cette idée, Noémie. Isidore était à Nantes durant deux jours pour donner des conférences sur le rôle de saint Paul dans la création des Églises primitives dans l'Empire romain. Il vient seulement de rentrer ce matin. Ce qui fait qu'il n'était pas aux Ormeaux quand François Lamour a été empoisonné.

— Ah ! lâcha-t-elle un peu déçue de voir son hypothèse s'effondrer.

— De toute façon, Isidore est quelqu'un de bien, je m'en porte garant. Son seul défaut est son amour immodéré pour le whisky. Il n'a rien d'un tueur.

— Si vous le dites.

La conversation s'arrêta subitement. Ndiaye revenait vers eux, une pile de livres entre les mains. Il posa son fardeau sur le guéridon et reprit son discours :

— Comme je vous le disais, il n'y a qu'une Bible, mais écrite en hébreu pour l'Ancien Testament et en grec pour le Nouveau Testament. En conséquence, cette Bible a dû être traduite. Cependant, il existe des différences dans les présupposés de traduction. Par exemple, si vous voulez une traduction très littérale qui respecte au maximum la langue originale, il vous faudra la *Bible de Darby*, déclara-t-il en montrant un des ouvrages. Au contraire, si vous voulez un texte plus accessible aux néophytes, choisissez la *Bible en français courant*. Il y a également des variantes selon les différents courants du christianisme : la *Bible de Jérusalem* est plus appréciée des catholiques alors que la *Nouvelle Bible Segond* est préférée des protestants. La *Bible du Semeur* est souvent plébiscitée par les évangéliques, ajouta-t-il en leur faisant passer les différents livres entre les mains. Ou il existe la TOB — ou *Traduction œcuménique de la Bible* — qui est une version qui s'accorde avec toutes les branches du christianisme.

— Et en quoi cela nous intéresse de savoir cela ? déclara-t-elle avec une mine boudeuse.

— J'y viens, jeune impatiente, j'y viens. En écrivant : « On fera mourir chacun pour son péché », notre inconnu a repris un passage des *Psaumes* venant de la *Bible Segond* de 1910. Par contre, « Détourne mes regards des choses vaines » provient du *Deutéronome* de la *Bible du Semeur*. À l'inverse, « Le séjour des morts et l'Abîme sont insatiables, insatiables aussi sont les yeux de l'Homme » a été extrait du livre des *Proverbes de la TOB*.

— Au risque de me répéter, en quoi cela fait avancer le schmilblick de savoir tout ça ?

— Cela signifie une chose, que votre inconnu n'utilise pas une seule Bible pour écrire ses messages.

— Ça, j'ai bien compris et alors ?

— Et alors, vous connaissez beaucoup de gens qui ont trois versions différentes de Bible dans leur maison ? demanda-t-il en souriant.

— À part vous, personne.

— Ce qui veut dire que votre type ne puise pas ses phrases dans une Bible en papier, mais sur internet, sans se soucier de la version.

— Donc ?

Pointant son doigt vers elle, Ndiaye lui exposa son raisonnement, tel un vieux sage donnant ses recommandations :

— Donc la police ne devrait avoir aucun mal à retrouver dans les historiques ou dans les disques durs les mots notés dans les moteurs de recherche, même ce qui a été effacé. Si vos collègues perquisitionnent les ordis et les portables de tous les résidents des Ormeaux, ils trouveront sans peine la personne qui a fait récemment des recherches sur la Bible, sur les péchés de gourmandise et d'indiscrétion…

Le visage de la jeune femme s'illumina avec cette expression heureuse qu'aurait une personne assoiffée égarée dans un désert aride et qui apercevrait enfin une oasis habitée.

— Mais c'est pas con comme idée ! s'écria-t-elle.

— Je suis heureux d'avoir votre approbation, mademoiselle, répondit Ndiaye hilare. Et dorénavant, ne critiquez plus le saint whisky, car cette idée est justement le fruit d'une heureuse alliance entre mes neurones et du pur malt.

— J'y penserai.

Sans attendre, Noémie se précipita vers la porte en criant au professeur :

— Venez, Théodore. Si on part tout de suite, on a des chances d'arriver à Rennes vers 12 h 30. Il nous faut convaincre Hascouet de perquisitionner tous les ordis. On a enfin une chance de coincer le tueur ! On va remonter la piste jusqu'à ce salaud ! On va l'avoir grâce à ses foutus messages !

Un fragile moment de calme

Le square Hyacinthe-Lorette ne payait pas de mine, confiné ainsi entre la rue Nantaise et la rue de la Monnaie. Ce n'était qu'un modeste quadrilatère végétal, plus long que large, encadré par une suite de petits immeubles, ternes et monotones, au cœur de Rennes. Une modeste oasis de verdure dans un désert de bitume et de béton.

C'était pourtant là que le commandant Patrice Hascouet aimait venir manger un casse-croûte presque chaque midi, qu'il fasse beau ou non. Il avait ses habitudes, comme les petits vieux, disaient ses collègues en le moquant, et Hascouet dérogeait rarement à ses habitudes. Il quittait invariablement le SRPJ pour remonter tout le boulevard de la Tour-d'Auvergne en direction du nord. Il dépassait la Croix de la Mission qui était à l'entrée du square, mais ne s'y arrêtait jamais. Durant son enfance, sa mère bigote lui avait tellement bassiné les oreilles de toutes ces bondieuseries qu'il était devenu un athée endurci. Il était comme allergique à tout ce qui lui rappelait la religion, alors forcément, cette croix noire surchargée de globes dorés, flanquée des statues salement grisâtres de la Vierge et de saint Jean, il ne la regardait même pas. Il l'ignorait superbement, c'était quasiment un geste politique pour lui, une manifestation ostentatoire de son athéisme.

Hascouet préférait s'asseoir un peu plus loin, sur un des vieux bancs longeant la haie, juste à côté d'une poubelle. Il tournait le dos à la rue Nantaise et au passage bruyant des véhicules. Et là, face au vénérable rempart de la vieille ville, à moitié recouvert d'une glycine taquine, il sortait son sandwich et mangeait paisiblement. Il contemplait successivement la tour Duchesne, la massive enceinte du XVe siècle et le mur gallo-romain.

Il aimait ce lieu, sans vraiment savoir expliquer pourquoi. Sans doute qu'il se sentait proche de ce vieux bâtiment médiéval et de ces vestiges d'une autre époque. Il était massif et âgé comme eux. Il était perdu, tout comme eux, au milieu de ce monde bruyant et moderne qui le dépassait totalement. Il avait l'impression de ne plus être à sa place, d'avoir raté une étape dans sa vie. Il se répétait souvent la phrase d'Alfred de Musset qu'il aurait pu faire sienne : « Je suis né trop tard dans un monde trop vieux », à l'exception près qu'il aurait écrit, lui, « dans un monde trop neuf, trop moderne, trop rapide, trop excité… »

Dans ce square, il se sentait hors du temps, dans une bulle propice au repli sur soi. Il laissait toujours son portable au SRPJ pour être sûr que personne ne vienne l'emmerder. Il ne songeait plus à rien de tracassant ou d'ennuyant. Il se contentait de rester seul et apaisé. C'était une sorte de retraite spirituelle, brève, mais nécessaire. Après avoir pique-niqué, si le soleil était au rendez-vous, et s'il avait le temps, il rentrait à l'hôtel de police en faisant un petit détour, pour longer le paisible quai Saint-Cyr avant de traverser la Vilaine par la rue Malakoff et de revenir tranquillement par la rue des Trente.

Mais ce midi, il n'en aurait pas l'occasion. C'est à cela qu'il pensa aussitôt en voyant venir à lui ces deux personnes. Le problème avec les habitudes, c'est que votre entourage ne tarde pas à les connaître et sait où venir vous retrouver. La femme, vêtue d'un pantalon en jean et d'une tunique au motif cachemire, il l'identifia aussitôt. C'était le capitaine Le Tallec. Pour l'homme, il n'eut pas plus d'hésitation. Il ne connaissait personne d'autre que ce fameux Dagorn capable, à notre époque, de porter un pantalon en lin, un chapeau panama et une veste de sport à martingale. Patrice Hascouet était persuadé n'avoir jamais vu quelqu'un porter ce genre d'accoutrement à part dans de vieux films en noir et blanc des années 1940 ou 1950. Au bonjour que le duo lui lança, il répondit par une phrase lapidaire :

— Putain, ce n'est pas vrai ! Qu'est-ce que vous foutez là ? grogna-t-il. Vous êtes pires que des morpions tous les deux. Toujours dans mes parages !

Ce genre d'accueil mit tout de suite Noémie Le Tallec au parfum. Connaissant le côté bourru de son collègue, elle tenta de l'amadouer en usant d'un maximum de tact que n'aurait pas renié un diplomate en mission. Elle détailla sa pensée avec patience et minutie, expliquant qu'elle était sur une piste sérieuse grâce aux deux messages retrouvés dans la résidencc. Cela ne parut pas être suffisant puisque son chef la rabroua assez sèchement :

— De quoi te mêles-tu, bordel ? Tu n'as pas à t'occuper de l'affaire. Toi, tu es en congé, alors tu me fous la paix.

Elle insista, donnant tous les arguments qui lui venaient à l'esprit, mais rien n'y fit.

— Écoute, petite, ta piste sérieuse, nous l'avons déjà examinée sous toutes les coutures et pour l'instant, elle ne mène nulle part. Nous avons fait vérifier les deux papiers par le labo et nous n'avons retrouvé aucune trace d'empreinte digitale ni le moindre ADN exploitable. Nous faisons chou blanc avec ta fameuse piste. Nous avons juste pu déterminer qu'ils avaient été imprimés avec deux machines différentes, une laser et l'autre à jet d'encre. Mais c'est tout.

— Et sur l'auteur des mots, on…

— Nous ne t'avons pas attendue pour essayer de déterminer la personnalité de l'auteur. Nous avons fait appel à un expert psychiatre qui pense que nous avons affaire à un type à l'état psychotique envahissant à tendance mystique. Mais pour ma part, je crois qu'on a surtout affaire à un cinglé qui parsème son chemin de macchabées avec de la prose. Enfin, tant que nous n'avons rien de plus consistant sous la dent, nous ne pouvons être sûrs de rien.

C'est le moment que choisit Dagorn pour intervenir :

— Dites-moi, commandant, pourriez-vous nous dire quel mot vous avez retrouvé en premier, celui concernant Mme Le Tallec ou celui de M. Lamour ?

— Celui de Lamour, répliqua-t-il froidement.

— Pourriez-vous être plus précis ? poursuivit-il avec un soupçon de douceur pour ne pas l'effaroucher. Si vous avez retrouvé le mot de Mme Le Tallec en second, est-ce parce que le tueur a déposé ce papier en dernier ou est-ce parce que vous n'aviez pas bien fouillé sa chambre le premier jour ?

L'autre mit beaucoup de mauvaise grâce à répondre :

— Nous n'avons pas fouillé la chambre de Mme Le Tallec le jour où nous avons retrouvé son corps et…

— C'est très regrettable, ajouta Dagorn en oubliant toute diplomatie. Vous auriez dû le faire. Maintenant, cet oubli nous empêche de cerner le *modus operandi* du meurtrier. Avait-il tout préparé en amont, bien méthodiquement, ou a-t-il mis ces deux billets après coup ? Là est toute la question !

— Mais vous vous prenez pour qui ? Pour un détective ?

— Pas du tout ! J'essaye juste de vous aider pour coincer l'assassin. Cependant, il me semble que vous avez commis une erreur en omettant de perquisitionner l'appartement de Mme Le Tallec.

Pour le commandant Hascouet, l'autre avait dépassé les bornes et il lui fit savoir sur-le-champ :

— Bon, vous, le marquis, que nous soyons bien clairs ! Quand j'aurai des conseils à demander sur la Pléiade ou sur les tenues vestimentaires du XIXe siècle, je vous interrogerai, car vous en connaissez sans doute un rayon, mais pour l'enquête, je n'ai aucun conseil à recevoir de vous. Je sais ce que je fais.

Dagorn resta interdit quelques secondes. Il regarda son interlocuteur avec suspicion avant de demander :

— On peut savoir ce que vous reprochez à ma tenue ?

— Je ne vous reproche rien. Je suis juste étonné par votre look.

— Mon look ? Je suis bien habillé jusqu'à preuve du contraire. Je ne peux pas en dire autant de vous, on dirait que vous vous habillez dans une friperie.

— Ah ça, répliqua le policier en rigolant, je vous concède qu'on ne doit pas se vêtir dans les mêmes lieux… ni dans le même siècle.

— Je suis habillé avec goût, figurez-vous.

— Ce n'est pas parce que vous vous êtes mis sur votre 36 que vous vous êtes habillé avec goût.

— Pour votre gouverne, sachez que l'on dit « se mettre sur son trente et un », cela vient de « trentain », une étoffe raffinée et autrefois onéreuse, composée de trente fois cent fils. Et « se mettre sur » signifiait « revêtir », et donc je…

Hascouet lui coupa la parole sans ménagement :

— Je m'en tape le coquillard sur l'air de *Bohemian Rhapsody* de ce que cela signifie ! Et je me contrefous aussi de vos conseils sur la manière de mener cette enquête !

Noémie crut nécessaire d'intervenir avant que cela dégénère. Elle temporisa les choses en s'adressant à l'un puis à l'autre. Un vrai petit Casque bleu cette femme ! Elle était en train d'obtenir des miracles jusqu'à ce que Dagorn lance une dernière injonction qui n'eut pour effet que de jeter de l'huile sur le feu :

— Je sais pourquoi votre commandant m'attaque aussi rudement, Noémie. Vous savez, comme disait Paul Valéry : « Qui ne peut attaquer le raisonnement, attaque le raisonneur. » Et comme votre chef se sent en porte-à-faux sur la gestion de cette affaire, il préfère retrousser les babines et montrer les crocs.

Le ton monta de nouveau et la jeune femme ne put obtenir un semblant de calme qu'en sommant le professeur de se taire une bonne fois pour toutes. Il s'exécuta et recula de quelques pas. Le capitaine Le Tallec en profita pour faire une autre demande à son chef :

— Il faut que vous demandiez au procureur un mandat pour perquisitionner toute la résidence des Ormeaux.

L'autre parut surpris.

— Dans quel but ?

— Nous supposons que…

— Qui suppose ? Toi et ton marquis ?

— Peu importe, commandant ! Nous sommes persuadés que le tueur est à l'intérieur du SSR de Sarzeau et que, pour rédiger ses petits messages, il a pris des passages de la Bible sur internet. Il a dû utiliser des moteurs de recherche pour prélever des informations ou des extraits de l'Ancien et du Nouveau Testament.

— Et donc, que proposes-tu ?

— Que vous récupériez tous les ordinateurs et les smartphones de la résidence ! lâcha-t-elle presque exaltée. Nos équipes n'auront qu'à chercher dans les historiques ou dans les disques durs qui s'est intéressé dernièrement à la Bible.

— Donc tu veux que je sollicite le procureur pour faire cela ?

— Oui !

— Mais le procureur ne voudra jamais nous accorder un tel mandat. Ce n'est qu'une supposition qui ne repose sur rien de solide !

— Il faut tout tenter pour retrouver l'assassin de ma mère ! répliqua-t-elle énervée par tant de mauvaise volonté.

— Je ne le ferai pas !

— Mais pourquoi ?

— Parce que si on récupère tous les ordinateurs des pensionnaires des Ormeaux, on va au-devant d'emmerdes monumentales. Je te rappelle que tous ces gens ne font pas partie de notre monde, ou du moins du monde de la plupart des flics. Toi et ta famille êtes peut-être aisées et fréquentez le beau linge, mais ce n'est pas le cas de la plupart d'entre nous.

— Et alors ? Où est le problème ?

— Le problème, c'est qu'ils font tous partie de la haute, voire de la très haute. En convalescence aux Ormeaux, il y a des chirurgiens, de gros industriels, deux députés et même un ancien ministre ! Que du beau monde ! Ces gens-là ont l'habitude de péter dans la soie et crois-moi, ils n'aiment pas trop que des sous-fifres comme nous viennent leur renifler le derrière.

— Il faut quand même chercher, car…

— Non ! s'emporta-t-il. Nous n'allons rien chercher du tout ! Comment crois-tu qu'ils vont réagir lorsqu'on va fouiller dans leurs disques durs, dans leur intimité ? Comment vont-ils réagir si on découvre que madame des Fouilles Pleines s'achète des boules de geisha sur Amazon ? Ou que monsieur du Haut-du-Pavé va sur YouPorn ? Ou que le comte de la Pétaudière tchatte avec de grands moustachus tout de cuir vêtus pour se retrouver dans des soirées à thème genre « bondage et martinet » ? Comment vont-ils réagir ? Eh bien, je vais te le dire.

Dès qu'on va commencer à fureter dans leurs petites affaires, ils vont tous appeler leurs relations. Et crois-moi si je te dis qu'ils en ont ! Cela pourrait bien remonter jusqu'à la place Beauvau ou la place Vendôme, et tu vas voir qu'ensuite, les emmerdes vont nous tomber sur le dos aussi sûrement qu'un nuage de criquets sur un champ de millet au Sahel. Crois-moi, petite, ils vont remuer ciel et terre pour qu'on leur foute une paix royale. Alors, je suis désolé, mais je ne vais pas convoquer le ban et l'arrière-ban pour cette idée stupide que ton marquis et toi venez de pondre.

— Pourtant vous…

— Tais-toi, bordel ! Je te rappelle que tu es déchargée de l'enquête. Tu n'as pas à t'en occuper. Presque toute mon équipe est déjà sur l'affaire et fait de son mieux.

Dagorn avait eu la patience de ne rien dire depuis un long moment. Il avait atteint ses limites. Il se permit d'intervenir, avec la diplomatie d'un chien qui s'aventure dans un jeu de quilles :

— Pour l'instant, cela ne me paraît pas concluant. À mon avis, vous…

— Vous, le marquis, vous vous mêlez de vos oignons ! O.K. ? Vous vous occupez autant que vous voulez de vos écrivains morts depuis des siècles et vous me laissez gérer les macchabées du XXIe siècle, c'est mon rayon. Quant à toi, Noémie, s'écria-t-il en pointant son gros doigt vers elle, tu profites de tes congés et tu enterres ta mère sereinement, mais tu ne viens plus me faire chier !

Ce fut sa dernière tirade avant de quitter le square Hyacinthe-Lorette. La silhouette imposante et rondouillarde du commandant s'éloigna dans un grondement de jurons. Nul doute qu'il devait pester contre ces deux-là qui avaient réussi à lui gâcher son repas, et de belle manière.

Le visage de la jeune femme était livide. Elle paraissait autant furieuse que désespérée.

— Cette fois, je crois que la piste des ordis est morte et enterrée. Merde ! Je suis sûre qu'on était sur le bon chemin et ce salaud vient nous mettre des bâtons dans les roues.

Dagorn se voulut rassurant :

— Ce n'est pas grave, Noémie. Il reste d'autres pistes à découvrir. Il ne faut pas se décourager ni se précipiter. Il faut bien tout examiner, échafauder toutes les hypothèses et essayer de les vérifier. C'est un travail de longue haleine, mais qui va finir par payer, je vous le garantis.

— Si vous le dites…

— Ce n'est pas moi qui le dis, c'est Nicolas Boileau : « *Hâtez-vous lentement, et, sans perdre courage, / Vingt fois sur le métier remettez votre ouvrage : / Polissez-le sans cesse et le repolissez ; / Ajoutez quelque fois, et souvent effacez*[12]. »

Elle eut un sourire charmant qui exprimait sa satisfaction d'être encouragée de la sorte. Elle songea que Dagorn était un allié de valeur. Elle se sentait rasserénée et malheureusement toujours aussi paumée :

— Je veux bien ne pas perdre courage et remettre une autre piste sur l'ouvrage, mais laquelle ?

Il lui sourit à son tour, l'œil brillant de mystère.

— Celle du plan de table, par exemple.

---

12. Dans *L'Art poétique*.

La table des confidences

En ce début de soirée, la chaleur était encore étouffante dans les rues de Vannes. La cathédrale Saint-Pierre se montrait bienveillante à étendre son ombre rafraîchissante sur la place Brûlée, jusqu'à la terrasse du restaurant où Noémie et Théodore dînaient tranquillement. « La Crêperie aux éclats » était au rez-de-chaussée d'une haute maison à pan de bois, dont les poutres récemment peintes en jaune vif rajeunissaient la vieille façade du XVIe siècle. Ils avaient conclu leur repas par deux crêpes chocolat, un café crème pour la policière et un verre de porto en guise de digestif pour le professeur. Il leur fallait prendre des forces avant de commencer les choses sérieuses.

Dagorn avait évoqué une nouvelle piste à suivre, celle du « plan de table » comme il l'appelait. Il voulait comprendre la manière dont le meurtrier s'y était pris pour empoisonner François Lamour. Pour ce faire, ils disposaient de deux éléments complaisamment donnés par le lieutenant Hamon : la copie de l'interrogatoire du cuisinier et une vidéo.

Le cuisinier se nommait Kévin Gapaillard, un homme de 32 ans. Dagorn le connaissait relativement bien à force de le croiser aux Ormeaux, il le trouvait affable et causant, ayant un talent indéniable, surtout en ce qui concernait les pâtisseries et les viandes mijotées. D'après Hamon, l'interrogatoire avait été compliqué à mener tant le cuistot était encore sous le choc. En y allant doucement, en le ménageant, les policiers avaient réussi à le faire parler. Il avait expliqué que c'était lui qui avait fait les gâteaux pour l'anniversaire de M. Lepigouchet. Il les avait confectionnés tout seul puisque Sylvie, son aide-cuisinière, était en congé. Il avait réalisé quinze éclairs au chocolat et quinze tartelettes aux fraises pour vingt-cinq convives prévus. Pour une question de budget, il lui avait été demandé de ne pas en faire de trop, juste quelques pâtisseries supplémentaires pour les inscrits de dernière minute, mais pas plus. D'une voix claire, Noémie poursuivit la lecture de l'interrogatoire :

— « *Hamon : Quand est-ce que vous avez fait ces gâteaux ?*

Gapaillard : Juste après le déjeuner. J'ai dû les finir vers 14 heures-14 h 15 et je les ai mis aussitôt au frigo. Avec la canicule, je ne pouvais pas les laisser à l'air libre.

Hamon : Vous êtes tout le temps resté dans la cuisine durant la journée ?

Gapaillard : De 10 heures à 14 h 45, je n'ai pas bougé de la cuisine, juste pour aller fumer ma clope dehors avant le coup de feu du midi. J'ai clopé sur le banc qui se trouve près de mon arrière-cuisine. Et après avoir nettoyé les plans de travail et les gazinières, et passé un coup de toile au sol, je suis parti un peu avant 14 h 45.

Hamon : Parti où ça ?

Gapaillard : Dans ma piaule, au dernier étage du manoir. Je me suis reposé en regardant ma série sur Netflix et je suis redescendu en cuisine vers 15 h 40 ou 15 h 45.

Hamon : Vous n'avez rien remarqué de bizarre ou quelque chose de changé.

Gapaillard : Non, rien ! Les pâtisseries étaient toujours à la même place dans le frigo. Rien n'avait bougé. Et il n'y avait personne dans ma cuisine.

Hamon : Quand vous n'êtes pas dedans, elle est fermée à clef votre cuisine ?

Gapaillard : Bah non, c'est pas une banque. Il n'y a rien à voler là-dedans. Il n'y a pas d'argent ni objet de valeur.

Hamon : Et ensuite ?

Gapaillard : Ensuite je les ai sorties du frigo. Et à 16 heures, M. Jaffré m'a dit qu'il fallait servir parce que tout le monde était déjà installé dans le restaurant. Mme Faure m'a demandé de rajouter une bougie sur une tartelette pour les 49 ans de M. Lepigouchet. Elle l'a allumée et j'ai apporté tous les gâteaux sur le chariot.

Hamon : Qui a fait le service ?

Gapaillard : Personne et tout le monde en fait. À cette heure, il n'y a plus de serveurs ni de serveuses. C'est un extra de faire un goûter comme ça, au resto en plein après-midi, donc il n'y avait plus de personnel. J'ai servi quelques personnes, Mme Faure aussi. Je crois que M. Jaffré a donné un coup de main également et puis trois ou quatre pensionnaires. Cela a été très vite à servir.

Hamon : Vous avez vu qui avait servi M. Lamour ?

Gapaillard : Non, je n'ai rien vu.

Hamon : Quand avez-vous su qu'il y avait un problème avec ce monsieur ?

Gapaillard : Je n'ai rien remarqué sur le coup. C'est plus tard, vers 17 heures, qu'on m'a appris que M. Lamour ne s'était pas senti bien. Moi, j'ai cru qu'il avait eu un malaise ou une attaque, enfin un truc dans le genre. Je ne pouvais pas savoir qu'on l'avait empoisonné…

Hamon : Empoisonné avec un éclair au chocolat. Le médecin légiste l'a confirmé à l'instant.

Gapaillard : Moi, je n'y suis pour rien. J'ai jamais mis de poison dans mes gâteaux. Je vous jure. J'ai rien à voir avec ça. »

Le reste de l'interrogatoire n'apportait rien de très utile. Par contre, le visionnage de la vidéo apparaissait plus prometteur. C'était une résidente, Delphine Even, qui avait filmé une partie du goûter avec son smartphone. Noémie et Théodore la regardèrent plusieurs fois avec grande attention. Le son n'était pas terrible, le cadrage encore moins et cela durait à peine quatre minutes. Mais ce n'était pas bien grave, le but n'était pas de décerner le César du meilleur court-métrage. L'intérêt était qu'on voyait clairement les tables où s'étaient installés les convives, à côté de qui ils se trouvaient, à quel moment ils s'étaient levés pour prendre leur gâteau ou qui les avait servis.

Très rapidement, Dagorn griffonna sur la nappe en papier six rectangles : cinq avec quatre personnes chacun et le dernier avec cinq autres personnes assises. Il avait ainsi les six tables de dessinées, il ne restait plus qu'à nommer et situer chaque convive, en le plaçant convenablement parmi ses commensaux. Il s'appliqua, aidé par les remarques de Noémie.

Ils étaient aussi concentrés que deux géographes embarqués sur un navire en train de faire du cabotage afin de relever sur une carte le contour d'une côte encore inconnue. La disposition des personnes était primordiale dans cette affaire, il ne fallait pas se tromper. Ils étaient également attentifs à la pâtisserie prise par chacun et si, d'après la vidéo, il n'y avait pas eu échange ou subtilisation au dernier instant. Tout était passé au crible et le sens de l'observation de Dagorn était mis à rude épreuve.

Ensuite, ils avaient noté près des rectangles qui avait servi qui ou qui s'était servi tout seul. Cette partie du visionnage était particulièrement ardue, car, après que M. Lepigouchet a soufflé sa bougie, plusieurs personnes se sont levées en même temps, provoquant un petit embouteillage autour du chariot à pâtisserie. Noémie dut mettre souvent sur pause afin de figer l'image et de mieux repérer chaque geste et chaque déplacement. Il fallait tout étudier, tout examiner pour pouvoir résoudre cette énigme :

vingt-cinq personnes étaient présentes, quinze tartelettes aux fraises étaient proposées et quinze éclairs, dont un empoisonné, étaient également à disposition. La victime était assise à la table de cinq personnes. La question était simple : comment le meurtrier était-il parvenu à cibler François Lamour pour le faire mourir ? Comment était-il certain que sa victime allait prendre l'éclair au chocolat vénéneux ? Dagorn était un littéraire et non un matheux, néanmoins, il avait calculé sans peine que Lamour avait un risque sur trente d'être tué. Le pourcentage était plutôt élevé, ce qui rendait la réussite du meurtre bien incertaine… À moins que l'assassin ait élaboré un stratagème auquel le professeur n'avait pas songé. Il tentait d'échafauder plusieurs hypothèses aussi variées que possible, qui n'avaient pour point commun de ne pas être satisfaisantes au final.

— Mince ! lâcha le quinquagénaire d'énervement. Je ne comprends pas comment le meurtrier s'y est pris ! Il y a quelque chose qui m'échappe. Mais quoi ?

Ce qui compliquait encore la résolution de cette énigme, c'est qu'on voyait nettement Jacqueline Guillemot apporter à la table de Lamour deux tartelettes aux fraises et trois éclairs. Guillemot avait pris aussitôt un éclair pour elle. Mmes Rochebonne et Desmon s'étaient emparées des deux tartelettes. Ensuite, Lamour se servait seul pour prendre l'avant-dernier éclair et Jacques Tanguy récupérait le dernier. Par quel tour de passe-passe l'assassin pouvait-il être sûr qu'il allait prendre celui avec le poison ?

La question restait entière et faisait fulminer le professeur. Il voulait coûte que coûte trouver la solution. La jeune Le Tallec, quant à elle, avait déjà renoncé. Elle n'y comprenait rien non plus. Elle se tut, laissant son acolyte se creuser les méninges à élaborer de nouveaux scénarios. Le poison avait-il été mis en cuisine ?

Ou seulement lors du service ? Ou peut-être seulement sur la table de Lamour, sans qu'on s'en aperçoive ? Après tout, certains illusionnistes étaient capables de faire des prodiges avec leurs mains et de faire des tours de *close-up* juste sous le nez des spectateurs. Peut-être l'assassin avait-il fait de même ?

Les minutes défilaient et Dagorn finissait par en perdre son latin. Il ne comprenait pas le *modus operandi* de l'empoisonneur. Et à chaque hypothèse qui échouait, à chaque incohérence, il poussait un cri ou un « mince » tonique qui firent retourner sur lui les regards intrigués des personnes attablées à la terrasse de la crêperie. C'était un sacré casse-tête chinois cette histoire, un truc incompréhensible ! Une énigme à se faire exploser un vaisseau du cerveau comme une vieille voiture qui péterait une durite.

À plusieurs reprises durant le repas ou durant leur séance de travail, le portable de Noémie avait vibré sur la nappe orange en papier. Les SMS arrivaient de temps en temps, assez irrégulièrement en fait, un peu poussivement selon l'inspiration de l'expéditeur. Il ne devait pas être trop mal inspiré finalement, car la jeune femme les lisait l'œil brillant et un sourire mélancolique aux lèvres. Jamais elle n'y répondait, mais elle les regardait toujours, avec un empressement mal dissimulé. Il aurait fallu que Dagorn soit complètement sourd et aveugle pour ne pas remarquer ce petit manège.

— C'est votre ex qui vous assaille ainsi de textos ? finit-il par demander en abandonnant pour un temps son énigme insoluble.

— Dis donc, Théodore, ce n'est plus de l'observation, c'est de l'indiscrétion.

— Veuillez m'excuser.

— Voyons, je vous taquine, dit-elle en riant gaiement. Ce n'est pas un secret, c'est bien Alex qui me textote pour que je lui pardonne ses incartades, pour me dire qu'il m'aime, qu'il n'a jamais aimé que moi… Enfin, des trucs comme ça. Il tente de m'amadouer.

— Vu votre air ravi, il a l'air d'y être parvenu.

— Disons qu'il a été assez malin pour changer de stratégie. Celle qu'il avait choisie en me téléphonant à tout bout de champ ne pouvait qu'être vouée à l'échec. J'étais sur la défensive dès la première sonnerie et si j'avais répondu, je lui serai rentrée dans les plumes avant même qu'il puisse placer un mot. Alors qu'en envoyant des SMS, il sait que je les lirai par curiosité, en prenant mon temps, à mon rythme. Et il sait s'y prendre ce salaud, il sait tourner ses phrases pour me dire de belles choses et pour me mettre le doute.

— C'est la force des mots de pouvoir briser les résolutions des êtres les plus têtus. Un mot bien trouvé, bien aiguisé, bien accompagné peut faire changer d'avis, peut bouleverser des vies ou peut affoler des cœurs.

— Il lui faudra encore galérer un peu avant que je jette l'éponge et revienne vers lui. Il m'a fait mal, il m'a brisé le cœur, cet enfoiré. Et pour guérir de ces maux, il lui faudra encore peaufiner et embellir ses mots.

— Par votre bouche, vous voulez vous montrer méchante et rancunière, mais tout le reste de votre corps, vos yeux, votre respiration, vos mains expriment d'autres sentiments dès que les messages font tressaillir votre téléphone. Vous me faites penser à Chimène qui proclamait à Rodrigue : « Va, je ne te hais point » au lieu de lui dire clairement qu'elle l'aime.

— À la différence que Chimène aimait réellement le Cid, alors que moi, je ne sais plus où j'en suis dans mes sentiments avec Alex. Dois-je revenir vers lui ? Est-ce que je dois l'oublier ? Je ne sais plus.

Sans rien répondre, Dagorn porta son verre à ses lèvres et avala quelques gorgées de porto. Il paraissait totalement immergé dans ses pensées.

— Vous ne dites rien. Vous désapprouvez ou pas ? insista la jeune femme. Je suis perdue. Dites-moi ce que vous en pensez !

L'homme but une nouvelle rasade avant de parler :

— Je pense…

— Oui ?

— Je pense que notre meurtrier est sacrément astucieux. Je n'arrive pas à comprendre comment il s'y est pris pour cibler Lamour et parvenir à l'empoisonner devant tout le monde. Il y a quelque chose qui m'échappe dans tout cela.

Noémie ne s'obstina pas à lui reposer la question. De toute évidence, il ne tenait pas à donner son avis. Peut-être qu'il n'avait pas d'avis sur ça. Après tout, elle l'avait sollicité pour mener une enquête et non pour jouer les entremetteurs ou les conseillers conjugaux. C'était à elle seule de se dépatouiller de son histoire avec Alex, c'était à elle seule de prendre une décision, même si elle ne savait pas encore laquelle.

Elle but un autre café crème qu'une serveuse fringante aux cheveux courts venait de lui apporter. Pour sa part, Dagorn avait commandé un quatrième porto. Il avait trouvé les trois premiers à son goût, suffisamment vieillis et fruités, avec une délicate note d'amande en fond de bouche. De sa voix fraîche et éclatante, Noémie Le Tallec se permit de lui faire une petite remarque :

— Vous buvez sec ce soir, Théodore.

Comme elle l'avait dit avec un magnifique sourire, la remarque glissa d'elle-même sans passer pour une critique.

— J'en profite parce que je ne conduis pas. C'est l'avantage d'avoir une pilote à sa disposition, déclara-t-il en ricanant.

— En parlant de voiture…

Elle eut une petite hésitation, se demandant sans doute si elle pouvait aborder ce sujet qui la taraudait depuis quelque temps. Dagorn l'encouragea :

— Oui ?

— Pendant votre garde à vue, j'ai jeté un œil à votre dossier et j'ai lu le rapport de gendarmerie suite à votre accident de voiture en novembre dernier. La nuit était claire, sans pluie ni brouillard. La voirie était propre et en bon état, sans plaque de verglas, sans flaque d'eau. Vous étiez seul sur la route et vous avez fini dans un fossé, votre Mercedes enfoncée dans un platane.

— Et le test d'alcoolémie était positif, ajouta-t-il pensif, le regard tourné vers le chevet de la cathédrale.

— Oui, il était positif, mais avec un taux de 0,8 g par litre de sang. C'est plutôt élevé, c'est même considéré comme un délit, mais ce n'est pas avec un tel taux que vous allez rentrer dans le *Guiness Book* des ivrognes. Et vu votre gabarit, ce n'est pas ce taux qui a pu vous faire perdre autant le contrôle de votre véhicule.

— Où voulez-vous en venir ?

— Votre accident de la route, plus on y regarde de près, plus il ressemble à un suicide. Je me trompe ?

L'avantage avec cette femme, c'est qu'elle n'y allait jamais par quatre chemins. C'était souvent déroutant, parfois gênant, mais cela avait l'avantage de faire gagner un temps considérable. Les rapports humains pourraient être simplifiés s'ils étaient tous régis de cette façon. C'est en tout cas ce que pensait Dagorn à cet instant. Il n'était plus temps de tourner autour du pot. Noémie avait eu le courage de parler de son intimité, de se dévoiler, il lui devait la même franchise. Il ingurgita une énorme gorgée de porto pour se donner du courage, un peu comme un soldat partant au feu qui avale sa gnôle pour annihiler sa peur, et il se lança d'une voix un peu ténue, un peu anesthésiée par la tristesse :

— Je ne crois pas que j'aie voulu me tuer, enfin je ne sais plus trop. Je crois que ce soir-là, quasiment quatre ans après le décès de mon épouse, la douleur et l'affliction se sont fait ressentir de manière encore plus intense. C'était un 2 novembre, la date anniversaire de notre rencontre, Agathe et moi. J'avais pas mal bu pour ne plus y penser.

— Vous vous êtes saoulé au vieux porto ? dit-elle en tentant de faire de l'humour.

— Même pas ! Je ne me suis pas grisé au bon porto, je voulais me saouler crassement, rapidement. Pour ce faire, j'ai pris du gin. C'est Charles Dickens qui nous révèle dans certains de ses romans que la haute société britannique au XIXe siècle s'enivrait au porto pendant que les basses classes le faisaient au gin. Je ne voulais pas avilir le noble porto en l'entraînant dans ma déchéance, il me fallait un alcool simple, rude, brutal pour m'abrutir, pour m'ivrogner.

— Je crois que vous êtes le premier type que je rencontre qui se montre snob même pour picoler.

La remarque lui arracha un rire bref et spontané. C'était un exploit de réussir à l'amuser en pleine séance de contrition.

— En fait, je crois que j'ai un peu perdu les pédales. Je ne savais plus ce que je faisais. C'est curieux ce qui m'est passé par la tête. J'ai pourtant toujours été un homme solide, optimiste, combatif, endurant, qui ne baissait jamais les bras, se battant toujours envers et contre tout… Mais là, l'espace d'un instant, je n'avais plus cette hargne, je n'avais plus cette envie… Et puis j'ai bu, beaucoup bu…

— Et vous avez voulu vous tuer ?

— Honnêtement, je ne sais pas, je ne sais plus. Je n'avais pas forcément envie de mourir, mais je n'avais plus le goût de la vie, enfin de la vie sans elle. Lamartine avait raison de dire : « Un être vous manque et tout est dépeuplé »[13]. C'est exactement ce que j'ai ressenti avec le décès d'Agathe. Ce n'était pas seulement la femme que j'aimais qui disparaissait, c'était un morceau de ma chair, un lambeau de moi que la mort m'arrachait. Agathe était mon *alter ego*, une femme avec qui j'adorais discuter et débattre. Vous auriez vu cela, déclara-t-il en levant les yeux au ciel, elle était d'une intelligence, d'une finesse d'esprit, d'une érudition à faire pâlir de jalousie un académicien ! Et puis une beauté, une vraie beauté, naturelle, authentique. Même à 50 ans, même à l'hôpital, je la trouvais encore belle. Je ne sais pas si vous connaissez le tableau de Renoir, *Gabrielle à la rose* ? Elle lui ressemblait de façon surprenante. Une femme assez petite, mais gironde, avec des formes. Une figure ronde avec des joues pleines et rosées comme des pêches qu'on voulait croquer. Elle avait la crinière noire et épaisse, une chevelure sauvage à la Esméralda, avec des sourcils méditerranéens, noirs et épais. À sa mort, tout cela m'a manqué, terriblement, horriblement. Comme disait Romain Guilleaumes : « Ton esprit manque à mes jours, ta peau manque à mes nuits »[14]. Eh bien, c'est exactement ce que j'ai ressenti. Pendant quatre ans, j'ai vécu avec le manque de sa présence. J'ai connu un spleen abyssal. Je n'avais plus goût à rien. Je continuais à faire cours à l'université, mais je

---

13. Extrait de *L'isolement*.

14. Dans *Le bûcher des illusions*.

n'étais plus que l'ombre de moi-même. J'enseignais seulement pour m'occuper l'esprit, pour m'empêcher de penser à sa disparition. Néanmoins, plus rien n'avait d'intérêt ni de saveur, dit-il avant de réciter les paupières closes : « *Je marcherai les yeux fixés sur mes pensées, / Sans rien voir au dehors, sans entendre aucun bruit, / Seul, inconnu, le dos courbé, les mains croisées, / Triste, et le jour pour moi sera comme la nuit*[15]. »

— Pour exprimer ce que vous ressentez, vous êtes obligé de citer de grands auteurs à tout bout de champ ? lâcha-t-elle narquoise.

— Vous savez, Noémie, les intellectuels, tels que moi, sont dénués d'imagination et ne savent pas toujours traduire leurs sentiments, alors ils se croient obligés de paraphraser des auteurs qui ont su en parler à merveille. Et puis, pendant cinq ans, ce sont les livres qui m'ont soutenu, qui m'ont occupé l'esprit, qui m'ont permis de combler le vide intellectuel et culturel laissé par le décès de mon épouse. Certaines œuvres m'ont également permis de mieux comprendre la réalité de la mort et du deuil. Ce fut un cheminement long, mais utile. Il me fallait me résigner à accepter son décès pour pouvoir vivre. Mon temps n'était pas fini et je me devais de faire mon deuil pour le finir aussi longuement et aussi convenablement que nécessaire. Pour y parvenir, je me récitais souvent, telle une incantation propitiatoire, les derniers mots du loup agonisant du poème : « *Gémir, pleurer, prier est également lâche. / Fais énergiquement ta longue et lourde tâche. / Dans la voie où le sort a voulu t'appeler, / puis après, comme moi, souffre et meurs sans parler*[16]. »

---

15. Extrait du poème « Demain, dès l'aube » de Victor Hugo.

16. Extrait du poème « La mort du Loup » d'Alfred de Vigny.

Il se tut subitement, comme épuisé de s'être autant livré et d'avoir fait ressortir au grand jour des sentiments et sensations qu'il avait essayé d'enfouir à jamais au plus profond de son esprit.

— Et votre fille ? Elle a su vous épauler dans ces moments ?

— Ma fille ? répéta-t-il d'un ton las. Non, elle ne m'a pas épaulé. Elle s'est éloignée au contraire, encore plus qu'avant. Elle m'a reproché de ne pas avoir été à la hauteur durant la maladie. Et elle a sans doute eu raison. Je ne voulais pas croire en la gravité du cancer d'Agathe, même à la fin. Je ne voyais pas les signes, son amaigrissement et son affaiblissement, son dépérissement, devrais-je dire. Le comble, c'est que mon épouse avait moins le sens de la déduction que moi et pourtant, elle avait deviné bien avant moi l'irréversibilité du dénouement. Comme je vous l'ai dit, je ne voulais pas y croire, cela ne me semblait pas possible qu'elle disparaisse de la surface du globe. À mes yeux, son absence aurait inévitablement manqué à l'harmonie du monde, il y aurait eu un vide inexplicable. Comment la Terre aurait-elle pu continuer d'exister sans sa douce présence ? Je ne pouvais pas l'envisager. Pas une seconde.

— Je vois, dit-elle en lui tapotant le dos de la main de ses doigts.

— Ce qui est incroyable, poursuivit-il intarissable, c'est que moi qui suis un cartésien pur et dur, je me suis accroché à l'irrationnel, à l'improbable, au divin pour espérer sa guérison.

— Vous êtes croyant ?

— Pas vraiment. Je ne suis pas chrétien en tout cas. Disons que je crois en un être suprême qui serait partout autour de nous. Une divinité que nous appelons la nature ou l'environnement. Ce Tout qui régule, qui équilibre les existences de chaque être vivant sur Terre, qui a permis l'évolution des espèces à travers les âges, qui produit le cycle de l'eau, l'alternance des saisons, etc. Enfin, je crois en quelque chose dans ce genre qui n'a ni Église, ni prêtres pour fabriquer des dogmes auxquels il faudrait se soumettre… Je sais, c'est un peu flou comme concept théologique, mais je n'ai pas eu trop le temps de le théoriser. C'est une notion assez neuve que j'ai imaginée un jour d'abattement, une idée qui m'a permis plus facilement, et plus récemment, d'accepter la maladie puis le décès d'Agathe. Ma fille Victoire a eu une petite fille il y a un an et je me suis convaincu qu'une naissance remplaçait toujours une mort, que c'était le grand cycle de la vie, la grande roue des existences et qu'il fallait s'y résoudre.

— Et vous allez mieux maintenant ?

— Oui, c'est sans commune mesure. Mon séjour de trois mois au CRF de Granville m'a fait relativiser mon malheur. Là-bas, j'ai vu des accidentés de la route, des estropiés que la vie avait beaucoup moins épargnés que moi. Je me suis dit que j'avais moins le droit de me plaindre. Il fallait que je fasse le deuil afin de continuer à vivre. D'autres à Granville n'avaient pas la même possibilité, ou du moins leurs lourds handicaps leur rendraient ce but moins réalisable. Il fallait que j'aille de l'avant, que j'abandonne mon fardeau si je voulais avancer et m'épanouir.

— C'est déjà plus positif comme manière de penser.

— Effectivement, beaucoup plus positif. Et puis, je suis arrivé aux Ormeaux fin mars, cela allait bien mieux. Je m'ennuyais, je souffrais lors de ma rééducation, mais je n'avais plus ce spleen, je voulais vivre, continuer à apprendre, à me cultiver, à rencontrer des gens. Et j'avoue que depuis que vous m'avez demandé de vous aider à enquêter, je me sens très bien, je me sens ragaillardi, motivé à aller de l'avant. J'ai enfin un but…

— Heureuse de voir que la mort de maman a au moins fait un heureux…

— Non, vous vous méprenez, lâcha-t-il en faisant un signe négatif de la main, ce n'est pas ce que j'ai voulu dire, mais…

— Je sais bien, je vous embête, dit-elle en lui tirant la langue comme une sale gamine espiègle.

Il ne put s'empêcher de sourire devant cette grimace. Elle était décidément pleine de vie, cette Noémie, pétillante et rayonnante. Un vrai rayon de soleil ! Comment ne pas retrouver le sourire quand une telle femme gravitait dans votre orbite ?

— Il commence à se faire tard, Théodore, annonça-t-elle en regardant son portable. Il est temps que je vous reconduise aux Ormeaux.

— Entendu. Allons-y.

— Quoique, maintenant que je sais que vous n'êtes qu'un mécréant qui croit en une obscure divinité naturaliste ou naturophile, ou je ne sais quoi, lâcha-t-elle en plaisantant, je ne suis pas sûre que j'aille vous reconduire. En tant que bonne catholique, je ne risque pas l'enfer d'aider un mécréant ?

Dagorn parut surpris.

— Parce que vous êtes chrétienne ? demanda-t-il.

— Évidemment, nigaud, je suis bretonne ! C'est génétique chez nous. La preuve, tout à l'heure, avant d'aller au resto, je suis entrée dans la cathédrale.

— Pour prier ?

— Non ! Vous allez peut-être vous moquer, mais j'ai mis un cierge pour implorer sainte Anne de nous filer un petit coup de main pour dénicher le coupable.

— Vous avez sans doute raison, concéda-t-il. Il faut tout tenter, on ne sait jamais, sur un malentendu, cela peut marcher. Mais honnêtement, pour démasquer le meurtrier, moi, je crois davantage en nous deux, en nos capacités cérébrales, qu'à l'improbable intercession des saints.

Enquête nocturne

Être de garde la nuit à l'accueil de la résidence était loin d'être une sinécure. Erwan Le Roux préférait de loin travailler la journée que le soir. Seulement, une semaine sur quatre, il était astreint à jouer les veilleurs de nuit, à surveiller un hall immense et sinistrement désert. Il y avait de quoi s'endormir mille fois à rester les bras croisés, sans personne avec qui bavarder. La seule chose qui parvenait à le maintenir éveillé était son goût pour les mots croisés. Lui qui avait toujours été un cancre à l'école, était devenu, à force, un cruciverbiste hors pair. Il aurait épaté ses professeurs de géographie en déclarant que l'*Ob*, l'*Aa* ou le *Po* étaient des cours d'eau pouvant très bien s'étirer en longueur dans leur vallée tout en étant courts. Il savait encore que les mots *Eu, Is* et *Ay* avaient — en plus d'être avares en lettres — comme point commun d'être des communes françaises. C'était presque devenu un tic, qu'à chaque nouvelle grille, il écrive le nom de *Ra*, d'*Eos*, d'*Io,* de *Pan* et d'autres personnages antiques et mythiques. Avec ce jeu, il avait acquis une culture générale solide qui lui permettait de noter *huis* au lieu de porte et *ire* à la place de colère.

Il était près de 23 h 30 et Erwan s'échinait à décrypter cette phrase sibylline « une Louison qui a fait perdre la tête à beaucoup d'hommes » pour remplir horizontalement dix cases commençant par la lettre G. Il n'eut pas davantage l'occasion de se creuser les méninges. La sonnette de l'entrée le tira de ses réflexions. La caméra de service lui montrait un résident, M. Dagorn, accompagné de la fille de Mme Le Tallec. D'une pression sur un bouton jaune, il libéra la lourde porte de son verrou électrique. Le couple pénétra dans le hall en parlant assez bruyamment. L'homme à la canne le salua d'un signe de la main, bientôt imité par la jeune femme hilare. Erwan voulut l'appeler, mais celle-ci continuait de bavarder avec Dagorn. Ils riaient de bon cœur. Pas de doute, ces deux-là s'entendaient comme larrons en foire, des larrons un peu éméchés de toute évidence. Ils se dirent soudain au revoir et l'homme s'éloigna en boitillant plus que de coutume. Erwan n'aurait pu le jurer, mais cette claudication lui paraissait autant due aux effets de l'alcool qu'à sa blessure. La jeune femme ne put s'empêcher de le moquer :

— C'est bon, Théodore ? Avec tout ce porto ingurgité, vous pensez pouvoir trouver le chemin de votre chambre sans mon aide ?

— Tout va très bien. Je pourrai regagner mon logement les yeux fermés.

— Remarquez, je suis tranquille. Au moins dans ces couloirs, vous ne risquez pas de finir encore dans un fossé ou dans un platane.

— Vous n'êtes qu'une impertinente gamine qui ne respecte pas mes cheveux gris.

— C'est vous tout entier qui êtes gris ce soir, pas seulement vos cheveux.

— Effrontée ! lâcha-t-il en s'éloignant dans un grand éclat de rire.

La policière fit demi-tour, un large sourire fendant son beau visage. Elle avait visiblement apprécié cette soirée en la compagnie de Dagorn. Au début, une réunion de travail informelle dans une crêperie avait été au programme, à laquelle s'étaient ajoutés de manière inattendue, mais agréable, de nombreux instants de gaieté autour de quelques crêpes et de verres, des rires et des confidences salutaires. C'est avec l'humeur guillerette qu'elle se dirigea vers la sortie pour gagner son hôtel de Sarzeau. L'employé osa enfin l'apostropher :

— Capitaine Le Tallec ?

— Oui ? dit-elle en s'approchant.

— Veuillez me pardonner de vous déranger, mais si je me suis permis de vous interpeller, je suis confus, c'est que…

— Si vous en veniez au fait au lieu de vous égarer dans vos excuses ?

— Vos collègues sont venus vous chercher. Il paraît qu'ils ont tenté de vous téléphoner à plusieurs reprises, sans parvenir à vous joindre.

— Oui, mon portable s'est déchargé dans la soirée. Que voulaient-ils ?

— Vous savez, capitaine, vos collègues ne m'ont pas mis dans le secret. On n'est pas intimes à ce point-là, répondit-il goguenard. Ils m'ont seulement confié que vous deviez les rejoindre dès votre retour.

— Ah bon ? fit-elle étonnée. Mais où sont-ils ?

— Oh, pas loin du tout. Juste derrière le manoir, du côté des communs. Il y a toute une équipe qui fait je ne sais quoi depuis presque une heure.

— Derrière le manoir, vous dites ?

— C'est cela, capitaine. Vous sortez sur le perron, vous redescendez l'escalier et ensuite, c'est à droite, en longeant les hortensias jusqu'au parking de service.

La nuit était tombée. Une nuit épaisse sans lune, avec une chaleur inhabituelle pour la région. La canicule s'était installée sur tout l'ouest de la France sans avoir apparemment la moindre intention de s'en aller. Ce temps lourd s'appesantissait sur place, comme une grosse bête trop lente et trop balourde qui n'arriverait plus à repartir.

Il avait fait son trou dans le coin, chassant du ciel le moindre soupçon de nuage qui aurait pu lui disputer son territoire. La journée, les fortes températures étaient parfois difficiles à supporter, mais que la nuit n'apporte pas un peu de fraîcheur mettait les organismes à rude épreuve.

À l'angle du bâtiment, près d'un véhicule de police, la jeune Le Tallec aperçut le rougeoiement d'une cigarette. Elle s'approcha et devina une forme sombre et trapue se silhouetter contre la pierre claire du manoir. Son intuition lui soufflait qu'il ne pût s'agir que du lieutenant Guillou.

— Guigui ?

Le point rougeoyant bougea. Presque aussitôt une voix grave et familière lui répondit :

— Noémie ? Ah enfin ! On te cherchait partout.

— J'ai appris ça et me voilà !

— Tu as mis le temps ! grogna-t-il.

— Depuis quand tu es pointilleux sur les horaires ?

— Oh moi, je m'en fous, lâcha-t-il en faisant un geste de la main qui fit tourbillonner le bout incandescent de sa cigarette. Il n'y aurait que moi, tu ne serais même pas là. C'est Alexis qui a insisté pour qu'on te prévienne. Les SLPT[17] sont déjà au boulot sur place et il voulait que tu sois présente.

— C'est sympa de sa part. Tu vois, lui, au moins, c'est un vrai copain.

— Alexis et toi, vous êtes complètement cinglés. Si Hascouet l'apprend, il va nous rentrer dans les plumes. Tu n'as rien à foutre ici ! L'affaire t'a été retirée. C'est contraire au règlement que tu te pointes sur le lieu du crime.

— Et quand on planque toute la journée pour surveiller des types et que tu sors pour aller chercher tes foutues

---

17. Service local de police technique.

clopes au risque de te faire repérer ? Tu le suis moins à la lettre ton fameux règlement. Tu ne crois pas ?

— Oh moi, pour ce que j'en dis…

Le reste de sa phrase se perdit dans une sorte de bougonnement guttural. De toute façon, Noémie n'avait pas envie de se justifier davantage. Elle s'éloigna, le laissant ruminer à l'angle de l'édifice, une nouvelle clope au bec. Elle traversa le parking en direction d'un bâtiment en longueur à niveau unique. Il était le seul à être éclairé. Tel un papillon de nuit attiré par la lumière, elle y alla sans réfléchir. À l'embrasure de la porte, elle aperçut des types entièrement recouverts d'une combinaison blanche qui s'affairaient avec calme et méthode. À les voir emmitouflés de la sorte, elle se serait crue dans le secteur le plus protégé d'un laboratoire P4[18], s'attendant à tout moment qu'on lui propose à son tour d'enfiler ce drôle de scaphandre afin d'éviter une probable contamination par un virus tropical. Comparé aux gars de la police scientifique, Alexis Hamon avait tout d'un intrus. Lui était en tenue civile, sans gants ni combinaison blanche. Noémie vint lui dire bonsoir en l'embrassant sur la joue :

— Où en êtes-vous ?

— On cherche où ta mère a pu être assassinée. Comme nous avons maintenant la certitude que son corps a été transporté dans la brouette du jardinier, nous pensons qu'elle a été tuée à l'extérieur du manoir. Nous cherchons des traces de son sang dans tous les communs. Les SLPT viennent d'inspecter une remise à outils, l'atelier du jardinier et le garage à tracteur, mais ils n'ont rien trouvé.

— Et là, ils cherchent où ? demanda-t-elle en désignant la bâtisse éclairée.

18. Les laboratoires « pathogène de classe 4 » sont des lieux de recherche et d'étude sur des virus de forte dangerosité (comme Ebola).

— C'est une réserve contenant deux pièces. Ils y stockent de la nourriture et des draps. C'est une sorte d'extension de l'arrière-cuisine et de la buanderie.

Soudain, un policier en combinaison vint éteindre la lumière, plongeant brusquement le bâtiment dans l'obscurité la plus totale. Noémie entendit un autre flic vaporiser méthodiquement du Luminol sur les murs et sur le sol. Elle avait déjà vu faire ce genre d'opération. Le Luminol en réagissant à l'oxyde de fer présent dans l'hémoglobine provoquait une brève chimiluminescence bleutée, révélant les emplacements de taches de sang, même les plus infimes, même celles qu'on aurait voulu effacer ou nettoyer. Et là, subitement, sous leurs yeux avides, jaillirent comme par enchantement sur le sol carrelé, des formes luminescentes à l'éclat bleu.

À chaque fois qu'elle avait assisté à cette scène, Noémie avait toujours trouvé cela très beau. Une beauté féérique et fugace. Elle voyait cela un peu comme une œuvre d'art qu'on aurait pu exposer à Beaubourg, genre *Œuvre éphémère de carrelages luciolés*. Aujourd'hui, elle ne décelait plus rien de beau devant ce spectacle luminescent, seulement quelque chose de sordide et d'écœurant, puisqu'il n'y avait malheureusement aucun doute que ces taches bleutées surgissant comme par magie de l'obscurité ne fussent que les traces sanglantes du meurtre de sa pauvre mère. La réaction colorée ne dura qu'une trentaine de secondes, juste assez pour qu'un policier la mitraille avec son appareil photo, mémorisant ainsi le lieu précis du méfait. Sans attendre, un autre fit un prélèvement par écouvillon. Bientôt, l'ampoule de la pièce fut rallumée pour permettre de photographier chaque recoin du lieu. Une voix qui se voulait compatissante résonna à l'oreille de Noémie :

— Il nous faudra la confirmation du labo, mais il y a de grandes chances que le sang qu'on vient de retrouver soit celui de ta mère.

— C'est donc ici qu'elle a été assassinée… souffla-t-elle doucement.

— On dirait bien.

— Mais qu'est-ce qu'elle foutait là ? Il n'y a rien d'intéressant ici.

— Non, rien de rien, confirma-t-il. On a déjà fouillé. Sur les étagères, il n'y a que de grosses boîtes de conserve, des sacs de riz ou de pâtes, du café à tire-larigot, toutes sortes de condiments. De quoi tenir tout un siège. Et dans le congélateur, il n'y a pas grand-chose, juste des sachets de fruits rouges ou des packs de glace de différents parfums. Dans ce placard, dit-il en désignant un meuble abîmé, il n'y a que des torchons et des sacs isothermes, quelques outils.

— Et dans la pièce d'à côté ?

— Des draps et alèses, des housses de couette et des taies d'oreiller. Ce sont des surplus qui dorment là depuis des lustres dans des armoires fatiguées.

— Qu'est-ce que ma mère est venue faire ici ? Cela n'a aucun sens !

— Peut-être que quelqu'un lui avait donné rendez-vous ?

— Mais pourquoi ici ?

— C'est un lieu plutôt discret, et assez peu fréquenté d'après la poussière sur les étagères. Le lieu rêvé pour une rencontre loin des regards. Soit le meurtrier avait prémédité son coup et a voulu qu'elle le rejoigne ici pour s'en débarrasser, soit ta mère et l'inconnu se voyaient en cachette pour une raison que nous ignorons pour l'instant et leur petit conciliabule a mal tourné.

— C'est vague…

— Je sais, mais pour le moment, il faudra nous en contenter. Si tu veux, je dois aller voir M. Lepigouchet et Mme Faure pour les interroger. Ils font le pied de grue depuis bientôt une bonne heure dans le bureau de l'intendante. Je leur ai dit de m'y attendre au cas où nous trouverions quelque chose d'intéressant. Nous pourrions les interroger sur cette réserve et ceux qui y ont accès habituellement.

— Bonne idée.

— Allez, ne traînons pas. De toute façon, il faut qu'on débarrasse le plancher, les SLPT doivent prélever toutes les empreintes et l'ADN. Cela va être un travail de fourmi et ils ne vont pas vouloir qu'on reste dans leurs pattes.

Le capitaine Le Tallec et le lieutenant Hamon quittèrent le bâtiment sans rien ajouter. Ils marchèrent dans la tiédeur de la nuit, faisant crisser le fin gravier du parking sous leurs pas. Ce n'était pas un temps pour enquêter, songea Hamon en soupirant. C'était un temps idéal pour se promener, pour flâner tranquillement, sans se préoccuper de rien, le genre d'instant délicieux où on se prend par la main, où on se sourit et se glisse des paroles douces.

Tout en longeant le manoir, il contempla le visage de sa collègue caressé par de minces filets de lumière échappés des interstices des volets. Il n'y avait pas à redire, il la trouvait très belle. Pour être tout à fait honnête, il l'avait toujours trouvée très belle, et cela, depuis le premier jour qu'il l'avait rencontrée dans les bureaux du SRPJ de Rennes, un an auparavant, lors de sa mutation. Elle était venue vers lui pour le saluer. Il en était resté pantois, la contemplant comme un explorateur qui découvre une nouvelle terre. Tout lui paraissait rare et superbe chez elle. Il aurait aimé mieux la découvrir, explorer toutes les facettes de sa personnalité et étudier chaque recoin de son corps, mais il avait vite compris que cette conquête s'avérerait plus ardue que prévu, qu'il y avait déjà un homme dans sa vie, un dénommé Alexandre. Il ne connaissait rien de ce type, mais il le détesta à la minute même où il apprit son existence. Par bonheur, depuis trois mois, il avait su que le couple s'était séparé. Il croyait de nouveau en ses chances pour la conquérir. Il lui fallait juste attendre un peu. Le temps était peut-être idéal ce soir, mais pas les circonstances. Le meurtre de sa mère ne pouvait en rien faciliter les rapprochements amoureux. Peu importe. Il serait patient. Il n'entreprendrait rien ce soir. De toute façon, pour l'heure, c'était mort. Ils n'étaient pas seuls… Le lieutenant Guillou les avait accompagnés sans leur demander leur avis. Il avait fini par leur emboîter le pas, d'une démarche exagérément lente, suffisamment pour se donner le temps d'achever sa dernière cigarette, mais restant trop près pour jouer les trouble-fêtes.

Le bureau de Fabienne Faure était à son image. Strict et sérieux au premier abord. Les dossiers impeccablement rangés sur les étagères, dans un ordonnancement précis et méticuleux, ou les stylos et feuilles placés symétriquement sur sa table, à égale distance du bord, ne laissaient aucun doute sur le sujet. L'intendante était une personne rigoureuse qui n'appréciait guère le désordre et le laisser-aller. Cependant, les petites peluches qui avaient été savamment installées à des endroits précis, sur les meubles ou les rayonnages, dévoilaient une autre facette de cette femme, un côté plus fleur bleue, voire légèrement mièvre. Ce trait de caractère ressortait lors des discussions avec les résidents, lorsqu'elle s'émerveillait des motifs de certains habits ou de la poésie des photographies qu'on lui montrait. Cet intérêt sincère ne pouvait que lui attirer la sympathie des pensionnaires. Tous vantaient sa gentillesse et son empathie. Ce n'était un secret pour personne qu'elle avait travaillé dix ans pour l'UNICEF, ayant arpenté la moitié du globe pour cette cause qui lui tenait particulièrement à cœur. Les seules traces de ce passé étaient quelques photographies encadrées sur les murs présentant des enfants de toute origine, souriant à pleines dents à l'objectif.

Le visage grave, elle se leva de son fauteuil pour accueillir les trois policiers qui franchissaient le seuil de sa porte. M. Lepigouchet n'eut pas cette politesse. Il resta avachi de toute sa masse sur un canapé, le regard absent, ses doigts boudinés jouant avec le bout de sa cravate. Noémie n'aimait pas ce type, il y avait quelque chose chez lui qui la rebutait. Était-ce son gros visage rougeaud aux yeux porcins ? Ou son ventre proéminent qui tendait à plein sa chemise ? À moins que cela soit les deux en même temps… Et les rares fois où elle avait échangé quelques mots avec lui n'avaient fait que confirmer le sentiment que sa seule vue avait généré.

Ce fut le lieutenant Hamon qui prit la parole en premier. Il alla droit au but, sans perdre de temps en explications :

— Danielle Le Tallec a été assassinée dans ce bâtiment en longueur qui jouxte l'aile nord du bâtiment.

— Vous voulez dire dans la réserve ? demanda Mme Faure.

— C'est cela, dans la réserve.

Sans y avoir été invitée, Noémie se mit à poser quelques questions. Le ton était froid, sans être hostile. Il n'y avait aucune méchanceté de sa part. Cette froideur reflétait seulement son état d'esprit du moment, un sentiment sombre et affecté qui l'habitait depuis qu'elle avait découvert le lieu où l'assassin avait ôté la vie de sa mère.

— Qui a accès à cette réserve ?

— Pas mal de monde, répondit l'intendante d'une voix neutre. Cette annexe de la résidence, c'est un peu la réserve de nos réserves. C'est là qu'on stocke tout ce qui est en surplus et qu'on ne risque pas d'utiliser avant un bout de temps. M. Gapaillard, le chef du restaurant, précisa-t-elle, possède une arrière-cuisine avec rangements, frigo et congélateur pour mettre tout ce qu'il lui faut. Mais lorsqu'il reçoit de gros volumes, il peut en stocker dans cette réserve. Il y va de temps en temps. Son aide, Sylvie, aussi.

— Et qui d'autre ?

— Les femmes de ménage se servent de cette réserve comme annexe de la buanderie. Elles y empilent le linge qu'elles ont en trop. Il y a également des nappes rangées là-bas. Il peut arriver que les serveurs et serveuses aillent en chercher.

Une voix bourrue tonna derrière leur dos. C'était le lieutenant Guillou qui exprimait à voix haute le fond de sa pensée :

— Eh bien, je souhaite bien du plaisir aux gars du labo pour dégotter une empreinte valable dans tout ce foutoir. Il y a plus de personnes à se balader dans cette réserve que de cheveux sur le crâne du commissaire !

Le lieutenant Hamon n'avait aucune envie de perdre du temps à s'éparpiller. Il ne commenta pas la saillie de son collègue et revint au vif du sujet :

— Pouvez-vous me dire qui a la clef de cette réserve ?

Ce fut de nouveau Mme Faure qui répondit à cette question. Alain Lepigouchet, lui, ne pipait mot depuis le début, se contentant de meubler le canapé de tout son corps. Il paraissait étranger à tout ce qui se disait dans cette pièce, tel un poisson rouge qui, du fond de son aquarium, contemple passivement les mouvements et gesticulations des humains traversant son champ de vision.

— Il n'y a que trois jeux de clefs, expliqua-t-elle. Nous avons subi des vols dans la réserve au mois de mars dernier et nous avons dû faire changer la serrure, et les clefs par la même occasion.

— Vous aviez prévenu la police ?

— Bien entendu, lâcha-t-elle étonnée qu'on puisse se poser la question. Les gendarmes sont venus et ont pu constater l'effraction. Les voleurs nous ont dérobé de la nourriture, des boîtes de conserve principalement.

— Ils ont été arrêtés ?

— Pas à ma connaissance. Les gendarmes ont supposé que ce sont des rôdeurs qui ont pillé une partie de notre garde-manger, mais je ne sais rien de plus.

— Et donc, où sont ces clefs ?

— Il y en a une dans mon bureau, dit-elle en montrant un porte-clefs mural orné d'un encadrement en rotin auquel était suspendu un minuscule singe en peluche.

Une dizaine de clefs et passe-partout étaient soigneusement étiquetés et rangés à leur clou.

— Qu'en est-il des deux autres jeux ?

— Il y en a un qui reste toujours en cuisine. Le dernier se trouve à l'accueil de la résidence, derrière le comptoir, à disposition des femmes de ménage.

— Ce qui signifie que n'importe qui peut prendre la clef, en toute discrétion, sans que personne s'en aperçoive, lâcha Noémie sur le ton du reproche.

— Euh… Je ne sais pas… Oui, je suppose que c'est possible, balbutia l'intendante comme une élève prise en faute, avant de se ressaisir. Mais nous n'avions pas plus intérêt que cela à cacher les clefs. Après tout, ce n'est qu'une réserve. Il n'y a rien de précieux là-dedans. Nous n'allions tout de même pas la sécuriser autant que la tour de Londres.

— Vous auriez peut-être dû. Ma mère serait encore vivante, déclara Noémie assez sèchement.

Mme Faure parut décontenancée par cette pique. Elle hésita, mais eut la sagesse de ne pas répondre. De toute évidence, c'était l'amertume qui avait parlé, pas véritablement la jeune policière. D'une voix calme, le lieutenant posa une nouvelle question, espérant sans doute allumer un contre-feu :

— Avez-vous déjà vu ce piolet ? demanda-t-il en montrant un outil enveloppé dans un sac transparent.

— Ce n'est pas un piolet, coupa le directeur. C'est une serfouette !

M. Lepigouchet avait brusquement émergé de son apathie pour reprendre l'officier de police. Ce fut sa seule intervention notable avant de sombrer de nouveau dans un silence abyssal. Il était si abattu qu'Hamon envisagea la possibilité qu'il soit pris de boisson, à moins qu'il soit assommé par les antidépresseurs. Pour lui, c'était la seule explication possible au fait qu'il soit aussi neurasthénique.

— Si vous voulez, reprit le lieutenant, une serfouette. Est-ce que vous l'avez déjà vue auparavant ? Nous l'avons montrée au jardinier et il assure qu'elle ne lui appartient pas.

— Moi non plus, jamais ! s'empressa de répondre le directeur.

— Moi si ! dit Mme Faure. C'est l'outil dont se sert toujours le cuistot.

— Il s'en sert pour quoi, Bon Dieu ? intervint Guillou. Il ne fait pas la tambouille avec, tout de même ?

— Non, bien sûr. Il l'utilise pour ouvrir les cartons ou emballages qu'il reçoit. Cet outil est toujours sur une petite table à droite en entrant dans la réserve. Ce n'est pas très orthodoxe comme méthode, mais ça fait des lustres qu'il s'en sert. Demandez-lui, il vous confirmera.

— C'est bien ce que je compte faire, annonça Alexis Hamon. Il va falloir que je voie également tous les employés qui ont accès à la réserve, pour les interroger et prendre leurs empreintes digitales.

— Cela ne devrait pas poser de problème. Je peux faire une liste précise de toutes ces personnes et organiser dès demain un planning pour que vous les rencontriez à tour de rôle dans mon bureau ou ailleurs, sans trop bouleverser le bon déroulement des ménages et de la restauration. Je peux également vous fournir la liste des employés qui sont actuellement en congé, ainsi que leurs coordonnées.

Elle avait parlé en notant quelques phrases sur un agenda. On la sentait efficace jusqu'au bout des ongles. Elle reposa son stylo dans un pot en faïence encadré par deux éléphants en peluche.

— Vous aussi, madame, j'aurai besoin de vous voir et de prendre vos empreintes, précisa le policier.

Elle se redressa en hochant la tête pour dire oui.

— Tout ce que vous voulez, mais il faut que vous retrouviez le coupable au plus vite, lieutenant ! Cette hécatombe ne peut plus continuer ainsi. Beaucoup de nos résidents ont peur et veulent nous quitter. C'est une vraie hémorragie qu'on doit juguler.

— Allons, Fabienne, vous dramatisez, comme d'habitude, persifla Lepigouchet. Il n'y a pas péril en la demeure.

— Je sais ce que je dis, Alain ! Nous avons déjà toutes les peines du monde à tenir notre budget depuis plusieurs mois alors que nous avons un taux de remplissage de 85 %. Mais là, si les pensionnaires nous fuient comme la peste, cela ne sera plus tenable. Nous allons finir par mettre la clef sous la porte à ce rythme-là.

— Vous exagérez !

— Bon sang ! Je sais ce que je dis ! s'emporta-t-elle. C'est moi qui gère la comptabilité vacillante de ce foutu manoir ! Et s'il y en a bien un qui n'a pas de leçons à me donner sur ce point, c'est bien vous ! Votre gabegie nous a assez mis dans la mouise !

M. Lepigouchet ne broncha pas devant ce flot de reproches. Il se figea dans son canapé comme si une imprécation magique l'avait subitement pétrifié. Il n'était manifestement pas dans la nature de l'intendante de sortir de ses gonds et si elle le faisait, c'est qu'il y avait forcément une bonne raison. Les policiers comprirent qu'il y avait un contentieux entre eux, mettant le directeur en porte-à-faux. En tout cas, il n'insista pas, préférant se murer derrière son silence pour se protéger de toute nouvelle réprimande. Hamon profita de l'accalmie pour en placer une :

— Des pensionnaires vous ont fait savoir qu'ils voulaient partir ?

— Oui, au moins sept.

Le lieutenant ajouta d'une voix plus ferme :

— Aucun pensionnaire ne doit partir pour l'instant. Vous devez leur interdire !

— Leur interdire ? répéta l'intendante en ouvrant de grands yeux. Dans l'absolu, je veux bien leur dire que la police s'oppose à leur départ, mais dans les faits, je n'ai ni le pouvoir ni l'autorité pour m'y opposer. C'est à vous, policiers, de leur signifier ce genre de consignes. Moi, je ne peux rien faire.

— Très bien, nous ferons le nécessaire.

— Mais pourquoi de telles mesures ? Vous ne pensez tout de même pas que le meurtrier puisse être l'un d'entre eux ?

L'officier aux yeux bleus ne répondit pas tout de suite. Il parut réfléchir, faisant le tri entre ce qu'il pouvait dire et ce qu'il avait le droit de divulguer. Puis, estimant qu'il ne prenait pas beaucoup de risques, il déclara :

— Disons que ce n'est pas à exclure. L'assassin peut autant faire partie de votre personnel que de vos pensionnaires.

Cliché macabre

« *Mille-feuilles de coquilles Saint-Jacques et de pommes avec écume de cidre et échalotes,*

Filet mignon de porc en croûte et sa fondue de poireaux épicée,

Quartet de fromages normands avec son florilège de mini-pains aux graines,

Riz au lait façon tarte Tatin sur son lit caramélisé. »

À la lecture de la carte, le menu paraissait alléchant, annonçant un merveilleux moment pour les papilles de Dagorn et de Noémie.

Et, effectivement, ce déjeuner au restaurant des Ormeaux avait tenu toutes ses promesses. Le professeur de littérature s'était régalé de tous ces plats, tout en écoutant la jeune policière lui relater les événements de la veille, d'une manière si précise et si organisée que cela tenait plus du rapport que du récit. Dagorn était particulièrement ravi qu'elle partage ainsi avec lui les secrets de l'instruction, un peu comme si elle lui avait révélé l'existence d'un trésor fabuleux. Il écoutait et mémorisait chaque information, tout en sirotant quelques verres de Nuits-Saint-Georges, du 2009, un très grand millésime à son goût.

Un peu après 15 h 30, leur repas s'acheva sur un café crème accompagné de quelques mignardises. Pour couronner le tout, le quinquagénaire proposa à Noémie de venir prendre un petit digestif dans son appartement. Il lui confia qu'il avait chez lui un superbe calvados qui avait vieilli trente ans dans la cave de son père et qu'il ne pouvait pas ne pas lui faire goûter, surtout après un tel festin. Pour la convaincre, il lui récita ce petit quatrain qu'on se répétait de génération en génération chez les Dagorn :

« *Pour finir un repas, ou après une java,*
Rien ne vaut un peu d'eau-de-vie, un vrai calva,
Ce n'est pas une libation pour toi, Jéhovah
Juste un plaisir qu'on boit en criant : à Dieu vat ! »

En règle générale, la jeune femme n'était pas une adepte de la goutte, mais son compagnon lui en avait tellement bien fait l'article qu'elle s'était laissé tenter.

Ils marchaient lentement dans les couloirs climatisés du manoir à un train de sénateur, avec le ventre lourd et l'air guilleret comme s'ils sortaient d'un repas de communion. Ils tournèrent à gauche et firent quelques pas avant de découvrir une scène singulière.

Devant la porte entrouverte de la chambre numéro 3, Mme Faure était bien en peine d'essayer de consoler une des femmes de ménage de la résidence, celle qui s'appelait Séverine Beauverger. Depuis le temps qu'il vivait aux Ormeaux, Dagorn la connaissait : c'était une femme peu causante, de très petite taille, au visage assez ingrat. Elle avait 35 ans, exactement l'âge de Noémie, mais elle en semblait quinze de plus. Son sempiternel chignon, très strict et démodé, ne pouvait que la vieillir. Sa figure était étroite avec un nez fin et long comme le museau d'une musaraigne. Ses yeux paraissaient deux fentes sous un front large et bombé.

Aujourd'hui, ses deux fentes s'étaient métamorphosées en torrents tant elle pleurait. Fabienne Faure ne savait plus quoi dire ni quoi faire pour tempérer son chagrin.

Dagorn salua les deux dames. Il comptait en rester là, sans chercher à se montrer indiscret, mais devant les pleurs de la femme de ménage, il craignait que son silence ne passe pour de l'indifférence :

— Puis-je être utile en quelque chose ? dit-il. Mme Beauverger n'a pas l'air au mieux de sa forme…

Mme Faure répondit avec un petit sourire pincé :

— C'est à propos de Mme Kaufman…

Kaufman… Le nom ne lui était pas inconnu. Rachel Kaufman était cette vieille femme arrivée il y a près de six mois pour une fracture à la clavicule, lui semblait-il. Elle habitait juste ici, au numéro 3, à cinquante mètres à peine de son propre logement et néanmoins il savait peu de choses sur elle, car ce n'était pas exagéré que de dire qu'elle vivait presque en ermite dans son appartement. Elle ne le quittait que temporairement pour ses séances de rééducation, mais sinon ne participait à aucune manifestation au sein du manoir, n'allait jamais au restaurant ou au salon de thé, ne recevait personne chez elle. À bien y songer, Dagorn se disait qu'ermite n'était pas le mot adéquat pour qualifier cette dame, car il était sûr que les ermites pouvaient se montrer plus sociables qu'elle.

— Il serait arrivé quelque chose à Mme Kaufman ? demanda-t-il poliment.

— Je ne sais pas exactement, lâcha Fabienne Faure. Mme Beauverger vient de me contacter sur mon portable, toute paniquée, pour me dire que Mme Kaufman ne répondait pas à ses appels. Je suis venue tout de suite et…

— Et ? répéta-t-il.

— Et effectivement, elle est sur sa terrasse, la porte fermée à clef, et elle ne donne aucun signe de vie.

Noémie Le Tallec décida de prendre les choses en main, son âme de flic reprenant le dessus :

— On va essayer d'être concis. Mme Beauverger, vous allez m'expliquer calmement la situation.

— Je… Je…

Aucun autre mot ne parvenait à sortir de ses lèvres fines et fragiles comme un ruban de cristal. Chaque syllabe qui commençait à se former était aussitôt emportée par une vague de sanglots. Pour aider la femme de ménage, Noémie choisit de guider son témoignage en lui posant quelques questions concrètes et précises, histoire de lui tenir la main pour qu'elle ne panique pas ou ne s'égare pas dans ses émotions.

— À quelle heure êtes-vous arrivée chez Mme Kaufman ?

— À… À 12 h 30. Je… Je suis venue une… une demi-heure plus tôt que d'habitude.

La petite femme paraissait s'apaiser peu à peu. Le regard bienveillant et les paroles douces de la policière étaient en train de faire des miracles.

— Où se trouvait Mme Kaufman à votre arrivée ?

— C'est elle… qui m'a ouvert la porte… Elle m'a dit bonjour, elle venait de finir de déjeuner. Elle m'a donné les consignes pour le ménage. Comme d'habitude quoi.

— Comment l'avez-vous trouvée ? Semblait-elle en forme ?

— Oui, elle était normale. Souriante. Elle m'a même offert un bonbon à la menthe, car elle sait que ce sont ceux que je préfère, dit-elle en souriant enfin.

— Et ensuite ? Qu'a-t-elle fait ?

— Elle a pris un livre et son chapeau en toile puis elle a été sur sa terrasse. Quand il fait beau, elle fait tout le temps cela. Elle adore le soleil. Comme elle me disait : « À plus de 80 ans, j'ai une vraie peau de rhinocéros, avec un cuir aussi ridé et endurci, je ne risque plus d'attraper des mélanomes ».

— Elle n'a pas quitté sa terrasse ?

— Pas un seul instant. Je l'aurais forcément vue, son appartement n'est pas immense. Et puis elle s'est enfermée à double tour, comme elle le fait toujours, pour être sûre qu'on ne la dérange pas. C'est seulement quand j'ai eu fini mon ménage à 15 h 20 que j'ai toqué contre la porte vitrée pour lui dire que je partais, mais elle ne m'a pas répondu.

— Mais vous pouviez la voir à travers la baie vitrée ?

La petite femme la regarda avec de grands yeux ronds comme si elle avait proféré une absurdité sans nom.

— Bah non, c'est pas possible.

— Pourquoi ?

— Bah, c'est du verre dépoli. De la salle, je ne peux rien voir de la terrasse.

— Peut-on passer par le parc pour arriver à sa terrasse ?

— Non, elle est entourée par de hauts murs, cela forme une sorte de petite cour, si vous voulez. Donc on n'a aucun moyen de la voir ou de l'approcher. C'est pour ça que je m'inquiète, dit-elle avec des trémolos dans la voix. Je ne sais pas si Mme Kaufman a fait un malaise ou si elle a eu une insolation. Si ça se trouve, elle ne s'est pas sentie bien et moi, je n'en ai rien su…

Les larmes se mirent de nouveau à couler abondamment. Son petit corps malingre tressauta à chaque sanglot, comme secoué par d'infimes tremblements de terre. Beauverger n'était plus en mesure de révéler quoi que ce soit pour le moment. Il n'y avait pas d'autre choix que de vérifier si cette fameuse Mme Kaufman s'était vraiment sentie mal. Noémie lâcha comme un ordre :

— Bien, allons voir ce qu'il en est.

Avant d'entrer dans le logement, elle se tourna vers l'intendante pour lui poser une question :

— Si la porte de la terrasse est vraiment fermée à clef, est-ce qu'il y aurait quelqu'un qui serait en mesure de l'ouvrir dans votre centre ?

Fabienne Faure n'eut pas besoin de chercher longtemps la réponse. Elle déclara comme une évidence :

— Bien sûr, il y a M. Abgrall, notre homme d'entretien.

— Il est où ce monsieur actuellement ?

— Il est dans le parc en train de tailler les massifs de troènes et de photinias avec deux stagiaires.

— Vous pourriez l'appeler ? Il se pourrait qu'on ait besoin de lui.

— Si vous y tenez, il n'y a pas de problème, dit-elle en sortant un portable de sa poche.

La policière pénétra dans l'appartement, suivie des deux femmes. Dagorn leur emboîta le pas en silence. Il trouva le logement de taille modeste, très propre et impeccablement rangé. Le grand mur était parsemé de plusieurs photos encadrées qui entouraient une imposante bibliothèque aux étagères bondées de livres. Les commodes, guéridons et buffets étaient tous habités par une ribambelle de santons de Provence qu'il jugeait particulièrement laids. *Il devait en falloir du temps pour épousseter toutes ces figurines revêtues de vêtements aux couleurs criardes* pensa-t-il amusé. Il laissa glisser son doigt sur le meuble le plus proche et ne put que constater qu'on ne pouvait pas reprocher à Mme Beauverger d'avoir oublié une poussière. On ne pouvait pas non plus lui reprocher d'avoir menti : la large baie au vitrage granité ne permettait pas de voir la terrasse, ni rien de ce qui se trouvait de l'autre côté.

Noémie mania à plusieurs reprises la clenche, mais la porte était bel et bien fermée à clef. Elle se mit alternativement à crier le nom de Mme Kaufman et à tambouriner sur la surface granuleuse de la vitre, sans obtenir la moindre réponse. Elle s'échina ainsi une bonne minute, mais en pure perte. Il n'y avait pas d'autre solution que d'attendre l'arrivée providentielle de l'homme d'entretien. Ils patientèrent dans un silence perturbé par les reniflements et pleurnicheries de la femme de ménage.

L'attente ne fut pas longue. Un homme d'une cinquantaine d'années, vêtu d'un jean et d'un vieux marcel beige, arriva sur les lieux, une trousse à outils dans la main droite. Quelques débris de végétaux étaient empêtrés dans ses cheveux gris ou restaient piégés dans les plis de ses habits. D'allure, il donnait l'impression d'être très décontracté et quand il prit la parole, de sa voix tonitruante, il n'y avait plus de doute à avoir sur la question :

— Salut la compagnie ! Il paraît qu'on a besoin de moi ?

— Oui, si vous pouviez ouvrir cette porte vite fait.

— À vos ordres, ma petite dame, dit-il en choisissant quelques outils. Qu'est-ce que vous avez perdu de l'autre côté ? Votre portefeuille ?

— Non, il y a une femme âgée qui est bloquée sur sa terrasse et qui ne nous répond pas. On ne sait pas si elle a fait un malaise ou si elle s'est simplement endormie. À moins qu'elle soit partie.

— Vu la hauteur des murs de ce côté du bâtiment, je doute qu'elle ait joué les filles de l'air, votre grand-mère. Et par le plus grand des hasards, si même cela avait été le cas, je l'aurais forcément aperçue puisque je taille les arbustes, juste derrière, depuis ce midi avec deux gars.

— En tout cas, elle ne nous répond pas.

— Eh bien, on va vérifier ça tout de suite.

Agenouillé devant la porte, Charles Abgrall examina la serrure avec le soin d'un médecin auscultant un patient.

— On dirait que la grand-mère s'est enfermée sur sa terrasse. La clef est encore engagée à l'intérieur, finit-il par dire. Avec mon crochet, je devrais réussir à la repousser un peu et à aligner les goupilles les unes après les autres.

Il se tut de nouveau et s'appliqua le mieux qu'il put, œuvrant à tâtons et très méticuleusement autant qu'un chirurgien pratiquant une opération par endoscopie.

— Vous ne pouvez pas vous dépêcher un petit peu ? demanda la policière.

— Il n'y a pas le feu au lac, ma petite dame. Je ne peux pas aller plus vite que la musique, surtout que ce n'est pas le genre de trucs que je pratique tous les jours. Comme disait mon grand-père qui était loin d'être bête : « Patience et longueur de temps font plus que force ni que rage ».

— Je me doute bien, mais il y a peut-être urgence.

— Faut pas croire, ce n'est si facile, ça ne s'ouvre pas comme une boîte de conserve ces machins-là, surtout quand on n'est pas du métier. Il en faut du doigté, mais heureusement, comme disait mon ex-femme, pour le doigté, mon mari, il s'y connaît, lâcha-t-il d'un ton égrillard. Rassurez-vous, je ne suis plus très loin. Et voilà ! s'exclama-t-il. Sésame ! Ouvre-toi !

La porte coulissante se libéra enfin, permettant à Noémie d'entrer la première. Et presque aussitôt, elle s'écria :

— Oh, putain !

Noémie s'attendait sans doute à beaucoup de choses en ouvrant cette porte, mais pas à ça : la vieille femme était allongée sur le ventre, son chapeau de toile et le visage baignant dans une flaque de sang qui rougissait le dallage. Elle resta plantée sur place, incapable d'agir ou de prendre une décision.

En découvrant à son tour cette scène sordide, Abgrall ne put que proférer une suite de jurons. La femme de ménage, elle, se mit à hurler d'effroi. Elle était dans un état de panique total. Quant à l'intendante, elle fut moins démonstrative, se contentant de reculer et de s'engouffrer dans la salle pour ne plus voir le corps inanimé et tout ce sang…

C'est Dagorn qui fut le plus réactif, il se montra même directif pour brusquer tout ce petit monde. Il ordonna à

Fabienne Faure d'aller chercher un médecin et d'appeler la police. Il n'eut pas besoin de se répéter. Sans attendre, elle quitta la pièce, presque en courant. D'autorité, il prit le bras de l'homme d'entretien et lui demanda d'emmener avec lui Beauverger loin de là. Il lui conseilla de lui faire avaler un remontant ou de lui mettre de l'eau froide sur le visage, ou de faire n'importe quoi pour essayer de la calmer un minimum, mais il insista surtout sur le fait qu'il ne fallait pas que la nouvelle du drame s'ébruite dans la résidence. L'autre ne protesta pas, sans doute trop content de pouvoir partir. Il emmena de force la petite femme qui ne cessait de piailler de terreur.

La jeune Le Tallec semblait avoir repris du poil de la bête. Elle se pencha sur le corps pour l'examiner de plus près, en évitant de le toucher. Dagorn, quant à lui, négligea la dépouille pour observer les lieux. Le mot « terrasse » lui parut en effet un abus de langage, le terme de cour aurait mieux convenu, une cour en hexagone, entourée de hauts murs, sans autre accès que la baie vitrée par laquelle ils étaient tous passés. Aucune fenêtre ne la surplombait, mis à part un minuscule œil-de-bœuf au deuxième étage. Orienté plein sud, à cette heure de la journée, l'endroit était une vraie poêle à frire. Il faisait vraiment très chaud et la clarté des façades ne faisait qu'accroître la sensation de fournaise. En moins de temps qu'il n'en fallait pour le dire, son regard avait scanné les lieux : les plates-bandes plantées de roses trémières qui épousaient le contour des murs ; le banc en fonte et en bois où s'était assise Mme Kaufman ; le dallage du sol couleur ardoise ou même le massif d'hortensias au milieu de la terrasse dans son îlot de terre. Presque mécaniquement, il avait décelé deux choses, deux détails sans doute, des choses anodines au premier abord, mais que son esprit n'avait pu s'empêcher de repérer. C'était peut-être important, voire primordial…

Il demanda à brûle-pourpoint à Noémie de lui donner son smartphone. La jeune femme lui confia sans hésiter après avoir déverrouillé son appareil. Elle était persuadée qu'il voulait appeler Alexis et ses autres collègues à la rescousse, même si elle doutait que cela soit utile puisque Mme Faure était censée leur avoir déjà téléphoné.

Son étonnement alla grandissant en le voyant manipuler son portable. Visiblement, le professeur n'avait pas la moindre intention d'appeler qui que ce soit. Il était en train de prendre des photos, comme le ferait un simple touriste chinois qui veut immortaliser les monuments célèbres ou les instants insolites de sa visite à Paris. On aurait dit que Dagorn faisait de même, mais sur une scène de crime, une sorte de tourisme macabre en quelque sorte.

— On peut savoir ce que vous foutez ? s'énerva-t-elle. Vous ne croyez pas que le moment est un brin sordide et grave, un peu trop pour prendre des souvenirs en tout cas ?

— Ce ne sont pas des souvenirs que je prends, dit-il le plus sérieusement du monde, je crée au mieux un pense-bête pour ne pas oublier quelques éléments.

— Quels éléments ?

— Des choses insolites.

— Comme quoi ?

— Comme ce banc, précisa-t-il en le montrant du doigt. Regardez, il y a deux rainures dans la terre, pile au niveau des pieds en métal, signe qu'on l'a déplacé. Au moins d'un bon cinquante centimètres depuis sa position initiale. C'est récent d'après ce que je peux en juger…

— Et alors ? coupa-t-elle. La belle affaire ? Mme Kaufman l'aura bougé pour se mettre à l'ombre de ce mur, voilà tout.

— Une femme de son âge ? Vous la voyez traîner un banc de ce poids, tout en fonte et en bois ? Non, je n'y crois pas une seconde. Et puis, il y avait également de l'ombre là où il était positionné auparavant. Alors pourquoi aurait-elle voulu bouger son banc ?

— Admettons, concéda Noémie. Qu'est-ce qui vous intrigue encore ?

— Cette petite flaque d'eau qui s'étend de cette plate-bande jusqu'aux joints de cette dalle, une petite flaque de vingt centimètres qui mouille juste un coin de terre.

— Vous n'avez pas songé à l'éventualité qu'elle venait d'arroser ses parterres de fleurs ? ironisa la jeune femme.

— Avec quoi ? répliqua-t-il avec sagacité. Vous voyez le moindre petit arrosoir dans cette courette ?

— Non, c'est vrai.

— Et puis, dans l'absolu, même si elle avait voulu arroser ses hortensias, avouez qu'elle n'aurait pas eu le compas dans l'œil la pauvre Mme Kaufman puisque tous les pieds des fleurs sont secs. Ils n'ont pas reçu la moindre goutte d'eau depuis au moins vingt-quatre heures. Seule la terre entre ces deux hortensias a été mouillée…

— Vous en concluez quoi ?

— Pour l'instant, rien de rien. Néanmoins, si cela ne vous dérange pas, je prends encore des photos pour parfaitement mémoriser ces emplacements.

Noémie n'ajouta pas un mot. Elle songeait que décidément Théodore était quelqu'un de bien surprenant. À l'exemple d'un chien de chasse qu'on ne peut empêcher de sentir et de fureter, on ne pouvait empêcher Dagorn d'observer et de disséquer tout ce qu'il voyait. Avec une certaine maestria pour gérer son bras en écharpe et l'encombrement de sa canne, tout en positionnant au mieux sa jambe invalide, le professeur parvint à prendre toute une série de photographies : la clef toujours dans la serrure — *clic* — les plates-bandes hérissées de roses trémières bronzant au soleil — *clic* — les murs hauts comme des remparts au crépi clair, vierges de toutes saletés et de toutes traces — *clic* — les deux sillons parallèles creusés par les pieds du banc dans la terre sèche — *clic* — le dallage sombre de la terrasse — *clic* — la petite flaque d'eau formée dans le parterre des hortensias — *clic* — le chapeau en toile, souillé de sang — *clic*. Il entendit soudain Noémie lui dire d'une voix affreusement lasse :

— Je ne sais pas si cela vous fout un coup au moral comme pour moi, mais notre meurtrier vient de faire sa troisième victime et nous n'avons toujours pas le début d'une piste valable…

Dagorn baissa légèrement le smartphone pour regarder la jeune fille. Il faillit dire quelque chose cependant, aucun son ne sortit d'entre ses lèvres. Sans doute qu'il ne trouvait pas de mots assez rassurants ou encourageants à prononcer… Il garda le silence et prit son dernier cliché : le corps sans vie de Rachel Kaufman, une pauvre octogénaire baignant dans son sang, une énorme plaie sur le sommet du crâne — *clic*.

Kaufman

Il n'était pas commun de voir un policier faire autant de zèle lors d'une enquête, au point de venir travailler sur ses jours de congé, à l'insu de ses chefs, et de désobéir ouvertement à son commissaire… Mais avoir la possibilité de traquer et d'appréhender le meurtrier de sa mère donnait toutes les audaces à Noémie et démultipliait son énergie. Depuis quelques jours, elle éprouvait une véritable exaltation et une hargne sans borne qui supplantaient toute forme de chagrin et de lassitude. Vaille que vaille, elle cherchait une piste, avec la même motivation qu'un chien de chasse lancé sur la voie d'un gibier.

Ce qui ne pouvait que favoriser la situation, c'était que le commandant Hascouet, trop occupé à mener ses investigations sur les braqueurs de Rennes, n'était que peu présent aux Ormeaux. Il avait confié l'enquête au lieutenant Hamon, et celui-ci ne savait rien refuser à la belle Noémie. Dès qu'elle insistait, il perdait ses moyens et cédait, lui permettant d'être présente sur les scènes de crime ou d'interroger des témoins. Elle savait qu'elle n'aurait pas eu un tel blanc-seing de l'intransigeant et si bourru Hascouet, mais avec Alexis, c'était différent. Elle avait deviné son penchant à son égard et la coquine savait en profiter. Ce n'était pas forcément très loyal de sa part, mais pour retrouver l'assassin de sa mère, elle ne voyait pas grand mal à jouer avec les sentiments du lieutenant Hamon. Elle n'avait qu'à faire ses yeux de chatte pour tout obtenir de lui, surtout pour décrocher tous les sésames afin d'accéder aux différents lieux et dossiers.

Et ce samedi ne faisait pas exception. En toute impunité, depuis la fin d'après-midi, elle était présente dans l'appartement de Rachel Kaufman qui grouillait maintenant de flics. Le procureur de la République était passé en courant d'air. Il avait ordonné aux lieutenants Hamon et Guillou d'interroger les voisins et de mener la perquisition une fois que la fixation des lieux[19] serait achevée par leurs collègues de la police scientifique. C'était tout ce qu'il avait dit. Il ne s'était pas attardé davantage sur place. Visiblement, le magistrat était pressé, du moins c'est qu'il avait bien fait sentir aux policiers. Et à peine arrivé, il était reparti sur Lorient au volant de sa Volvo.

Presque naturellement, Dagorn avait suivi Noémie au sein du logement de Kaufman, mais la complaisance à l'égard de ce civil avait ses limites et il n'avait pas été autorisé à pénétrer sur la scène de crime. Il ne s'était pas offusqué d'un tel refus et avait pris son parti d'observer de loin l'affairement méthodique des policiers sur la terrasse.

Positionnée près du cadavre de la malheureuse, Noémie discutait comme si de rien n'était avec les lieutenants Guillou et Hamon. Agenouillé près de la morte, un homme de petite taille, affublé d'une blouse blanche, inspectait en silence la tête ensanglantée. Dagorn avait déjà croisé cet homme aux sourcils broussailleux et au crâne aussi lisse que le sommet d'un œuf, il s'agissait du médecin légiste Sébastien Guégan. Celui-ci se redressa, repositionna ses fines lunettes rondes en haut de son nez et

19. Sur une scène de crime, la fixation de l'état des lieux consiste à conserver l'image de la scène telle qu'elle apparaît à la première personne présente sur les lieux, par exemple en prenant des photographies. Elle permet de garder en mémoire la position de certaines traces.

confia ses premières conclusions. D'où il était, Dagorn put entendre l'essentiel :

— Votre cliente est morte le crâne défoncé, au niveau de l'os pariétal, à quelques millimètres de la suture coronale. Vu son grand âge et sa fragilité, elle est morte sur le coup.

— Vers quelle heure ?

— À la louche, je dirai entre 13 heures et 14 heures.

— Vous avez une idée de l'arme du crime ?

Le médecin légiste répondit de sa voix mielleuse qui lui était si caractéristique, lui conférant bien malgré lui l'image d'un homme à la préciosité excessive :

— Je dirais par un objet contondant, peut-être une pierre ou un bâton, voire une batte de base-ball.

— Le problème, c'est qu'on n'a retrouvé aucune arme, ni même le moindre objet sur place, lâcha Guillou de sa voix caverneuse. Je ne vois pas avec quoi elle a pu être frappée…

— Pourquoi pas avec le banc ? proposa Hamon.

— Tu rigoles ? Il est en fonte et en bois, rétorqua son collègue. Il est lourd comme pas possible, trop lourd pour être manipulé comme une arme.

— Et puis, ce n'est pas possible, renchérit Noémie, la vieille Kaufman était assise sur le banc. Si le tueur l'en avait délogée, elle aurait immanquablement hurlé ou se serait débattue. Enfin, elle aurait fait un tel ramdam que la femme de ménage l'aurait entendue.

— Sauf si elle passait l'aspirateur à ce moment…

— Mais tout indique que Kaufman n'a pas vu son agresseur. Il n'y a aucune marque de lutte, aucune trace suspecte sur le sol ou sur les murs. Elle devait lire tranquillement son bouquin quand le type l'a tuée par surprise, d'un seul coup.

— D'après sa blessure au crâne, ajouta le médecin légiste, je suis persuadé qu'elle se tenait assise lorsqu'on lui a porté le coup fatal.

Leur conversation fut interrompue par un flic costaud au visage écarlate qui leur demanda poliment de s'écarter du corps. Il attendit qu'ils s'exécutent pour le mitrailler avec son appareil photo, le prenant sous toutes les coutures, dans son environnement. Il n'omit ni de prendre la flaque ensanglantée ni les plates-bandes de fleurs, pas plus que les murs ou la porte vitrée. C'était singulier à voir, mais il mettait presque un sens artistique à tout photographier, à tel point que Dagorn lui trouvait une attitude similaire à un réalisateur de film qui vient en repérage du lieu où sera tournée sa prochaine scène.

Un peu à l'écart, le trio du SRPJ de Rennes reprit sa conversation, avec toujours autant d'interrogations dans ses propos.

— Je ne comprends pas comment le tueur a pu entrer sur cette foutue terrasse, s'énerva Noémie. La porte était fermée à clef et la victime seule dans ce lieu. D'ailleurs, quand nous l'avons forcée, la clef était toujours insérée dans la serrure.

— Quant aux murs de cette cour, ils sont beaucoup trop hauts pour être franchis facilement, à moins de disposer d'une échelle.

— S'il y avait eu une échelle, le jardinier l'aurait vue, objecta Hamon. Il bossait avec deux gars, juste de l'autre côté. Il nous jure qu'il n'a aperçu personne.

— Et depuis un appartement des étages supérieurs ? Ce n'est pas possible de descendre jusqu'à la terrasse ?

— Il aurait fallu qu'il descende en rappel, précisa Noémie, à la condition que les habitants des étages du dessus ne remarquent pas un type suspendu à une corde comme une araignée au bout de son fil.

Ils avaient beau échafauder toutes les hypothèses possibles, ils ne parvenaient pas à comprendre comment le tueur s'y était pris pour venir dans cette cour et fracasser le crâne de Rachel Kaufman. Plus il les écoutait, plus Dagorn trouvait que cet assassinat s'apparentait à un meurtre dans une pièce close, le genre d'énigmes insolubles comme dans *Le Mystère de la chambre jaune* de Gaston Leroux ou dans *Trois Cercueils se refermeront* de John Dickson Carr. Un meurtre commis dans une pièce fermée sans possibilité évidente d'y entrer ou d'en sortir.

Ses réflexions furent interrompues par l'arrivée d'un policier moustachu, emmitouflé dans une combinaison. Il le vit se mettre accroupi devant le banc et s'appliquer à enduire les accoudoirs et le dossier d'une poudre blanche. Toujours avec le même soin, l'homme donna de légers coups de pinceau pour enlever l'excédent jusqu'à ce que des empreintes apparaissent. Et très patiemment, il apposa des morceaux d'adhésif à différents endroits avant de les décoller d'un coup sec. Par cette manœuvre, il collecta plusieurs empreintes digitales qu'il rangea soigneusement dans sa mallette. Il réitéra ses gestes de nombreuses fois, sur la porte vitrée, sur les murs et sur le dallage, sans montrer la moindre lassitude. Un vrai travail de fourmi consciencieuse et persévérante. Derrière lui, les trois policiers n'en finissaient plus de se creuser les méninges pour deviner le *modus operandi* du tueur. Le lieutenant aux yeux bleus résuma en une phrase lapidaire les conclusions de ses collègues :

— Putain ! Si le meurtrier n'est pas passé par l'intérieur de l'appart, ni par l'extérieur ni par l'étage du dessus, il est passé par où ? Il a bien fallu qu'il la tue, nom de Dieu ! Mais comment ? Comment a-t-il fait ?

Théodore Dagorn en avait assez entendu. Il les laissa à leurs interrogations et préféra déambuler dans l'appartement laissant son regard vagabonder où bon lui semblait. À errer ainsi, appuyé sur sa canne, pensif et silencieux au milieu des policiers affairés, il ressemblait à un voilier démâté devenu le jouet des éléments, dérivant sur l'océan sans tenir le moindre cap.

Pourtant, malgré l'impression qu'il renvoyait, le professeur ne divaguait pas au petit bonheur la chance. Loin de musarder, il s'était attelé à une tâche qui lui paraissait primordiale : il observait chaque recoin de ce logement. Il voulait davantage connaître la victime et pour cela, rien ne valait mieux que de s'imprégner des lieux où elle vivait. Il ressentait la même chose qu'un plongeur découvrant peu à peu un nouveau monde sous-marin avec sa faune et sa flore, avec la luminosité particulière des eaux et les minéraux qui constellaient les fonds. Lui, en errant dans les différentes pièces, en contemplant photos et bibelots, s'immergeait littéralement dans le quotidien et la vie de Kaufman, espérant mieux la cerner. À sa manière, il était en pleine exploration d'un univers qui, pour l'instant, lui était totalement inconnu.

Dagorn inspecta la petite salle de bain aux serviettes bien rangées et à la cabine de douche fraîchement nettoyée, s'attardant sur une étagère où trônait, entre une brosse à cheveux et un flacon d'eau de Cologne, un arbre miniature dont les branches en étain servaient de présentoir à divers colliers et pendentifs.

Il passa plus de temps dans la salle à manger où chaque meuble était envahi par une colonie bigarrée de santons de Provence. Ce grouillement de figurines peintes et attifées d'étoffes colorées ne lui semblait pas au premier abord d'une valeur esthétique primordiale. Il les délaissa rapidement pour contempler les différentes photographies encadrées autour de la grande bibliothèque : des portraits anciens en noir et blanc ou d'autres photos, plus récentes, en couleur, représentant de jeunes personnes regroupées devant des monuments.

L'inspection des étagères où étaient soigneusement classés de nombreux livres lui prit plus de temps, cherchant à savoir ce que la vieille Kaufman aimait lire. Un détail l'intrigua tout particulièrement, mais il n'eut guère le temps de s'y intéresser davantage puisque Noémie vint le rejoindre, le regard interrogateur :

— Qu'est-ce que vous êtes en train de faire ?

— Je découvre les lieux, lâcha-t-il laconique.

— Je commence à vous connaître, Théodore. Vous faites plus que découvrir. Je le vois à votre regard qui pétille autant que celui d'un enfant devant un étal de bonbons. Vous vous amusez à disséquer tout ce que vous voyez, à tout analyser avec gourmandise à la recherche d'un indice ou d'un élément valable.

— Il y a un peu de cela en effet…

— Et peut-on savoir ce que votre sagacité a repéré d'intéressant ?

— Pas grand-chose en vérité. Je sais juste que la victime était juive…

— En s'appelant Rachel Kaufman, on se doutait un peu qu'elle était juive, plutôt que d'origine japonaise ou guatémaltèque, glissa-t-elle moqueuse.

— Non, je veux dire qu'elle était une juive ouvertement pratiquante, répondit Dagorn le plus sérieusement du monde. Dans la salle d'eau, j'ai repéré un de ses colliers avec une étoile de David. Et dans le chambranle de la porte qui délimite le vestibule du salon, elle avait placé une mezouzah[20].

— Qu'avez-vous repéré encore ?

---

20. Petit boîtier contenant des passages de la Torah, fixé sur le montant des portes d'une demeure juive.

— Je présume que Mme Kaufman était célibataire, car je n'ai pas vu d'alliance à son doigt quand nous avons découvert son corps tout à l'heure. Je dirais même qu'elle était vieille fille, sans véritable famille proche. De tous les portraits accrochés aux murs ou posés sur sa table de nuit, il n'y en a aucun de récent, aucun représentant un fils, une fille, une sœur, un frère, un cousin ou une nièce. Il n'y a que des photos en noir et blanc, montrant des hommes et des femmes ayant vécu au début du XXe siècle, ou des années 1930 pour celle-ci, précisa-t-il en pointant du doigt un couple d'une trentaine d'années, au visage austère, figé près d'un berceau en bois sculpté. Sans doute les parents de la petite Rachel. Et ici des grands-parents ou des oncles et tantes… Que des photos anciennes…

— Vous oubliez les photos en couleur de l'autre côté de la bibliothèque.

— Je n'oublie rien, rectifia le professeur. Elles sont bien plus récentes, des années 1970 et 1980, voire 1990 d'après les habits et les coupes de cheveux. Mais ce ne sont en rien des photos de famille. Ce ne sont que des photos de groupes avec des collégiens ou des lycéens. Je suppose que Mme Kaufman a travaillé à l'Éducation nationale et ces images immortalisent des sorties scolaires qu'elle a accompagnées. Je crois pouvoir dire, sans grand risque de me tromper, qu'elle a surtout enseigné en Aquitaine, en Gironde précisément, puisque toutes montrent des lieux situés dans ce département. Je reconnais sans hésiter le château de Peixoto et son parc que j'ai moi-même visité en 2002, à Talence. Ici, ils sont à Bordeaux, on peut voir la place de la Bourse, ou encore pour celle-ci, ajouta-t-il en posant son index sur le cadre, l'imposante porte Cailhau avec sa toiture élancée et ses mâchicoulis. Tenez et là, sauf erreur de ma part, vous avez le monument aux Girondins. Sur cette photo, le groupe se trouve devant l'exotique château Cos d'Estournel avec ses pagodes dans un des sanctuaires du Bordelais, à Saint-Estèphe exactement. Par contre, je n'identifie pas celle-ci.

— Laquelle ?

— Celle où elle est entourée par des adolescentes, toutes revêtues de la même blouse rose, devant une grande demeure.

— Cette fois, c'est moi qui vais pouvoir éclairer votre lanterne, s'exclama Noémie avec un grand sourire triomphant. Alexis vient de me dire qu'il a retrouvé des dossiers dans une des armoires. Kaufman a été directrice d'un internat pour filles à Talence de 1970 à 1977. Pour filles-mères pour être exacte.

— Ah ? lâcha Dagorn en hochant la tête. Je savais qu'un tel établissement avait existé au Plessis dans les Hauts-de-Seine, un établissement où les parents venaient mettre leurs filles qui avaient fauté, c'est-à-dire des mineures enceintes hors mariage. Ils les plaçaient là pour ne pas jeter l'opprobre sur le reste de la famille. Simone de Beauvoir, elle-même, a soutenu ces « filles perdues » qui ont osé se rebeller contre leurs conditions de réprouvées. Mais je méconnaissais le fait qu'un tel lieu avait également existé à Talence.

— Vous ne pouvez pas tout connaître, professeur !

Dagorn lui sourit aimablement, sans rien ajouter. Il fit quelques pas pour se placer devant l'imposante bibliothèque. Il regarda sa compagne et leva un doigt comme pour lui signifier qu'il avait remarqué quelque chose d'important :

— Voyez, Noémie, j'ai été épaté par le rangement très scrupuleux de tous ces livres, digne de la plus méthodique des bibliothécaires. Manifestement, Mme Kaufman était une femme ordonnée et sans doute un brin maniaque. Chaque étagère regroupe des ouvrages soigneusement placés les uns par rapport aux autres. Vous avez ici des livres d'histoire sur la Solution finale et sur Auschwitz-Birkenau ; et là, sur le royaume d'Israël et la diaspora juive. Tous les autres rayonnages regroupent de grandes œuvres de la littérature française. Cette étagère pour les auteurs du XVIIIe siècle comme Voltaire, Diderot, Choderlos de Laclos, Marivaux ou Beaumarchais…

— Vous comptez réellement me faire un cours sur la littérature du siècle des Lumières ? coupa-t-elle sans ménagement.

— Pas du tout, je veux juste vous montrer quelque chose.

— Alors, allez à l'essentiel !

— Très bien, madame l'impatiente.

— Merci, monsieur le bavard, répondit-elle espiègle.

Il se déplaça légèrement sur la gauche et reprit son discours le plus posément du monde :

— Regardez, sur cette étagère, vous avez tous les livres de Lamartine, d'Alfred de Musset, de Chateaubriand ou de Barbey d'Aurevilly, bref que des romantiques.

— Et alors ? Cela me fait une belle jambe de le savoir.

— Sur celle-ci, poursuivit-il en feignant d'ignorer la remarque, vous avez les ouvrages des réalistes et des naturalistes tels que Flaubert, Maupassant, Balzac et Zola.

— Et ? dit-elle en exagérant la prononciation de cette syllabe.

— Et parmi ces auteurs réalistes et naturalistes, se trouve, égarée, isolée, déracinée, une œuvre du grand Chateaubriand, juste une : *Mémoires d'outre-tombe*. Un livre romantique par excellence qui n'a rien à faire ici, en somme, qui est fort mal rangé.

— C'est juste une erreur de sa propriétaire, voilà tout. Pas de quoi fouetter un chat.

— Une erreur très grossière alors, trop grossière pour quelqu'un qui semble être très méticuleuse point de vue rangement. Pour une amatrice de grande littérature comme elle, placer les *Mémoires d'outre-tombe* à cet endroit équivaut pour un traiteur à placer une de ses pâtisseries au milieu des charcuteries. Cela n'a rien à faire là. À mon humble avis, il y a une seule raison pour laquelle ce livre a été rangé au mauvais endroit.

— Laquelle ?

— Qu'on le remarque et qu'on l'examine de plus près.

— Bon, on ne va pas se mettre la rate au court-bouillon pour un livre mal classé, pesta la jeune policière en mettant des gants en caoutchouc. On va le regarder de plus près votre foutu bouquin, on va le feuilleter avec minutie, sinon je sens que vous allez me faire un ulcère, rien que par contrariété.

Noémie venait à peine de se saisir de l'ouvrage qu'un papier, plié en quatre, glissa d'entre les pages pour atterrir à leurs pieds. Sur le verso, ils pouvaient distinctement lire : « Pour Kaufman ».

— Nom de Dieu ! s'écria-t-elle.

Elle se baissa aussitôt pour ramasser la feuille et, sans attendre, appela Alexis Hamon pour lui faire part de leur découverte. Elle prononça son nom avec tant d'énergie et d'enthousiasme qu'on aurait pu croire qu'elle venait de repérer un filon débordant de pépites d'or.

La jeune femme tenait bien entre ses mains un message. Le troisième. Pour une troisième victime. Pas de doute, le tueur suivait toujours la même logique macabre en déposant des mots accusateurs après chacun de ses crimes. Noémie déplia le billet sous les yeux des deux hommes et le lut avec une vive émotion :

— « *En vérité, je vous le dis : la détraction est un péché pire que le vol parce qu'elle prive d'un bien incomparablement plus grand que ne sont l'or, l'argent et toutes les richesses du monde. L'honneur et la renommée ne peuvent être celés dans un coffre, ne peuvent être soustraits aux propos contumélieux, mais restent à l'inverse exposés aux médisances du calomniateur. Ce péché est d'autant plus énorme, d'après saint Bernard, qu'il est porté par l'appétit de nuire, d'une volonté expresse et formelle d'amoindrir la réputation, afin que celui qu'il calomnie soit méprisé et haï par ceux auprès de qui, il le calomnie. Et Mathieu de nous mettre en garde : Or je vous le dis, de toute parole sans fondement que les Hommes auront proférées, ils rendront compte au Jour du Jugement, car c'est d'après tes paroles que tu seras justifié et c'est d'après tes paroles que tu seras condamné. Dieu déteste les méchants qui ne peuvent modérer leur langue, dont les lèvres n'expriment que le malheur. En tant que serviteur du Tout-Puissant, je punirai les méchants.* »

Le lieutenant aux yeux bleus fut le premier à réagir :

— Cette fois, il n'y a pas de doute ! Notre psychopathe a encore frappé. Et il a une nouvelle fois signé son meurtre en nous laissant un message ! Il nous nargue l'enfoiré !

— Il faut absolument l'arrêter avant que l'hécatombe ne se poursuive, ajouta Noémie. Dieu sait combien de personnes il va encore zigouiller si on ne l'arrête pas au plus vite.

— Je sais bien, mais pour l'instant, l'enquête est au point mort. On n'avance pas. Je vais appeler Hascouet pour le mettre au parfum.

— À quoi cela va servir ? dit-elle en haussant les épaules. Il porte autant d'intérêt à l'affaire des Ormeaux qu'à son premier slip.

— Tu es injuste avec lui. Ce n'est pas qu'il ne s'y intéresse pas, c'est qu'il n'a pas le temps. Le commissaire lui met une pression de dingue pour arrêter la bande des braqueurs de Rennes. Presque tous les moyens et les gars sont mis sur cette enquête. Il faut dire qu'une des trois banques cambriolées appartient à la femme d'un député, alors forcément, on lui a vite signifié quelles étaient ses priorités.

— Si tu le dis…

Sans rien ajouter, Alexis Hamon s'éloigna avec son portable, laissant un instant le capitaine Le Tallec seule avec Dagorn.

— Et vous, Théodore, qu'est-ce que vous en pensez ?

— Je trouve qu'il y a une certaine dissemblance dans la manière dont ce troisième message était dissimulé par rapport aux autres.

— Que voulez-vous dire ?

— Les deux premiers n'étaient pas vraiment cachés, ils avaient été placés sous un vase pour l'un et dans la corbeille du courrier pour l'autre. En somme, ils étaient plutôt laissés en évidence dans le but manifeste que la police les retrouve rapidement. Alors que celui-ci, camouflé dans le livre, n'était pas immédiatement visible.

— Vous avez raison, ajouta-t-elle, comme si le meurtrier n'avait pas voulu qu'on découvre son message trop tôt.

— Exactement.

— Peut-être qu'il savait qu'il n'aurait pas l'opportunité de placer son mot APRÈS la découverte du corps. Il a donc choisi la solution la plus simple, il a pénétré dans l'appartement de Kaufman lorsqu'elle était encore vivante et, à son insu, a mis le billet dans le livre, à un endroit où sa future victime ne pouvait pas l'apercevoir au premier abord.

— Votre raisonnement se tient, Noémie. Il y a effectivement de grandes chances que le mot ait été mis AVANT le meurtre. Mais le tueur voulait être certain qu'on découvre quand même son billet une fois sa victime assassinée. D'où son idée de déplacer les *Mémoires d'outre-tombe* pour qu'on remarque précisément cet ouvrage.

— C'est complètement idiot son petit manège, puisque de toute façon, nous allions procéder à une perquisition en bonne et due forme.

— Il faut croire que notre meurtrier ne connaît pas tous les us et coutumes de la police et il a préféré, pour plus de sûreté, aiguiller les recherches sur cet ouvrage.

— Il surestime les compétences littéraires de mes collègues, votre bonhomme, renchérit Noémie en ricanant. Comme s'ils allaient remarquer qu'un livre romantique était rangé parmi les bouquins réalistes ! Personne ne pouvait déceler ce genre de détails… Personne, mis à part vous…

— C'est parfaitement exact. Mis à part moi, répéta Dagorn. Mais si l'assassin réside ou travaille aux Ormeaux, il a sans doute constaté que je quittais rarement votre giron depuis quelques jours. En conséquence, il a dû espérer que si vous aviez la possibilité d'entrer dans l'appartement de Mme Kaufman, je serais également présent et, qu'à rebours de vos collègues, je repérerai cette erreur de rangement dans la bibliothèque.

Noémie fit une moue pour signifier qu'elle n'était pas convaincue.

— C'est un peu tordu comme raisonnement, vous ne trouvez pas ?

— Plus je songe à cette série de meurtres, plus je me dis que notre tueur est pourtant quelqu'un de très raisonné et de très intelligent et pas du tout quelqu'un de tordu. À mon avis, il ne faut pas sous-estimer ses capacités cérébrales. C'est un malin qui s'est lancé dans une grande partie d'échecs et, pour le moment, il a plusieurs coups d'avance sur nous…

— En tout cas, assez pour parvenir à nous tenir en échec.

— Eh bien, à nous de nous montrer plus intelligents pour qu'il ne nous mette pas mat.

Entraîné par le fruit de ses réflexions, immergé dans ses pensées, Théodore Dagorn en avait presque oublié l'heure. Il lui fallait revenir à la surface, à sa morne réalité de pensionnaire des Ormeaux. Il ne lui restait qu'un quart d'heure pour rejoindre Romain Jouannet, son kiné attitré, un homme aux qualités indéniables, toujours indulgent devant les lents progrès de son patient, mais qui avait beaucoup moins de clémence lorsqu'il n'était pas ponctuel à ses séances. Il fit part à Noémie de ses impératifs, mais avant de se retirer, il lui donna un ultime conseil :

— À mon avis, vous devriez chercher dans le passé de Mme Kaufman. C'est là que vous aurez le plus de chance de trouver la raison de son assassinat.

— Pourquoi donc ?

— Réfléchissez, Rachel Kaufman n'a pas de famille proche. Elle ne résidait pas dans le Morbihan, mais en Gironde et depuis son arrivée aux Ormeaux, elle ne sortait jamais et ne fréquentait personne… Pour moi, si nous n'avons pas affaire à un tueur atteint de folie furieuse, c'est dans le passé de la victime qu'il faut chercher un mobile valable et non dans son présent.

— C'est une idée à creuser.

Le professeur s'excusa encore auprès de la jeune femme de ne pouvoir rester plus longuement et se retira à contrecœur, tout en boitillant, la main fermement agrippée au pommeau de sa canne. Il avait tout juste franchi le seuil de l'appartement de Kaufman qu'une voix plutôt hargneuse l'interpella. La voix venait de derrière lui.

Elle appartenait à un homme qui, pour l'instant, avait toujours usé en sa présence d'un ton plus aimable. De toute évidence, à cette heure, le lieutenant Hamon n'avait pas dans l'intention de se montrer très courtois envers lui :

— M. Dagorn ! Je peux vous parler ?

Sa phrase tenait moins de l'interrogation que de l'injonction, voire d'un ordre. Son timbre de voix, familier et endurci, ne laissait plus aucun doute sur le sujet.

— Que puis-je pour vous, lieutenant ? demanda le professeur, très posément.

La réplique ne se fit pas attendre, aussi cinglante qu'un coup de fouet :

— Je peux savoir à quoi vous jouez avec Noémie.

Dagorn marqua une pause avant de répondre, tout surpris par la tournure de la conversation :

— Je vous demande pardon ?

— Qu'est-ce qui se passe avec elle ?

— J'ai peur de ne pas vous comprendre.

— Vous la kiffez, c'est ça ?

— Je quoi ?

— Vous m'avez bien compris, monsieur le marquis, lâcha-t-il très ironiquement. Vous la draguez ?

Son étonnement alla grandissant à chaque fois que le policier prenait la parole. Il ne s'attendait pas du tout à ce genre de discussion, pas parce qu'elle lui paraissait indiscrète, plutôt parce que pour lui, elle n'avait pas lieu d'être.

— Vous croyez réellement que je conte fleurette à votre collègue ?

L'autre souffla subitement d'exaspération :

— Vous ne pouvez pas vous exprimer comme tout le monde au lieu d'employer des mots anachroniques.

— Conter fleurette à ma connaissance n'est pas désuet. Il n'est qu'un synonyme de fleureter…

— « Flirter » non plus n'est pas très à la mode.

— Vous abusez, lieutenant. « Fleureter » n'est pas un terme aussi dépassé que vous le prétendez. J'aurais dit « mugueter » ou « coqueter », je ne dis pas, mais « fleureter » me semble encore à la page et reste indéniablement poétique puisque lorsqu'on parle d'une femme, il n'est rien de plus ravissant que d'ajouter des fleurs à notre propos.

— Arrêtez votre baratin ! s'écria-t-il excédé. Je vois bien que vous la draguez, cela se voit comme le nez au milieu de la figure.

Dagorn parut soudainement amusé.

— Lieutenant, j'ai deviné depuis quelque temps déjà l'inclination que vous ressentez pour le capitaine Le Tallec et je comprends mieux votre récent ressentiment à mon égard, néanmoins je vous assure que jamais il n'a été dans mes intentions d'empiéter sur vos plates-bandes. Je n'éprouve qu'une forte sympathie pour Noémie, peut-être un commencement d'amitié, mais rien de plus…

— Ça, c'est vous qui le dites, rétorqua le policier plus véhément. Il y a une telle complicité entre vous ! Et puis vous cherchez toujours sa présence… Il est difficile d'y voir autre chose que de l'amour.

— Allons, vous extrapolez, lieutenant. Et même si c'était le cas, qu'irait-elle s'enticher d'un barbon tel que moi ? J'ai l'âge de mes artères et en plus, je ne suis guère valide avec ma jambe impotente et mon épaule en vrac. Une jeune femme comme elle, pleine de vie et de feu, a besoin d'un homme en pleine forme et vigoureux, en résumé d'un jeune, de quelqu'un qui partage ses goûts, qui vit avec son temps…

— Vous êtes un tel beau parleur, un érudit qui manie les mots comme personne, avec un chic d'aristo sur le retour, qu'il y a de quoi charmer une femme…

— De charmer peut-être, mais pas de la conquérir, lâcha-t-il avec un sourire pincé. Non, je vous le dis et répète, jeune lieutenant Hamon, si vous cherchez un concurrent dans votre quête du cœur de la belle Noémie, il ne faut pas regarder dans ma direction…

— Que voulez-vous dire ?

— Juste qu'il y a une autre personne qui peut s'avérer plus dangereuse que moi…

— Qui ça ?

— Son ex, pardi !

— Alex ?

— Oui, je crois bien que c'est le prénom qu'elle a mentionné.

— Mais c'est fini depuis plusieurs mois entre eux !

— Cela n'empêche pas le dénommé Alex de tenter de la reconquérir depuis quelque temps en lui envoyant un déluge de textos. Il est persévérant, l'animal. Et ma foi, il obtient de bons résultats à force. Je devine que la détermination de Noémie à ne plus le revoir est en train de fléchir peu à peu.

— Vous plaisantez ?

— Non, je vous dis ce que je vois et ce que je pressens…

Le lieutenant aux yeux bleus sembla estomaqué par cette réponse. Une sorte de flottement passa dans son regard clair. Il perdait soudain ses certitudes ou ses espoirs. Il craignait un instant que le professeur puisse lui faire de l'ombre, mais Alex, lui, l'éclipserait sans peine.

— Merde ! Je ne m'attendais pas à ça, pesta-t-il rageusement. Voilà que cet enfoiré va me la piquer ! Ça bouleverse tous mes plans !

D'un geste compatissant, Dagorn lui tapota l'épaule en lui murmurant :

— Que voulez-vous, jeune homme, l'amour est une chose si belle et si simple que ce serait trop facile s'il ne mêlait pas plusieurs êtres qui ne font que compliquer la chose. Il vous faut garder foi en vous, c'est tout ce que je peux vous dire.

Le policier esquissa un sourire reconnaissant à l'attention de son interlocuteur :

— Merci, monsieur. Et excusez-moi encore pour tout à l'heure de vous avoir agressé sans raison et…

— Allons, n'y pensez plus et, ma foi, il n'y avait pas grand mal, lança-t-il d'un ton espiègle. Je ne vous en veux pas le moins du monde de m'avoir quelque peu malmené verbalement. De toute façon, dans quelques instants, je vais retrouver quelqu'un qui va vraiment me malmener, et plus verbalement cette fois, mais bien physiquement… sur la table de massage… Et je crains qu'il n'y aille pas de main morte si je continue à être en retard. De quoi me faire passer le goût de ne pas respecter les horaires, dit-il en grimaçant. Sur ce, il faut vraiment que je vous laisse.

Dagorn s'éloigna lentement à travers ce long couloir lambrissé, en songeant que décidément l'appartement numéro 3 n'apportait que du malheur. En moins de douze heures, en ce lieu funeste, une octogénaire avait eu le crâne fracassé et un lieutenant de police un cœur brisé.

Mise au point

Le bureau d'Alexis Hamon était connu pour être un des plus petits du SRPJ de Rennes. C'était une tradition que le dernier muté dans le service hérite de cette pièce minuscule. C'était vu comme un bizutage dans la maison, une sorte de mise en boîte, au propre comme au figuré. Hamon s'en était fait une raison, sachant pertinemment que cette relégation n'aurait qu'un temps. Il lui faudrait juste faire preuve de patience. Ce lundi après-midi, pourtant, l'espace de son bureau lui paraissait plus restreint que d'habitude puisqu'il n'était plus seul à y être confiné. Le capitaine Le Tallec et le lieutenant Guillou étaient venus s'y installer en catimini avec leurs ordinateurs portables et plusieurs classeurs. Ils avaient décidé d'établir leur QG en ce lieu discret, loin du regard du commandant Hascouet, afin d'approfondir l'enquête sur l'hécatombe des Ormeaux. Officiellement en congé, la jeune femme n'avait aucune légitimité à se trouver sur son lieu de travail, mais, par solidarité, ses deux collègues l'avaient autorisée à venir et à mener les investigations avec eux.

Animés par l'espoir de dénicher un indice valable, ils s'étaient attelés à la tâche avec un certain entrain non dénué de candeur. Guillaume Guillou avait déjà abattu pas mal de boulot et en faisait un résumé aux deux autres. Il avait confectionné ces derniers jours des fiches assez précises sur les trois victimes. Ce n'était pas un flic de terrain, plutôt un gars de bureau, une sorte d'archiviste gratte-papier. Malgré son aspect de brute nonchalante,

« Guigui » était un méthodique. Il n'aimait rien moins que le travail carré et précis. C'était un flic blanchi sous le harnais qui connaissait son métier.

Il prit la première fiche griffonnée d'une écriture épaisse, lisible que de lui. Il ne boudait pas l'outil informatique, mais pour le premier jet de ses recherches, il préférait ses notes manuscrites, sa matière à l'état brute comme il disait, avant de peaufiner et ciseler le tout sur son PC. Le diamant, quand on le sort de sa gangue, avant de le tailler, apparaît toujours dans sa forme la plus grossière. C'était la même chose avec ses notes.

— « *François Lamour, 62 ans, vivant à Châteaulin dans le Finistère*, se mit-il à lire de sa voix bougonne. *Il est célibataire et n'a jamais eu d'enfants. C'est un fabricant de bateaux de plaisance qui a son entreprise à Landévennec. Deux employés bossent pour lui, un dénommé Gérard Cochet et Pol Simon. Ils disent que c'était un patron formidable, pas méchant pour deux sous, qui connaissait son affaire. L'entreprise était florissante et ne cessait de décrocher des contrats. Ils ont un carnet de commandes rempli pour les trois ans à venir. Ils avaient même trop de boulot et leur patron a fait un burn-out quelques mois auparavant. À leur connaissance, Lamour n'avait aucune bisbille avec les concurrents du coin. Il était en bons termes avec eux et ne rechignait jamais à leur prêter du matériel quand ils cassaient le leur. Ses voisins de Châteaulin peignent le même portrait du type sympa et apprécié. S'il y a une personne qui ne tarit pas d'éloges à son égard, c'est son banquier de Pleyben, du Crédit Mutuel de Bretagne. Il faut dire que tous ses comptes étaient dans le vert et grossissaient à vue d'œil. Son affaire était donc plus que prospère.* »

— Donc rien d'anormal ? Rien de suspect ?

— Rien de spécial, répondit-il avec assurance. La seule chose que j'ai remarquée de bizarre est un gros virement de 8 000 euros mi-juillet.

— Au bénéfice de qui ?

— De M. Lepigouchet.

— Le directeur des Ormeaux ? s'étonna Noémie.

— Lui-même.

— Il s'agit peut-être du coût d'hébergement au SSR de Sarzeau ? hasarda Hamon.

— Non ! J'ai vérifié. Chaque mois, il faisait un virement de 3 500 euros au centre. C'est le tarif de base, sans le restaurant. Non, les 8 000 euros dont je parle sont un extra. Et directement sur le compte d'Alain Lepigouchet, pas sur celui du centre.

— Nous allons devoir vérifier cela plus en détail, déclara le flic aux yeux bleus en pianotant un pense-bête sur son portable.

Le policier trapu approuva d'un signe de tête. Il se colla une cigarette dans la bouche et se dirigea jusqu'à la fenêtre, à peine plus large qu'une meurtrière. Il l'ouvrit et recracha toute la fumée à l'extérieur pour ne pas boucaner ses collègues. Après quelques taffes régénératrices, il commença la lecture de la seconde fiche, la voix plus enrouée qu'au début :

— « *Rachel Kaufman, 83 ans, une retraitée de l'Éducation nationale, une vieille fille, sans enfant, sans famille proche. Elle a été directrice d'un internat pour filles-mères à Talence de 1970 à 1977, ensuite elle a été principale au collège Aliénor-d'Aquitaine de 1978 à 1984, puis proviseure adjointe au lycée Michel-Montaigne de 1985 à 1989 et elle a fini sa carrière au lycée Montesquieu de Bordeaux. Elle a vécu toute sa vie à Mérignac. Il y a six mois, elle a fait une mauvaise chute, se fracturant la clavicule et la tête de l'humérus. Sur avis de son chirurgien, elle est arrivée à Sarzeau pour se refaire une santé. Il lui a conseillé le SSR des Ormeaux plus qu'un autre en Aquitaine pour la simple raison qu'il connaît un médecin qui y fait des merveilles. Mme Kaufman n'a fait aucune objection à s'exiler dans le Morbihan, d'autant plus qu'elle avait du mal à récupérer et retrouver toute la motricité de son bras. D'après le personnel, c'était une femme assez taciturne qui ne cherchait à se lier avec quiconque au sein de la résidence. Elle restait le plus souvent seule, même pour les repas, quittant seulement son logement pour sa rééducation. Elle ne parlait quasiment à personne, juste aux employés du centre, et encore, c'était le minimum syndical. Elle était polie, mais pas le genre à bavarder ni à faire copain-copain avec le premier venu. Elle avait l'habitude, lorsque la femme de ménage venait s'occuper de son appartement, de s'enfermer dans une pièce ou sur sa terrasse, histoire de ne pas se mélanger aux sous-fifres.* »

— C'est, semble-t-il, ce qu'elle a fait le jour de sa mort, ajouta Le Tallec. Elle a été sur sa terrasse, a fermé à double tour derrière elle et c'est là qu'elle a été tuée.

— L'assassin connaissait sans doute sa manie, poursuivit Guigui avec le même sérieux. Il a voulu profiter de l'occasion pour s'en débarrasser lorsqu'elle était seule.

— Tu as raison, mais comment s'y est-il pris ? questionna Hamon. Elle était totalement seule sur sa terrasse sans aucun accès sur l'extérieur, sans que personne ne vienne la rencontrer. La femme de ménage est formelle : personne n'est entré dans le logement durant les trois heures où elle nettoyait et dépoussiérait l'appartement. Et de l'autre côté du mur, dans le parc, le jardinier qui arrachait de mauvaises herbes et taillait la haie n'a rien vu non plus alors qu'il était dans les parages. Je ne vois pas comment le tueur a pu s'y prendre ! Cela m'échappe !

Noémie approuva d'un signe de tête. Elle réfléchit quelques secondes avant de lâcher avec une certaine sagesse :

— Pour l'instant, ne cherchons pas le comment, mais le pourquoi ? Concentrons-nous sur cela.

— Ton ami le marquis pense que c'est lié à son passé, annonça Hamon.

— Forcément, puisqu'elle n'était pas de la région, ne fréquentait personne dans le coin, ne sortait jamais du centre et très rarement de son logement. Il y a de grandes chances pour que son meurtrier l'ait connue autrefois, peut-être même il y a très longtemps, et qu'il a voulu se venger.

— Sans doute. Mais se venger de quoi ?

— Imaginons que ce soit lié à son passé de directrice pour internat de filles-mères…

— Et pourquoi pas à son passé de principale ou de proviseure ? coupa le policier aux yeux bleus.

— Tout simplement parce que les autres établissements sont plutôt des endroits calmes, de bonne réputation. L'internat de Talence regroupait un public beaucoup plus problématique, avec de réelles difficultés et avec des situations délicates à gérer.

— Ce n'est qu'une hypothèse.

— Quand on n'a rien de concret à se mettre sous la dent, il faut bien partir des hypothèses. C'est un peu maigre, mais il faut s'en contenter, rétorqua-t-elle. De plus, dans ses affaires personnelles, vous avez remarqué qu'elle avait emporté des dossiers et documents liés à son poste à Talence, et rien sur les établissements de Bordeaux. C'est quand même un signe. Elle sait que dans quelques mois, elle va retourner chez elle à Mérignac, mais elle emmène tout de même avec elle ce type de documents. C'est qu'il y a peut-être du lourd dedans ?

— C'est une possibilité.

Guillou s'était tu depuis quelques instants, laissant ses collègues ferrailler entre eux, rivalisant d'arguments et défendant leurs points de vue. Il entra finalement dans la lice pour déclarer qu'il partageait le point de vue de la jeune femme. Pour prouver ses dires, il se mit à lire une autre fiche noire d'écritures :

— « *Mme Kaufman a été directrice de l'internat de Talence de 1970 à 1977. Si nous partons de l'hypothèse que son comportement a été préjudiciable à une des jeunes filles dont elle avait la charge, des filles âgées de 13 à 17 ans d'après le registre, cette inconnue aurait entre 55 et 66 ans en 2019.* » J'ai donc fait une recherche : « *Quatre personnes pourraient correspondre, Delphine Even et Angélique Desmon pour les pensionnaires, Fabienne Faure et Stéphanie Lecorre pour le personnel. En comparant avec le registre de Mme Kaufman et avec les archives de la municipalité de la commune de Talence, aucun de ces noms ne se retrouve.* » Aucun ! répéta-t-il. Elles n'ont jamais mis les pieds à Talence durant leur adolescence.

— As-tu pensé à l'éventualité que ce soit un enfant né à l'internat de Talence qui ait voulu venger sa mère pour x raisons ?

Un grognement bref sortant de l'épaisse carcasse de Guillou vint couper court à toute nouvelle question. Il était visiblement mécontent que sa collègue puisse supposer qu'il n'ait pas envisagé cette possibilité. Il reprit sa lecture d'un ton plus hargneux :

— « *Si un enfant était né entre 1970 et 1977, il aurait entre 42 et 49 ans aujourd'hui. Cinq noms de personnes fréquentant les Ormeaux apparaissent : le directeur Alain Lepigouchet, le kiné Ludovic Ollivier, le responsable du personnel Philippe Jaffré, le serveur du bar*

Gilles Hervieu et une pensionnaire Jacqueline Guillemot. » Pour eux, également, je n'ai trouvé aucune parenté avec une résidente de Talence.

Sans doute dans le but de couper court à toute nouvelle objection, le lieutenant Guillou ajouta dans la foulée :

— Bien entendu, il est toujours possible qu'il y ait eu un changement de nom ou une usurpation d'identité. Tout cela sera à vérifier ultérieurement.

— Sans compter que ce soit un frère ou une sœur ou une cousine ou je ne sais qui, qui ait voulu venger une de ces filles de Talence, précisa Noémie avec pertinence.

— Sans compter le fait qu'on fasse complètement fausse route, reprit Hamon qui n'en démordait pas, et que notre affaire n'ait rien à voir avec l'internat de filles-mères.

Il ne servait à rien de se chamailler avec lui. Il avait peut-être raison, peut-être tort. Pour l'instant, personne dans ce bureau n'en savait rien. Leur seule certitude était que leur devoir leur imposait d'envisager toutes les pistes, même les plus invraisemblables. La majorité ne mènerait nulle part, seule une, avec un peu de chance, aboutirait au tueur, mais avant de l'atteindre, il fallait accepter de s'égarer sur de fausses pistes, de se tromper sur les culpabilités de certaines personnes. C'était le lot de tous les flics. Une enquête était souvent un travail de patience et de longue haleine, de doute, de renoncement et de déception, avec toujours pour objectif suprême de dénicher la vérité où qu'elle soit.

Sa deuxième cigarette achevée, Guigui reprit sa lecture avec une rigueur implacable. Cette fois, il s'agissait de Le Tallec, la première victime des Ormeaux, celle par qui tout avait commencé. Bien que sa fille fît partie de son auditoire, il parla d'une voix froide et détachée comme s'il mentionnait le nom d'une parfaite inconnue. Il fallait sans doute y voir du professionnalisme de sa part plutôt que de l'indifférence :

— « *Danielle Le Tallec, restauratrice de 61 ans, possédant deux restaurants assez cotés, un à La Baule et un à Concarneau. Elle est séparée depuis un an de son mari, Martial, mais le divorce n'a toujours pas été prononcé.* »

— Ils n'ont même pas entamé la procédure, précisa Noémie d'un ton neutre, légèrement désabusé. Ne plus partager le même toit leur suffisait sans envisager le divorce. Ils ne s'entendaient plus assez pour vivre ensemble de toute façon, même pour cohabiter. Enfin, c'est maman qui ne supportait plus cette situation. Il faut dire qu'elle a toujours eu un caractère fort alors que papa était doux et débonnaire. C'était un couple mal assorti qui a tenu tant bien que mal durant des années, sans que mes frères et moi sachions par quel miracle. J'ai appris par hasard que maman avait eu des amants. Papa aussi avait dû le deviner, peut-être pas à chaque fois, seulement par moments. Il le savait sans que jamais ne lui vienne l'idée de faire un scandale ou de virer du domicile conjugal son épouse volage par la peau du cul. L'amour a ses raisons que la raison ignore, comme disait l'autre. Le comble, c'est que ce n'est même pas lui qui a voulu la séparation, mais ma mère ! Un jour, elle a décrété que c'était assez, qu'il fallait qu'ils se séparent. Papa a accepté la décision et il est parti vivre chez son frère dans le Gard, au Vigan.

— Je peux reprendre ? dit le policier avec impatience.

— Je t'en prie.

— « *C'est une femme très occupée, très prise par la gestion de ses restaurants. Elle a deux garçons, un qui vit à Édimbourg, un autre à Annecy...* »

— Comme vous pouvez le constater, mes frangins étaient proches de leur mère. Ils ont mis le plus de distance possible entre eux et elle. C'est plutôt révélateur…

Guillou ne releva pas la remarque. Il continua sa lecture imperturbable :

— « *Elle a également une fille qui vit à Rennes.* »

— C'est moi ! s'exclama Noémie d'une voix espiègle. Et pour être honnête, malgré notre proximité géographique, je n'étais pas très proche d'elle non plus.

— « *Danielle Le Tallec est arrivée aux Ormeaux il y a cinq mois suite à une opération, la pose d'une prothèse de la hanche. Cette résidente était de l'avis de tous les pensionnaires une femme au tempérament bien trempé.* »

— C'est un bel euphémisme ! Elle avait un caractère de chien. On a connu des agents de la Stasi[21] plus aimables qu'elle.

— « *Elle s'est prise de bec avec pas mal de monde. Après enquête et divers témoins, les noms de Lepigouchet, Desmon, Jaffré, Ollivier, Rochebonne, Le Roux, Guillemot, Grosjean, Even et Lecorre sont revenus à plusieurs reprises.* »

— Elle était comme cela maman : entière, un peu trop franche, un peu trop intrusive. Une chieuse quoi ! Et encore, depuis son opération, je trouve qu'elle était en petite forme. Normalement, en seulement cinq mois, dans son état normal, elle aurait été capable de se mettre tout le monde à dos, ironisa la jeune femme. Comme dit un de mes frangins, elle a bien fait de choisir restauratrice comme boulot, parce que médiatrice, diplomate ou conseillère conjugale, cela n'aurait pas été possible. Ce n'était pas dans ses cordes…

Guillaume Guillou ne l'avait pas interrompue durant sa dernière diatribe. Il avait compris que Noémie avait besoin de vider un peu son sac, de dire ce qu'elle avait sur le cœur pour se soulager. De toute évidence, il y avait

---

21. Service de police politique en Allemagne de l'Est durant la Guerre froide.

des choses qu'elle n'avait jamais osé dire du vivant de sa mère, alors elle le faisait en ce moment, avec du retard, par procuration. Il attendit que la jeune femme se taise pour reprendre la main :

— Cela fait pas mal de suspects potentiels au sein des Ormeaux. Il va falloir qu'on débroussaille tout ça. Écarter les simples querelles sans lendemain et s'attarder sur les véritables altercations qui auraient pu causer assez d'animosité pour tuer. Mais ce n'est pas tout, ta mère ne se chicanait pas qu'avec les pensionnaires des Ormeaux. On a encore d'autres noms comme un restaurateur de Concarneau, M. Riou, qui était fâché à mort avec elle parce qu'elle l'accusait de concurrence déloyale, ou encore un fournisseur de légumes vivant à Penmarch, M. Salaun, qui lui aurait vendu de la marchandise gâtée. Et il y en a plein d'autres… Enfin, la liste est longue comme le bras. Cela va nous prendre du temps, mais il va falloir tout vérifier…

Noémie émit un petit sifflement admiratif :

— Tu as vraiment tout épluché, tu n'as négligé aucune piste.

Le flic trapu la dévisagea en silence comme s'il hésitait à parler. Il alluma une énième clope, plus pour gagner du temps que par nécessité. Il lâcha finalement au milieu d'une volute de fumée :

— Oui, toutes les pistes. Même la tienne…

Elle marqua une pause, persuadée de ne pas avoir compris ou plutôt de peur d'avoir compris.

— Même la mienne ? finit-elle par demander, intriguée.

— Ne me regarde pas avec ces yeux de merlan frit. Je n'y suis pour rien, Alexis non plus d'ailleurs. Mais c'est le commandant Hascouet qui a insisté. Il nous a ordonné d'enquêter sur toi.

— Comment ça sur moi ?

— Pour Hascouet, tu étais une suspecte comme les autres…

— Tu plaisantes ?

— Non.

La jeune femme, emportée par sa colère, se leva de sa chaise d'un coup, comme si elle était assise sur un ressort qui s'était subitement détendu.

— Mais vous êtes des salauds ! Vous n'avez pas fait ça quand même ?

— Comme si nous avions le choix… C'était un ordre du commandant.

— Mais je suis flic, bordel !

— Dans cette histoire, tu es surtout une héritière, l'héritière d'une belle petite fortune.

— Si vous vous étiez un peu mieux renseignés, vous sauriez que mes parents avaient fait devant notaire une donation au dernier survivant, ce qui veut dire que c'est mon père qui est le véritable héritier et pas moi, ni mes frères.

— Nous savons tout cela, mais nous avons étudié son emploi du temps et son alibi le jour du meurtre. Il est au-dessus de tout soupçon. Tes frangins aussi. La seule en théorie qui avait l'opportunité de tuer, c'était toi !

— Vous n'êtes pas sérieux. Vous ne m'avez pas réellement soupçonnée ?

— Non, bien sûr que non, Noémie, intervint Alexis Hamon d'une voix posée. Pour Guigui et moi, il s'agissait surtout de te disculper. Nous avons enquêté sur toi, persuadés de te laver de tout soupçon. Et c'est ce que nous avons fait. Grâce à la caméra du portail du centre des Ormeaux, nous avons découvert que tu avais quitté le domaine à 17 h 15. À 17 h 35, tu t'es arrêtée à une station essence sur la route de Vannes. Tu y as été filmée en train de payer à la caisse. À 18 h 55, une autre caméra te voyait entrer dans ta résidence à Rennes. Donc, il aurait été matériellement impossible que tu assassines ta mère. Tu vois ? Notre enquête a permis de t'innocenter.

— Vous êtes quand même des enfoirés d'avoir fait ça !

— Tu sais comme nous que c'était la procédure à suivre. Si nous ne l'avions pas fait, Hascouet ne nous aurait pas lâchés. Il voulait sans doute te rayer de la liste des suspects potentiels, mais il voulait le faire en toute légalité.

Noémie Le Tallec savait qu'il disait vrai, mais cela lui faisait tout drôle de se dire qu'on avait pu envisager qu'elle avait pu tuer sa propre mère. Certes, c'était loin d'être l'Entente cordiale entre elles, mais de là à l'assassiner… Et puis, cette enquête sur elle, en toute discrétion, derrière son dos, elle la vivait mal. Elle avait l'impression qu'on avait violé sa confiance et son intimité.

Le lieutenant Guillou sentit le malaise chez sa jeune collègue. Il chercha à faire diversion :

— Si nous voulons avoir une chance de coincer le tueur, il faut que nous trouvions le lien entre les trois victimes. S'il a tué ces trois-là, et pas d'autres, c'est qu'il y a bien une raison ! Reste à trouver laquelle.

Le conseil était bon.

Les policiers se mirent au travail de façon méthodique, cherchant le dénominateur commun entre les victimes. Ils envisagèrent toutes les possibilités, toutes les variables, sans rien trouver de concluant.

Lamour, Le Tallec et Kaufman n'avaient pas le même âge, donc n'avaient pas fréquenté les mêmes écoles. Ils n'exerçaient pas des métiers similaires : restauratrice, industriel et chef d'établissement scolaire. Aucune raison de se voir ou de travailler ensemble. Finistère, Gironde et Morbihan, ils ne vivaient pas dans le même coin et il y avait donc peu de chances qu'ils se soient croisés un jour. Ils n'avaient pas d'amis communs, n'adhéraient pas aux mêmes associations, n'épargnaient pas dans les mêmes banques, ne partaient pas en vacances aux mêmes endroits… Non, ils avaient beau tout éplucher, tout comparer, rien ne reliait ces trois personnes. La seule chose qu'elles avaient en commun, c'était le SSR de Sarzeau, l'endroit où elles avaient perdu la vie.

— Et n'oublions pas les messages retrouvés après chaque décès, ajouta Hamon. Le tueur semble suivre un cheminement particulier, comme s'il voulait se venger de certaines personnes.

— Oui, les punir de certains de leurs défauts : la curiosité, la gourmandise et la délation, poursuivit Le Tallec. Mais pourquoi ? Est-ce qu'il a été victime des trois personnes et de leurs défauts et qu'il a voulu leur faire payer ?

— C'est maigre comme piste. On nage en pleine incertitude, commenta Guillou. L'expert psychiatrique qui a été appelé par le juge d'instruction a conclu qu'on avait affaire à un individu à l'état psychotique envahissant à tendance mystique, mais cela nous avance peu.

— Demain matin, j'irai voir une psychiatre que je connais bien, expliqua la jeune femme. Elle nous donnera un second avis, peut-être plus clair que le premier.

— Tu n'es pas mandatée pour cela, Noémie. Tu n'es même pas en service.

— Eh bien, je ferai cela en loucedé, toute seule dans mon coin, sans que cela soit officiel. Je veux juste un autre avis pour mieux cerner la personnalité de l'assassin.

La sonnerie du portable de Noémie retentit brusquement, coupant court à la discussion. Elle se leva, mit le téléphone contre son oreille et s'éloigna dans la pièce voisine en disant « Allô ? Théodore ? »

La porte à peine refermée sur elle, le lieutenant Guillou se tourna vers son jeune collègue. Il parla d'une voix à la fois compatissante et austère, presque paternelle, le type de voix que l'on prend lorsque l'on veut prodiguer un précepte universel, un conseil sur l'existence et ses aléas. Il parla en vieux sage. Il en rajouta peut-être un peu, comme pour signifier que l'heure était grave :

— Méfie-toi du marquis, Alexis ! Je sais que tu cours après Noémie depuis un moment. Il va finir par te la piquer si tu ne t'actives pas un peu plus. Je vois cela gros comme une maison. Il n'est plus tout jeune, mais il a une aura indéniable ce type, une sorte de magnétisme que tu ressens en sa présence. Je te dis qu'il va finir par te damner le pion si tu ne déclares pas ta flamme très vite.

L'autre le dévisagea avec un regard triste.

— Tu n'y es pas, Guigui. Le danger ne vient pas du marquis, mais de son Alexandre.

— Alexandre ? s'étonna-t-il. Je croyais qu'il avait été mis sur la touche depuis longtemps.

— Il y était, mais il n'arrête pas de l'appeler pour lui demander pardon, pour laisser une seconde chance à leur couple. Enfin, ce genre de baratin… Au début, Noémie était hermétique, mais je crois que son ex gagne des points chaque jour que Dieu fait. Il a fini par éroder sa détermination. J'ai cru comprendre qu'ils se voyaient même ce soir pour dîner…

— Merde ! lâcha Guillou avec sincérité.

— Comme tu dis. Cela me rend malade. Une fille superbe comme elle qui va avec un salaud de son genre. Moi, je te dis qu'il n'y a pas de justice dans ce monde.

Le flic trapu ne sut quoi répondre. Il n'avait plus de conseil paternel à donner, plus de sagesse à partager. Il songea juste que c'était mal barré pour son jeune collègue, mais se garda bien de le dire à voix haute. Assez lâchement, il plongea son regard dans ses fiches pour ne pas avoir à commenter la situation.

Dans la pièce voisine, Noémie Le Tallec était en grande discussion téléphonique avec Dagorn. Elle lui faisait un résumé de tout ce qu'elle avait appris, c'est-à-dire pas grand-chose. Seule l'histoire des 8 000 euros que Lamour avait virés sur le compte de Lepigouchet lui paraissait intéressante et exploitable.

Dagorn était du même avis. Il pensa aussitôt qu'il serait bon d'aller interroger le directeur des Ormeaux pour en savoir plus. Il avait même très envie d'y aller au plus vite, en tout cas avant que les policiers ne le fassent. Pour l'instant, il ne divulgua rien de ses projets, se contentant d'écouter le rapport de la jeune femme. Il trouvait qu'elle avait la voix triste et résignée d'une étudiante qui vient d'échouer à son dernier partiel. Le moral était en berne, pas besoin d'être un grand psychologue pour le sentir. Le ton employé était monocorde dans lequel affleuraient juste quelques pointes rageuses de déception :

— Nous avons tout examiné en détail, Théodore, tout comparé, tout recoupé. Et on n'a rien trouvé ! *Nada ! Que tchi !* On n'arrive pas à faire le lien entre ma mère et les deux autres victimes. Aucun lien entre eux, comme s'ils avaient été tués au hasard, au petit bonheur la chance…

— Bien, c'est très bien, déclara-t-il simplement, posément.

— Comment ça, c'est bien ? s'énerva-t-elle. Vous n'avez pas entendu ce que je viens d'annoncer ? J'ai dit qu'on avait fait chou blanc. On n'a rien trouvé ! Que dalle ! En clair, on est dans l'impasse.

— Je ne serais pas aussi sévère que vous. Vous n'avez pas rien trouvé. Vous avez éliminé des pistes et ça, c'est important. Pour résoudre une énigme, il faut diminuer le champ des possibilités. Nous savons désormais, grâce à vous, qu'il n'y a pas de liens entre les victimes. C'est déjà une avancée, une donnée que nous devons prendre en compte.

— Dis donc, vous avez un optimisme à toute épreuve, vous.

— Je tiens cela de mon père. Il me disait toujours qu'il fallait voir le verre à moitié plein et non à moitié vide.

— Sauf que, parfois, le verre est aux trois quarts vide, Théodore, et qu'il est dur de rester positive en toute occasion.

— Ce n'est qu'une question de point de vue. Mon père était l'optimisme incarné et il aurait eu une réponse toute trouvée à votre dilemme. Je l'entends d'ici dire : « Si ton verre est quasiment vide, alors verse son contenu dans un récipient plus petit et tu auras un verre presque plein. » Et je m'astreins à suivre son conseil.

— C'est bien ce que je dis, vous avez l'optimisme chevillé au corps.

— C'est ainsi, au lieu d'être pessimiste et de m'avouer vaincu dès le début, je préfère y croire et tout faire pour arriver au but. C'est la clef pour réussir. Si vous ne dites pas à quelqu'un que son objectif est impossible, il se démènera pour réussir au lieu de se morfondre sur son incapacité à aller jusqu'au bout. Pour notre enquête, c'est ce que nous devons faire, Noémie ! Y croire pour débusquer notre coupable !

— Oui, c'est une façon de voir les choses.

— Non, Noémie, c'est surtout une façon d'y croire !

Aux abois

La porte du bureau du directeur était légèrement entrouverte. Dagorn s'approcha assez indiscrètement et, par l'embrasure, jeta un rapide coup d'œil à l'intérieur de la pièce. Alain Lepigouchet était là, assis sur une chaise, les yeux mi-clos. Il restait figé dans cette position, totalement silencieux, comme absorbé par une profonde réflexion. À l'observer ainsi, cet homme grassouillet au crâne nu avait tout d'un bouddha contemplatif. Mais en franchissant le seuil de la porte et en s'avançant juste un peu, cette ressemblance ne sautait plus du tout aux yeux. Ce n'était plus la vision d'une profonde et apaisante méditation, plutôt celle d'un homme submergé par ses pensées, des pensées négatives et obsédantes. Il n'avait pas le faciès tranquillisé d'un individu cherchant la voie de la sagesse, seulement celui d'un type paumé et torturé qui veut se tirer d'un pétrin. Lepigouchet ne dormait pas, mais il devait vraiment être obnubilé par ses idées pour ne pas avoir réagi lorsque Dagorn avait frappé à la porte. Le professeur prit finalement la liberté d'entrer, sans attendre la moindre permission.

En pénétrant dans cette pièce, il n'avait nullement l'impression de venir dans le bureau du directeur d'un centre de soins de suite et de rééducation, plutôt dans celui d'un gérant de haras ou d'un propriétaire d'une écurie de trotteurs tant il y avait de photographies de chevaux accrochées aux murs. Ce n'étaient pas des images d'équidés s'ébrouant dans de grandes prairies ou galopant en toute liberté sur un front de mer. C'étaient exclusivement des pur-sang montés par des jockeys cavalant devant les tribunes bondées d'un hippodrome. Sur la table, près de l'ordinateur, traînaient divers dossiers et papiers, ainsi que des cartes de visite de restaurant. Il remarqua surtout en plein milieu une feuille remplie d'additions et de soustractions dont la plupart avaient été raturées. Sous un classeur, il aperçut deux journaux spécialisés. Dagorn se décida à se manifester :

— M. Lepigouchet ?

L'homme grassouillet sursauta à l'annonce de son nom. Il avait le regard hébété de quelqu'un qui vient de se réveiller brusquement. Visiblement, il chercha à mettre un nom sur ce visage qui lui apparaissait aussi soudainement :

— Hein ? Euh, M. Tanguy…

— Non, moi, c'est M. Dagorn.

— Bien sûr, c'est ce que je voulais dire, mentit-il.

— Pardonnez mon audace, j'ai toqué à la porte, mais comme vous ne m'avez pas entendu, j'ai pris la liberté d'entrer.

L'autre le dévisagea d'un air un rien suspicieux, il se méfiait toujours des gens qui franchissaient le pas de sa porte, ce n'était souvent que des râleurs, des récriminateurs, enfin des personnes qui avaient toujours un pet de travers et qui venaient se plaindre pour un oui ou pour un non. Lepigouchet avait une sainte horreur de cette engeance-là qui ne lui apportait que des soucis, comme s'il n'en avait pas déjà tant à supporter.

— Vous avez un problème ? questionna-t-il pour prendre les devants.

— Pas le moins du monde…

Théodore Dagorn marqua une légère pause avant de poursuivre. Il repensa en une fraction de seconde aux propos que lui avait rapportés Noémie : les 8000 euros empruntés à François Lamour, l'altercation entre le directeur et son intendante l'autre soir. Il fit le lien avec une conversation que lui-même avait captée entre Lepigouchet et Jaffré. Il songea également aux photos de canassons sur les murs et bien sûr aux journaux. Tous ces éléments, observés, entendus ou rapportés, étaient en train de s'agglomérer dans son cerveau en ébullition, comme les différentes pièces d'un puzzle géant, lui donnant enfin une vue d'ensemble. De tous ces éléments disparates, il en avait déduit un scénario qui le satisfaisait. Il se décida à s'en servir pour tirer les vers du nez au directeur :

— Non, je n'ai aucun problème, mais je pense que vous, vous en avez un.

— M… moi ? lâcha-t-il avec inquiétude.

— Oui, vous ! insista le professeur sans le quitter des yeux. Je sais que vous êtes un joueur invétéré, un adepte du PMU. Vous jouez aux courses, principalement à l'hippodrome de Nantes et à celui de Maure-de-Bretagne, précisa-t-il en repensant aux cartes de visite des restaurants de ces deux hippodromes. Vous jouez beaucoup, mais surtout, vous perdez énormément et vous ne savez plus comment vous en sortir. Vous aurez beau reprendre vos calculs jusqu'à la nuit des temps que vous arriverez toujours au même constat : vous êtes bel et bien dans le rouge. Pour pallier le plus pressé, vous avez emprunté 8 000 euros à M. Lamour récemment décédé, et d'autres sommes assez conséquentes à certains créanciers privés qui commencent à réclamer leurs dus, bluffa-t-il avec aplomb. Le couteau sous la gorge, vous vous êtes mis à vous servir dans la « caisse » du centre des Ormeaux, mettant en péril ses finances. Mme Faure s'en est aperçue, mais ne vous a pas dénoncé à la police, se contentant pour l'instant de vous conjurer de cesser de parier aux courses et surtout, de rembourser les sommes prélevées. Chose que vous ne faites pas puisque vous continuez de jouer, sans doute dans le but vain de vous renflouer en remportant d'un coup une grosse mise.

— C'est faux ! Je ne joue plus, rétorqua-t-il d'une voix déchirante, c'est fini pour moi tout cela, je…

— Allons, ne mentez pas, je vois sur votre table deux exemplaires récents du journal *Tiercé magazine*, ceux d'aujourd'hui et d'avant-hier. Ce n'est tout de même pas pour décorer votre bureau que vous les avez achetés, mais bien pour voir les cotes et pour parier.

Le directeur avait le visage décomposé, le genre de figure que l'on tire après une défaite cuisante. Il réalisait avec amertume qu'il avait face à lui un adversaire d'une autre trempe que la sienne et qui avait tout deviné, du moins l'essentiel.

— Co… Comment vous… vous savez tout… cela ? bafouilla-t-il penaud. C'est Fabienne qui vous a tout balancé ?

— Non, Mme Faure ne m'a absolument rien dit. Je crois qu'elle ne serait jamais capable de vous dénoncer à qui que ce soit, ce qui est tout à son honneur. De toute évidence, cette femme est consciente de vos défauts, ce qui ne l'empêche pas de vous porter une grande affection. Je me suis même demandé s'il n'était pas envisageable qu'elle soit votre maîtresse.

Dagorn avait fait cette déclaration sans y croire une seule seconde, ces deux êtres ayant des caractères trop divergents pour être compatibles. Il avait en fait prêché le faux pour savoir le vrai.

— Pas du tout ! protesta Lepigouchet. D'ailleurs, nous n'avons pas le même âge.

— Vous avez quoi ? Neuf ans d'écart ? Dix à tout casser ? On a déjà vu des couples plus mal assortis.

— Nous ne sommes pas amants et nous ne l'avons jamais été, insista l'homme. Je sais que Fabienne m'aime bien, sans qu'il y ait la moindre ambiguïté entre nous.

— Je vous crois, précisa Dagorn. Les sentiments qu'elle éprouve à votre égard n'ont rien d'une quelconque inclination amoureuse, je pencherai plutôt pour un épanchement presque maternel.

— J'imagine que c'est quelque chose dans ce genre-là. Sans doute voit-elle en moi le fils qu'elle n'a jamais eu et, pour cette raison, elle cherche à me protéger. C'est quelqu'un de bien, Fabienne, toujours pleine d'empathie, dit-il avec sincérité. Elle prend sous son aile quiconque en difficulté.

— C'est pour cela qu'elle ne vous a pas dénoncé ?

— Oui, j'imagine, concéda-t-il. Il y a à peine deux mois, début juillet en fait, à une course de trot à Maure-de-Bretagne, j'ai parié gros, même très gros. On m'avait filé un tuyau de première, une jument cotée à vingt contre un qui ne pouvait pas perdre, un tuyau en or, le genre de filon qu'on a qu'une fois dans sa vie de parieur. Pour miser le maximum et remporter le pactole, j'ai emprunté à des types de Rennes, des gars qui pouvaient avoir du cash facilement et qui sont moins regardants que des banquiers à propos de la solvabilité et des garanties de l'emprunteur. Mais ce genre d'emprunt n'est pas sans risque. Il faut être capable de rembourser très vite parce qu'ils ne sont pas du genre à fréquenter l'Amicale des anciens enfants de chœur de la Charité, si vous voyez ce que je veux dire.

— Et vous avez perdu.

— Pas qu'un peu ! Le tuyau était percé, grimaça Lepigouchet. Ce n'était même pas un trou qu'il y avait dans ce tuyau, mais un foutu cratère. Cette putain de jument était en tête durant les neuf cents premiers mètres, je commençais déjà à sentir les billets entre mes doigts, et voilà qu'elle se met à la faute ! Mes créanciers ont moyennement apprécié la blague. Il fallait que je rembourse au plus vite. Mais 18 000 euros, cela ne se trouve pas sous le sabot d'un cheval.

— Alors, vous avez largement puisé dans les fonds des Ormeaux.

— C'est exact, il fallait que je les calme au plus vite ces types avant qu'ils me fassent un mauvais sort. J'ai pris 4 000 euros pour les faire patienter. Fabienne s'en est vite aperçue et j'ai dû tout lui expliquer. Elle a compris la situation et n'a pas porté plainte. Elle m'a juste prié de rembourser dès que possible. J'ai dû signer une reconnaissance de dettes envers les Ormeaux, un papier assez complaisant qui ne me mettait pas le couteau sous la gorge. Je n'avais ni intérêts à payer ni échéance trop courte.

— Mais 4 000 euros, cela ne fait pas encore 18 000, ajouta Dagorn. C'est là que vous avez pensé à Lamour ?

— D'abord, j'ai emprunté à quelques connaissances qui ont été assez chiches pour m'allouer des clopinettes, 100 euros par-là, 50 par ici, etc. Enfin bref, j'ai dû récolter 1 000 euros au total, à tout casser. À ce rythme-là, il m'aurait fallu des lustres pour réunir la somme. Et c'est là que M. Lamour a été grand seigneur : 8 000 euros qu'il m'a prêtés d'un coup ! Je peux vous dire que ça a été une vraie bouffée d'oxygène. J'ai commencé à pouvoir respirer, même si je n'étais pas encore sorti de l'auberge. Mais grâce à Lamour, cela allait vraiment mieux.

— C'était très généreux de sa part, admit le professeur, ce qui ne m'étonne pas de lui. Néanmoins, vous aviez une nouvelle dette sur le dos et pas une petite.

Sa phrase à peine finie, Théodore Dagorn ancra son regard ardent dans les yeux porcins et humides du directeur. Il était grand temps à son avis d'aborder le vif du sujet. Il reprit à brûle-pourpoint d'une voix plus dure, ce qui surprit son interlocuteur. Celui-ci s'était habitué à cette conversation de bon aloi sans se douter qu'elle puisse s'envenimer :

— Vous êtes conscient que la police ne va pas manquer de faire un rapprochement entre ces 8 000 euros et la mort de François Lamour.

— Que voulez-vous insinuer ?

— Qui nous dit que ce n'est pas vous qui avez assassiné ce pauvre François pour être certain de ne pas avoir à rembourser votre dette ?

— Mais vous êtes fou !

— Ce n'est pas avec ce genre de réponse que vous allez convaincre les policiers. Car je vous le répète, ils vont immanquablement vous poser la même question que moi.

— Je ne l'ai pas tué ! Je vous jure !

Le gros Lepigouchet avait les yeux fous d'un homme qui se sent acculé. Il nia plusieurs fois avec vigueur, sans que cela ne paraisse convaincre Dagorn.

— Vous aviez pourtant un sacré mobile pour le faire. Vous étiez enfoncé jusqu'au cou dans un sable mouvant de dettes. En vous débarrassant de François, vous aviez déjà 8 000 euros à ne plus être obligé de payer.

— C'est totalement faux ! Je n'avais plus besoin de rembourser Lamour, s'écria-t-il d'une voix éperdue. Nous avions trouvé un arrangement ensemble. Je faisais passer ses 8 000 euros pour une avance sur ses prochaines mensualités d'hébergement au centre. Je peux vous certifier qu'il a été très favorable à ma proposition… Tout le contraire de Fabienne. Cela l'a fait hurler quand elle a su pour notre petit arrangement. Vous auriez vu cela, elle m'a engueulé comme du poisson pourri et ce n'est pourtant pas son genre de s'emporter ainsi. Mais là, je crois que j'ai réussi à la faire sortir de ses gonds. Elle m'a seriné qu'on ne pouvait ainsi confondre le compte en banque du centre avec le mien. Bien sûr que je savais qu'elle disait vrai, mais c'était plus facile pour moi de n'avoir plus que la dette aux Ormeaux à payer et plus celle de Lamour.

D'un hochement de tête, le professeur signifia qu'il ne portait pas foi à cette déclaration :

— Vous n'avez pas de preuve de ce que vous énoncez, M. Lamour n'étant plus là pour nier ou confirmer. Si votre arrangement n'était qu'oral, vous n'avez que votre parole à nous proposer.

— Fabienne pourra vous le confirmer. Lamour lui en avait parlé.

— Je crains que cela ne suffise pas, répliqua Dagorn. Pour ces messieurs de la police, ces 8 000 euros pourraient être un mobile tout à fait acceptable pour le meurtre de François.

Alain Lepigouchet nia avec vigueur, jetant ses derniers arguments dans la conversation :

— Si j'étais réellement le meurtrier, comme vous dites, si j'avais vraiment tué Lamour pour de l'argent, pourriez-vous m'expliquer pourquoi j'aurais tué Mme Le Tallec, alors ? Et l'autre là, la vieille Kaufman ? Quels intérêts aurais-je eu à faire cela ?

Dagorn n'osa pas l'avouer, mais il n'avait pas la réponse à cette question. Tant pis, il était sur une piste et il se décida à aller jusqu'au bout. Il tenta le tout pour le tout en bluffant :

— Peut-être que vous leur aviez également emprunté de l'argent ?

— Il n'y a aucune preuve de cela, rétorqua-t-il très sûr de lui.

Cette fois, le professeur se sentait dans l'impasse. Il avait l'impression de jouer une partie de poker en n'ayant qu'une paire de dix à opposer à un carré de rois.

C'était lui qui avait la main pour l'instant, il lui restait encore sa dernière carte à jouer :

— Plusieurs témoins affirment que vous avez eu des altercations avec Danielle Le Tallec.

— Et alors ? Ce n'est pas une preuve ! s'emporta le directeur. Elle s'engueulait avec tout le monde cette bonne femme ! C'était une chieuse, une vraie de vraie, une qui n'était jamais satisfaite. Elle se plaignait tout le temps, de tout et de rien, juste histoire de dire, pour emmerder son monde. La preuve, elle a déboulé un jour dans mon bureau pour se plaindre que ses draps n'avaient pas été changés dans sa chambre. Vous vous rendez compte ? Comme si je m'occupais de ce genre de contingence matérielle ! J'ai autre chose à foutre, moi ! lâcha-t-il en levant les mains au ciel. Une autre fois, elle a débarqué comme une furie m'intimant de renvoyer Philippe Jaffré sur-le-champ.

— Que lui reprochait-elle ? demanda Dagorn intéressé.

Lepigouchet eut un geste vague, faisant tournicoter sa main dans les airs :

— Oh, si je me rappelle bien, elle l'accusait de draguer un peu trop certaines employées, surtout les jeunes. Elle prétendait qu'il faisait du harcèlement sexuel aux nouvelles, comme avec la petite Amélie Landron.

— Ce n'est pas l'infirmière qui a retrouvé le corps de Danielle Le Tallec ?

— Si, c'est elle. Elle venait tout juste de rentrer d'un arrêt maladie. Elle était partie se reposer chez ses parents à Concarneau.

— Elle était tombée malade ?

— Il paraît qu'elle s'était mise en arrêt à cause de Philippe Jaffré, qu'elle n'en pouvait plus de subir ses avances.

— Et c'était vrai ? Il lui faisait vraiment du harcèlement ?

— Qu'est-ce que j'en sais, moi ? s'énerva-t-il. Ce ne sont pas mes histoires. Tout ce que je sais, c'est que Philippe est plutôt du genre dragueur. Mais c'est comme cela, on ne peut pas l'en empêcher. Est-ce que l'on peut empêcher une rivière de couler ? Non, eh bien, pour Jaffré, c'est pareil, on ne peut pas l'empêcher de draguer, c'est dans sa nature. Il s'est peut-être montré un peu trop pressant avec la petite Landron. Il avait la drague un peu lourde, vous voyez le genre ?

Dagorn préféra ne pas répondre à cette question, tant il désapprouvait ce qu'il entendait. Il trouvait que le directeur prenait la chose bien à la légère, semblant même excuser l'attitude de son subalterne. Il n'arrivait pas à percevoir si l'autre se montrait si complaisant par lâcheté pour éviter des ennuis ou juste par solidarité masculine. Sans être parvenu à trancher cette question, Dagorn se décida à revenir à ses moutons :

— Quel est le rapport entre Jaffré et Mme Le Tallec, au juste ?

— Danielle Le Tallec l'aurait surpris dans un couloir en train d'être très entreprenant avec Amélie Landron. Elle l'aurait entendu très distinctement faire pression sur elle, lui proposer une augmentation en échange de faveurs sexuelles. Enfin, c'est ce qu'elle prétend, rajouta avec empressement Lepigouchet, comme pour signifier qu'il n'était pas certain que les choses se soient effectivement déroulées de cette manière. En tout cas, la mère Le Tallec est intervenue avec ses gros sabots pour dire tout ce qu'elle pensait de ce genre de comportement. Il y a eu une dispute formidable ce jour-là. Elle lui a hurlé dessus comme c'est pas permis. Elle l'a menacé de le dénoncer sur *#BalanceTonPorc* et aussi de porter plainte s'il continuait ses agissements. C'était incroyable, elle était hystérique, on a eu du mal à la calmer. Une vraie folle !

— Cette dispute a eu lieu quand ?

— Je ne sais plus exactement, dit-il en soufflant bruyamment, comme si cela l'ennuyait profondément. Il y a un peu plus de deux semaines…

— Donc presque une semaine avant la mort de Le Tallec ?

L'autre parut gêné. Il marqua une pause avant de répondre :

— Oui, c'est à peu près cela…

— Il n'y a rien eu d'autre ?

— Si, en fait, avoua-t-il à contrecœur. La veille de sa mort, le samedi exactement, la mère Le Tallec est revenue à la charge. Elle affirmait avoir vu Philippe draguer Sylvie Vaudoré, la jeune aide-cuisinière. Elle voulait que je le vire séance tenante.

— Vous ne l'avez pas renvoyé ?

— Pourquoi l'aurais-je fait ? Ce sont deux adultes, à eux de se dépatouiller de leurs affaires de cœur, ou de cul.

— Vous savez bien que Jaffré est le responsable du personnel et par ce fait, il est le supérieur hiérarchique de Mlles Landron et Vaudoré. Il a abusé de l'autorité conférée par ses fonctions pour obtenir de ces femmes ce qu'il ne parvenait pas à avoir d'une manière plus courtoise et civilisée…

— Ne dramatisez pas tout, M. Dagorn ! C'est vrai qu'il a été un peu trop insistant, mais c'est tout. Il n'y a pas de quoi fouetter un chat ! Ces deux jeunes femmes vont s'en remettre… C'est ce que j'ai dit à Le Tallec quand elle est venue me casser les pieds.

— Cela n'a pas dû lui plaire.

— Oh que non ! Elle m'a dit que je n'avais pas de couilles, que je n'étais pas capable d'agir en vrai chef responsable et elle a claqué la porte de mon bureau en hurlant qu'elle irait dès lundi matin porter plainte à la gendarmerie de Sarzeau.

— Jaffré a entendu cela ?

— J'en sais rien, moi ! lâcha-t-il excédé. En tout cas, il y avait pas mal de monde dans le couloir et qui a dû entendre. Cela a dû jaser dans tout le centre. Je vous ai dit que c'était une chieuse la mère Le Tallec. Il fallait qu'elle foute la merde partout…

Toutes ces révélations s'avéraient diablement intéressantes pour Théodore Dagorn, mettant au grand jour un nouveau suspect : Jaffré. Lui avait de sacrées raisons d'éliminer Danielle Le Tallec. Cependant, était-il vraiment le coupable ? Après tout, il avait un mobile pour tuer cette femme-là, mais rien pour les deux autres victimes… Il ne fallait sans doute pas s'emballer, s'embarquer sur une nouvelle piste et surtout ne pas négliger la duplicité de Lepigouchet. Celui-ci avait peut-être raconté l'histoire de Jaffré seulement pour faire diversion et détourner les soupçons sur un autre que lui, car après tout, le directeur restait le principal suspect et l'argent le mobile le plus concevable.

Dagorn s'apprêta à partir, lâchant en guise d'au revoir une sorte d'avertissement :

— Préparez-vous à avoir prochainement la visite des policiers et je vous conseille d'être plus convaincant qu'avec moi.

L'autre eut une réaction spontanée, un peu comme un réflexe verbal :

— Putain, cela ne finira donc jamais toutes ces emmerdes ! Qu'est-ce que j'ai fait au bon Dieu pour les mériter ? J'ai déjà assez à penser avec tout cet argent à rembourser sans avoir à me coltiner les flics pour une histoire avec laquelle je n'ai rien à voir. Les gars qui réclament leur fric me mettent déjà assez la pression. Foutez-moi la paix avec vos meurtres ! Foutez-moi la paix tout court !

Sa voix se craquela sur ces deux dernières phrases. Manifestement, Lepigouchet avait envie de pleurer. Il se retenait tant bien que mal. Il est connu que l'homme a un seuil de tolérance aux ennuis qui a ses limites. C'est une sorte de mécanique du corps qui agit. Lorsque la jauge est pleine, lorsqu'il n'y a plus de soupape de sécurité pour évacuer le trop-plein de tristesse ou de désespoir, les rouages s'emballent, accentuant le poids des émotions jusqu'à ce que cela explose en crise de pleurs dans certains cas, ou en burn-out dans d'autres. Lui n'était plus très loin d'exploser.

Dagorn observa le directeur qui s'était remis frénétiquement à sa feuille de calcul, additionnant ou soustrayant des chiffres hypothétiques à des sommes rondelettes. Il rayait la plupart du temps les résultats d'un geste hystérique. Il avait le visage écarlate, les joues plus gonflées que d'habitude. Il suait à grosses gouttes. Il était clair qu'il était mort de trouille. Il devait se demander par quelle magie il pourrait bien dénicher les 5 000 euros restants pour calmer ses créanciers. Il était aux abois, prêt à craquer, c'était visible. Était-il possible que ce soit lui qui ait assassiné ces trois personnes ? Il lui paraissait pourtant ne pas avoir le sang-froid nécessaire et surtout ne pas être assez malin pour élaborer des crimes aussi bien préparés et aussi minutieux. Mais un homme acculé, pris dans la nasse, peut en être réduit aux dernières extrémités. On dit que la peur donne des ailes, est-elle également en mesure de conférer à un homme médiocre le génie criminel nécessaire ?

Cela lui faisait mal de se l'avouer, mais, pour le moment, Dagorn n'en avait pas la moindre idée.

En consultation

Le docteur Suzanne Bibollet était une grande femme mince d'une quarantaine d'années, un peu extravagante dans ses tenues et dans ses propos. Elle était pourtant connue sur la place de Rennes pour être une psychiatre réputée.

Lorsque ce matin, Noémie Le Tallec pénétra dans son bureau, elle la trouva comme d'habitude vêtue d'habits dignes d'une soixante-huitarde, avec une grande jupe orange, un chemisier au motif cachemire et un bandeau mauve dans ses cheveux noirs finissant en deux nattes indiennes. Ses pieds fins étaient enserrés dans des spartiates qui montaient jusqu'à la moitié des mollets. Chacun de ses poignets était chargé de plusieurs bracelets clinquants et cliquetants.

La pièce embaumait l'encens à plein nez.

— Ah ! Noémie, que je suis contente de vous revoir ! s'écria-t-elle en la découvrant sur le pas de sa porte.

Ce docteur avait une voix curieuse, un peu maniérée et un peu chantante, qui achevait chaque phrase par une envolée plus aiguë. Elle l'invita à entrer avec une politesse affectueuse. Noémie n'avait encore jamais mis les pieds dans la chambre d'un maharadjah, mais cette pièce avait toujours correspondu dans son esprit à l'image qu'elle s'en faisait : un immense lustre en cristal, de grandes tentures bariolées aux murs, des poufs et des coussins douillettement entassés dans un coin de l'appartement, sans compter des meubles en bois finement marquetés et dorés.

— Noémie, quelle tragédie ! Je suis sincèrement bouleversée par ce qui vous arrive ! J'ai appris par les journaux la terrible nouvelle. Toutes mes condoléances ! lança-t-elle un peu grandiloquente avant de la serrer dans ses bras comme si elles étaient des amies de longue date.

D'un geste un peu théâtral, elle l'invita à s'asseoir sur un coussin si énorme qu'on aurait dit un édredon. Suzanne Bibollet, quant à elle, gagna un pouf qui s'affaissa en soufflant sous son poids. Elle s'installa en tailleur et reprit de sa voix chantante :

— Très chère, j'ai été ravie de constater que vous aviez repris un rendez-vous avec moi. Je vous avais prédit que vous aviez arrêté votre thérapie beaucoup trop tôt et que vous alliez en pâtir. Vous aviez imprudemment interrompu votre processus de reconstruction personnelle alors que vous étiez sur la bonne voie.

Le Tallec voulut la contredire et lui expliquer la véritable raison de sa présence dans son cabinet, mais l'autre n'en finissait plus de parler :

— Nous avions beaucoup travaillé l'année dernière sur ce sentiment d'abandon vis-à-vis de votre mère, une femme autoritaire, trop prise par ses multiples relations avec des amants de passage, trop absorbée par son travail et la gestion de ses différents restaurants, si absorbée que vos frères et vous, durant votre enfance, vous aviez ressenti une négligence de sa part et, comme vous le disiez à l'époque, un désamour traumatisant, une vraie coupure de l'affection maternelle. Et alors que vous aviez fait les premiers pas pour retisser ce lien effiloché, distendu, cassé, voilà que survient le décès brutal de votre mère que vous vivez à coup sûr, dans votre moi profond, comme un nouvel et énième abandon.

— Docteur, ce n'est pas pour ça que…

— Prenez-vous encore les antidépresseurs que je vous avais prescrits ? demanda-t-elle subitement.

— Non, j'ai arrêté il y a plus de neuf mois, mais…

— C'est trop tôt, lança-t-elle en agitant sa main dans un tintement de bracelets, beaucoup trop tôt ! Vous savez pourtant que dans votre esprit traumatisé par les négligences affectives de votre mère, il y avait comme une mer agitée qui vous faisait peu à peu sombrer dans la dépression. L'antidépresseur vous servait de bouée pour garder justement la tête hors de l'eau et ne plus couler. Vous prenez des anxiolytiques ?

— Oui, depuis trois mois, depuis que j'ai décidé de quitter Alexandre, mon compagnon.

— Intéressant, très intéressant.

— Qu'est-ce qu'il y a d'intéressant à cela ?

— Vous ne réalisez pas qu'inconsciemment, vous reproduisez le schéma de votre mère qui s'était séparée de votre père ? L'imiter permet à vos yeux de vous rapprocher d'elle et d'excuser *a posteriori* son manque d'attention pour vous ainsi que son désamour pour votre père. Vous refaites le même acte de rupture qu'elle, pour vous persuader qu'elle n'avait pas un comportement si anormal. Par votre séparation avec Alexandre, vous légitimez en quelque sorte son acte.

— Vous extrapolez, docteur, intervint Noémie assez sèchement. Cela n'a rien de comparable. Ma mère trompait mon père à tire-larigot et a fini par le quitter. Moi, j'ai quitté mon mec parce qu'il me trompait. Ce n'est pas le même schéma.

— Peut-être, mais prenez-vous conscience que…

— Stop ! s'écria la jeune femme en faisant un grand geste de la main. Votre assistante vous aura mal renseignée. Je ne suis pas revenue suivre une thérapie, je suis là dans le but d'une enquête policière.

Le visage du docteur Bibollet se figea d'un coup, comme un vieux fond de sauce, en une expression dubitative. Elle mit un peu de temps avant de réagir :

— Pour une enquête ? Mais je ne suis en rien experte auprès du tribunal de Rennes ! Ce n'est pas moi qui suis mandatée pour ce genre de conseil. D'autres de mes confrères font cela très bien…

— Je me suis mal exprimée, docteur. Si je viens vous voir, c'est sans l'aval de mes supérieurs. Je suis déchargée de l'enquête, puisqu'il s'agit du meurtre de ma mère et de deux autres pensionnaires de la résidence des Ormeaux. On m'a écartée de cette affaire et on m'a mise en congé, mais je veux poursuivre mes investigations.

— C'est intéressant, très intéressant, dit-elle de sa voix maniérée en roulant très légèrement les r. Vous voulez mener votre propre enquête et essayez, en quelque sorte, en démasquant son meurtrier, de vous rapprocher de votre mère qui fut si distante. Vous voulez, à votre façon, lui signifier, par-delà la mort, que vous ne lui en voulez en rien d'avoir été si négligente vis-à-vis de vous et pour lui prouver cela, vous cherchez à punir son assassin…

Noémie se sentit obligée de couper court à son laïus pour aller à l'essentiel :

— Docteur, je pense qu'il est plus sage d'en rester là sur moi et ma mère. J'aimerais que vous vous concentriez sur ces trois messages.

— Quels messages ?

— Des mots qui ont été laissés par le tueur après chacun de ses meurtres.

— Vous êtes consciente, comme je ne suis pas experte en matière criminelle, que les informations que je pourrais vous divulguer n'auront aucune valeur juridique. Je ne peux que vous apporter une petite aide consultative, rien de plus.

— C'est bien comme cela que je l'entends.

La jeune Le Tallec sortit d'un informe sac en daim avec franges les copies des trois billets. Elle les posa sur un guéridon en merisier marqueté de bronze doré et ciselé, tout en expliquant la manière dont les trois victimes furent assassinées. Le plus attentivement possible, la psychiatre les examina, bougeant les feuillets de place pour les comparer les uns aux autres.

Après un long silence pesant, elle bascula en arrière sur son pouf et expira plusieurs fois de façon bruyante, comme pour signifier qu'elle allait dire quelque chose de fondamental. Elle avait tout d'une sibylle de l'Antiquité avant de donner sa prédiction aux fidèles, accentuant sa gestuelle ou renforçant la gravité de son visage, tout ce qu'il fallait pour conférer assez de mystère et d'importance à l'instant :

— Je dirai que l'auteur de ces mots est un maniaque à tendance narcissique avec un rapport particulier à Dieu. Il a un trouble du comportement fort avec un besoin excessif d'être reconnu par les autres par ses actes. Il ne se contente pas de tuer. Pour que cela soit gratifiant pour lui, il doit laisser une trace. Il a le sens du prestige, il veut qu'on l'admire.

— Mais quel rapport avec Dieu ?

— Je ne sais pas au juste quel est son vécu avec la religion chrétienne ou avec le divin, mais je suis persuadée qu'il se sent missionné par Dieu, qu'il agit en son nom si vous préférez. Regardez ce passage : « L'indiscrétion est pourtant un vilain défaut, qu'il faut combattre, et je combattrai l'indiscret. » Ou celui-ci : « Dieu déteste les méchants qui ne peuvent modérer leur langue, dont les lèvres n'expriment que le malheur. En tant que serviteur du Tout-Puissant, je punirai les méchants. » Voyez, Noémie, il se fait l'instrument de Dieu en agissant de la sorte, punissant le pécheur, celui qui n'a pas respecté les préceptes du Créateur. C'est en ce geste presque sacré qu'il se donne de l'importance. Il se focalise sur cette puissance supposée de pouvoir agir au nom du Tout-Puissant. Il se pense spécial et unique et c'est ainsi qu'il veut être reconnu.

— Et c'est pour être reconnu qu'il laisse des messages après chacun de ses crimes ?

— Bien sûr, il signe son geste par ces billets. Il ne veut surtout pas que quelqu'un s'accapare son acte ou le revendique à sa place. C'est lui qui agit au nom de Dieu et personne d'autre. C'est cela qui lui confère un prestige, du moins c'est ce qu'il croit. Et comme c'est un maniaque, il ritualise consciencieusement ses actes. Il se montre précis et méthodique, plaçant ses messages auprès des corps comme pour apposer une signature.

— Justement non, intervint Noémie.

— Comment cela non ?

— En fait, il n'a jamais laissé les mots près des corps.

Le docteur Bibollet parut sincèrement surprise.

— C'est étrange. En toute logique, c'est ce que ferait un maniaque à tendance narcissique. Il doit laisser sa signature au plus près des cadavres pour prouver que c'est lui et, comme je viens de vous le dire, ne pas risquer que quelqu'un s'approprie son œuvre.

— Je vous répète que les mots n'étaient pas près des corps. On les a retrouvés plutôt dans leur logement, près de certains objets. Pour ma mère, c'était par exemple plié sous un vase. Pour Mme Kaufman, le message était inséré dans un livre.

— Sans doute qu'il place les billets près des objets qui appartiennent à la victime pour signifier : « Je t'ai pris ta vie et donc ce qui t'appartenait désormais m'appartient. »

Cela pourrait concourir à matérialiser sa toute-puissance et prouver par ce fait qu'il domine totalement ses victimes.

— Cela se tient comme raisonnement, ajouta la policière, à ceci près que pour M. Lamour, le billet n'a pas été retrouvé dans sa chambre ni auprès d'un objet personnel.

— Tiens donc ? Et où ?

— À l'accueil, glissé parmi le courrier des différents pensionnaires de la résidence.

— C'est vraiment étrange, poursuivit la psychiatre en fronçant les sourcils d'étonnement. Normalement, le maniaque agit toujours de la même manière, il suit un rituel quasi immuable. Et dans votre cas de figure, ce n'est pas le cas : il ne tue pas les victimes de la même façon, il ne dépose pas ses messages près des corps, mais parfois près d'objets intimes ou d'autres fois, dans un lieu commun. C'est assez illogique.

— N'est-ce pas possible qu'il n'y ait pas de logique chez un être qui souffre de troubles du comportement ?

— Non ! Un maniaque suit forcément une logique, une logique qui lui est propre, mais une logique tout de même. Et toujours avec un même processus, une sorte de protocole qui le rassure.

— Qu'est-ce que vous voulez dire par là ? questionna Le Tallec intriguée. Que ce maniaque ne serait pas un maniaque ordinaire ?

Le docteur Bibollet prit le temps de la réflexion avant de conclure assez gravement :

— Ou que ce n'est pas véritablement un maniaque, du moins pas dans le sens pathologique du terme.

Sur une piste

Stéphanie Lecorre était ce qu'on appelait communément une maîtresse femme, au visage ferme et carré, à la coiffure courte et stricte. Elle était solide sur ses jambes, avec une ossature aussi épaisse que la charpente d'un trois-mâts. Ses bras longs et veineux se révélaient aussi robustes que des étais. Avec une telle carrure, cette aide-soignante n'avait aucune peine à soulever et manipuler les patients dans les chambres.

Elle était efficace et prévenante, sans être forcément connue pour sa douceur, mais n'était pas pour autant brutale. S'il y avait une once de brutalité en elle, ce n'était pas dans ses gestes, plutôt dans ses propos. Stéphanie Lecorre était un personnage entier, quelqu'un de franc et direct. En somme, elle était sans filtre, ce qui pouvait parfois être déconcertant pour ses collègues ou les pensionnaires qu'elle côtoyait.

Ce mercredi matin, elle se tenait assise et silencieuse dans le grand bureau moderne et aseptisé de Philippe Jaffré. C'était lui qui l'avait convoquée.

Il avait également demandé au lieutenant Hamon et au capitaine Le Tallec d'être présents. Théodore Dagorn était venu aussi, simplement parce que Noémie l'avait souhaité à ses côtés. La jeune policière savait pouvoir compter sur son sens de l'observation et son sens de l'écoute. Pour cette enquête, elle était persuadée que plus il y aurait d'oreilles et d'yeux en éveil, mieux cela serait.

— Ce n'est pas que je m'ennuie, mais si on pouvait se magner, cela m'arrangerait, lâcha brusquement l'aide-soignante en direction de son chef. Il me reste encore quelques toilettes à faire et si je ne suis pas là, elles ne vont pas se faire toutes seules.

Jaffré jugea qu'elle n'avait pas tort. Il était temps de commencer cet entretien qu'il avait voulu. Il se leva doucement de son fauteuil et ajusta les plis de son costume avec une préciosité ridicule. Il portait un veston bleu marine à carreaux bordeaux qui lui enserrait strictement la taille ainsi qu'un pantalon de costume slim de même couleur. Outre le choix des motifs, qui lui paraissait discutable, Noémie se montrait critique sur les mensurations de cette tenue. Elle avait l'impression soit qu'elle avait rétréci, soit que son propriétaire avait subitement grandi, enfin bref, elle trouvait que cet habit ne lui allait pas du tout. Ce ne devait pas être l'avis de Jaffré puisqu'il paraissait pavaner dans son bureau comme s'il était vêtu d'un costume tout droit sorti de l'atelier d'un grand couturier parisien. De sa voix tranchante comme du verre, il s'adressa aux deux policiers :

— Si je vous ai réunis ici, c'est pour que vous entendiez le témoignage de Mme Lecorre. Elle sait des choses qui, je pense, peuvent être de première importance pour vous.

Il se tut et fit un grand signe de la main à l'aide-soignante pour qu'elle prenne la parole. Celle-ci s'exécuta sans rechigner. Elle avait même l'air de vouloir parler avec un plaisir gourmand, sans doute ravie d'être ainsi le centre de tant d'attentions. Sa voix était claire, mais assez peu agréable, trop rocailleuse, trop rugueuse, pour glisser dans les oreilles sans les irriter :

— Je m'occupais de Mme Kaufman depuis son arrivée aux Ormeaux, je l'aidais à s'habiller ou à se laver. Je l'emmenais à la salle de rééducation, bref depuis le temps, je commençais à bien la connaître. Oh, on ne peut pas dire qu'elle était très liante comme femme. Elle n'était pas désagréable pour deux sous, mais pas le genre à faire copain copine avec le tout-venant, si vous voyez ce que je veux dire. De toute façon, elle ne parlait pas à grand monde, restant la plupart du temps enfermée dans sa chambre à regarder ses albums photos ou à bouquiner.

— Et si vous en veniez au fait ? lâcha le lieutenant Hamon.

— Vous avez raison, je parle, je parle et je m'égare pour finir, c'est ce que me dit souvent mon mari. Faut dire que lui, c'est pas un causant, alors pour sûr, comparé à lui, je peux vite passer pour une bavarde…

— Et donc, à propos de Mme Kaufman ?

Stéphanie Lecorre ne répondit pas tout de suite. Elle agita de la main les pans de son chemisier qui collait sa peau moite. Par ce geste peu élégant, elle tentait d'aérer ses aisselles et son dos, au niveau desquels des auréoles de sueur s'étaient formées.

— Depuis trois semaines, reprit-elle, Mme Kaufman se plaignait de ne plus retrouver certains de ses bijoux. Il faut dire qu'elle en avait beaucoup et pas de la camelote, que des trucs en or ou en argent, des bracelets, des bagues ou des colliers qui valaient leur pesant de cacahouètes, croyez-moi. Je lui disais qu'elle avait dû les ranger autre part, mais elle me répondait que ce n'était pas possible, qu'elle les mettait toujours au même endroit. Et ça, je veux bien le croire, ajouta-t-elle en regardant le lieutenant, car elle était assez maniaque point de vue rangement, même un peu chiante parfois.

— Et donc ?

— Et donc, elle soupçonnait que quelqu'un lui volait ses bijoux.

— Vous pensez que c'est possible ?

— J'en suis même certaine, car j'ai eu quelques jours de repos et quand je suis revenue, j'ai appris que Mme Kaufman avait été tuée sur sa terrasse, dit-elle sans manifester d'émotion particulière. M. Jaffré savait que je connaissais très bien son logement, c'est sûr que je le connaissais aussi bien que ma poche à force d'y venir. Il m'a demandé de regarder si quelque chose avait bougé de place ou disparu. Alors, j'y suis allée tout à l'heure avec l'autre policier, là…

— Avec le lieutenant Guillou, précisa Jaffré.

— C'est ça, et je me suis vite aperçue qu'il manquait de nouveaux bijoux, notamment une broche en or sertie de rubis que Mme Kaufman tenait de sa grand-mère, celle qui est morte à Birkenau pendant la guerre.

— Vous pourriez en jurer ?

— Pour sûr que je peux en jurer ! rétorqua-t-elle. J'ai encore les yeux en face des trous que je sache.

Lecorre passa un mouchoir sous son chemisier et sans pudeur s'essuya les dessous de bras. Le capitaine Le Tallec se tourna vers Jaffré pour lui poser une question :

— Qui avait régulièrement accès à la chambre de Mme Kaufman ?

— D'une façon très régulière, il n'y avait que deux personnes : Mme Lecorre et une femme de ménage nommée Séverine Beauverger. Mais dans l'absolu, la plupart des employés du centre pouvaient y aller, en prenant le trousseau de clefs qui se trouve à l'accueil.

— Et cette Séverine Beauverger, c'est cette femme de petite taille qui se trouvait avec nous le jour où nous avons retrouvé le corps de Mme Kaufman ?

— Ça, pour être petite, elle est petite, renchérit Lecorre. Elle n'est pas plus haute que trois pommes à genoux. D'ailleurs, au centre, on la surnomme « Loin du ciel », c'est vous dire, lâcha-t-elle en riant bruyamment.

— C'est elle qui s'occupe de nettoyer le logement de Mme Kaufman ? poursuivit le policier sans relever la remarque.

— Effectivement. C'est elle qui fait le ménage de tous les appartements du rez-de-chaussée, répondit Jaffré.

— Cela fait combien de temps qu'elle travaille au centre ?

— Plus de dix ans. Elle fait partie des meubles comme on dit.

— Est-ce que vous la soupçonneriez de pouvoir dérober quelques objets aux pensionnaires ? hasarda Hamon.

Ce fut l'aide-soignante qui répondit avant que son chef ait pu dire quoi que ce soit :

— Séverine ? Oh, elle n'a pas une goutte de malice en elle. C'est une brave fille, un peu simple dans sa tête. C'est sûr qu'elle n'a pas inventé l'eau chaude, mais elle ne ferait pas de mal à une mouche. Point de vue boulot, ce n'est pas une foudre de guerre, disons qu'elle ne risque pas de se faire flasher pour excès de vitesse quand elle passe l'aspirateur, mais bon, elle fait ce qu'elle peut, et puis elle est consciencieuse, et ça, on ne peut pas lui retirer.

Le lieutenant Hamon s'approcha de la femme et la fixa dans les yeux avant de la questionner :

— Alors, on va jouer cartes sur table, Mme Lecorre. Vous allez nous dire si vous soupçonnez quelqu'un en particulier.

— Pour sûr que je soupçonne quelqu'un !

— Qui ?

— Ludovic Ollivier !

Dagorn s'immisça dans la discussion sans y avoir été invité le moins du monde :

— Ollivier ? Ce n'est pas le nom de ce kinésithérapeute aux cheveux roux ?

— Plus roux que lui, tu ne fais pas ! lâcha-t-elle en rigolant. À croire qu'il se shampooine à la rouille.

— C'est bien un type bien bâti et imposant ? continua le professeur.

— C'est sûr qu'il a la carrure d'un ours, ce type, mais il en a aussi le caractère. Un vrai ours mal léché, souvent de mauvais poil. C'est pas le genre de gars avec qui je m'entends et je ne sais pas grand-chose sur lui. Le peu que je sache me le rend peu sympathique.

Il faut croire que le sujet inspirait l'aide-soignante, car elle était particulièrement en verve pour le critiquer. Il ne fallait pas trop la pousser pour qu'elle déballe tout ce qu'elle savait :

— Ce gars, il s'énerve vite et pour un rien. Surtout qu'il y a des sujets sensibles à ne pas aborder devant lui. Par exemple, il est plutôt bigot et faut pas trop critiquer les curetons et les bondieuseries en sa présence, sinon il prend la mouche. Et puis, il a des idées politiques que j'apprécie pas beaucoup. Il n'aime pas trop les Arabes et les juifs, si vous voyez ce que je veux dire. Alors plus d'une fois, on s'est pris de gueule tous les deux quand il commençait à déblatérer ses conneries.

— J'ai compris que vous ne le portez pas dans votre cœur, mais est-ce une raison pour lui mettre le vol des bijoux sur le dos ?

Lecorre jeta un regard noir à Hamon. Elle n'aimait pas beaucoup le ton que prenait ce jeune flic avec elle, comme si elle affabulait depuis le début. Elle répondit sans se démonter et, surtout, sans changer un iota à sa version :

— Ollivier ne pouvait pas blairer Mme Kaufman, pas parce qu'elle lui avait fait du tort ou je ne sais quoi, seulement parce qu'elle était juive. Juste pour ça ! Combien de fois on l'a entendu la critiquer ou lui donner des noms d'oiseaux derrière son dos ! Demandez à mes collègues, ils confirmeront ce que je vous dis.

Noémie s'adressa au responsable du personnel :

— Vous étiez au courant, M. Jaffré ?

Il répondit d'une voix placide, sans même prendre la peine de regarder son interlocutrice :

— J'en avais entendu parler.

— Vous n'avez rien fait ?

Il souffla bruyamment pour signifier que la tournure de la conversation ne lui plaisait guère :

— Si, si, finit-il par dire, je l'avais convoqué dans mon bureau pour lui dire de cesser…

La femme-dragon lui coupa la parole :

— Visiblement, cela n'a pas été efficace, car il a continué l'enfant de salaud. Et je me souviens quand j'ai raconté à la cantine des employés que Mme Kaufman avait été victime d'un vol, il a dit que c'était bien fait pour elle, pour une fois que les juifs ne volaient pas les autres, mais étaient volés, il n'y avait pas de quoi pleurer. Il a même ajouté qu'il faudrait plutôt récompenser le voleur d'avoir ainsi vengé le peuple français de tout ce que les juifs avaient fait à notre patrie depuis des siècles.

— Vous êtes sûre de ce que vous avancez, madame ? demanda le lieutenant Hamon, le ton grave.

L'aide-soignante eut un singulier haut-le-corps à entendre le policier remettre en cause sa version. Elle n'appréciait pas et lui fit savoir en aboyant presque :

— Bien sûr que je suis sûre de moi ! Vous croyez quoi ? Que je débloque ?

— C'est juste que ce que vous dites peut être lourd de conséquences, il faut que vous en soyez parfaitement consciente.

— Je sais ce que je dis, répliqua-t-elle dans la foulée. J'ai suffisamment entendu l'autre rouquemoute déblatérer sur Mme Kaufman pour ne pas me tromper. La dernière fois, c'était pas plus tard qu'il y a quinze jours, le mardi exactement. Et devant elle, cette fois ! Sans aucune retenue, sans aucune pitié ! Il l'a prise à partie dans la salle de réveil musculaire en la traitant de sale juive, de voleuse comme tous ceux de sa race. Je me souviens même que Mme Le Tallec est intervenue…

— Ma mère était là ? coupa Noémie.

— Pour sûr qu'elle était là ! Elle est même vite montée en mayonnaise quand elle a entendu Ollivier avoir ces propos racistes. Croyez-moi, elle lui est rentrée dans le lard sans mâcher ses mots. Ah, ça, oui, on peut dire qu'elle l'a engueulé comme du poisson pourri !

— Et comment a réagi Ollivier ?

— Au début, il lui a juste dit que cette histoire ne la concernait pas, qu'il parlait à Kaufman et seulement à elle, qu'elle n'avait qu'à se mêler de ses oignons.

— La connaissant, cela n'a pas dû calmer ma mère.

— Pour sûr que non ! Elle a déclaré qu'elle irait tout raconter à monsieur le directeur et que s'il fallait, elle irait même porter plainte à la gendarmerie. Je me souviens, elle a ajouté qu'elle irait se plaindre à qui il faudrait, mais qu'elle le ferait virer ! Elle criait que ce n'était pas normal qu'un type aussi antisémite reste aux Ormeaux. Lui, il a moyennement pris la chose, vous pensez bien, alors il s'est mis à l'insulter. Je peux vous dire qu'il n'y a pas été mollement. M. Lamour lui a même dit de se calmer, qu'on ne parlait pas ainsi à des dames.

— Lamour ? Vous voulez dire François Lamour ? interrogea Hamon.

— Ben oui ! Vous en connaissez d'autres vous aux Ormeaux ? Oui, c'est bien lui, le fabricant de bateaux, celui qu'était gentil comme un cœur. Je l'ai senti fâché ce jour-là, à tel point qu'il a prévenu Ludovic Ollivier que si Mme Le Tallec allait porter plainte, il l'accompagnerait pour lui fournir son témoignage et son soutien.

Les deux policiers échangèrent un regard qui valait autant que n'importe quel mot. Ils avaient songé à la même chose au même moment devant les révélations de ce dragon de femme. Ainsi, les trois victimes avaient eu maille à partir presque une semaine avant leur mort avec ce fameux kiné. Ce n'était pas une preuve, mais c'était tout de même un élément à charge contre cet homme antisémite et colérique, potentiellement voleur de bijoux. En voyant ces trois pensionnaires se dresser contre lui, il s'était peut-être senti menacé. Il avait vu le péril d'une plainte contre lui avec ses conséquences et il avait réagi d'une façon radicale. L'hypothèse était plausible. Ils avaient déjà vu des assassins tuer pour moins que cela. Peut-être qu'à cet instant, le lieutenant Hamon hésitait encore à se faire un avis précis sur la culpabilité du kiné à la tignasse rousse, mais pas Noémie. Son opinion était faite ! Ludovic Ollivier était le meilleur suspect qu'elle avait eu depuis le début de cette foutue histoire. Et surtout, il y avait enfin un lien entre les différents meurtres, le chaînon manquant entre ces trois affaires.

— Je crois qu'il est temps d'aller poser quelques questions à ce monsieur, lâcha-t-elle en sortant son Sig-Sauer SP 2022 de son holster.

Alexis Hamon crut halluciner en la voyant faire avec un calme froid. Elle recula la culasse de son pistolet et la relâcha. Le ressort claqua, signe qu'un projectile était engagé.

— On peut savoir ce que tu fous ? demanda-t-il.

— Je te l'ai dit, on va aller chercher Ollivier et entendre sa version des faits.

— Tu es en congé, Noémie, tu n'as pas à t'en occuper. Je te fais déjà une fleur en te laissant m'accompagner durant l'enquête, mais pour le reste, tu oublies. Si Hascouet l'apprend, on va se faire descendre en flèche.

— Je suis juste là pour t'épauler, rien de plus, répliqua-t-elle assez sèchement.

— Tu n'as pas à m'épauler. Il y a Guigui pour ça. Il est dans le parc, je vais l'appeler et je vais y aller avec lui. Quant à toi, tu vas rester sagement ici.

Cette proposition ne sembla pas lui convenir. Sa main caressant le métal ouvragé de son pistolet, la jeune capitaine se tourna soudain vers Jaffré :

— Monsieur ? Vous pourriez nous indiquer la chambre de Ludovic Ollivier ?

Il n'eut pas le temps de répondre que Hamon prit la parole d'un ton courroucé :

— Bordel ! Il ne va rien te dire du tout ! Tu n'as pas à t'en mêler. Tu ne devrais même pas avoir ton arme de service sur toi alors que tu es en congé !

— Si ! rétorqua-t-elle. Le commissaire Derouin m'a donné la permission depuis la mort de maman. Au cas où ma vie serait aussi en danger… Et face à un type qui a dessoudé trois personnes, je crois qu'il y a potentiellement du danger.

— Il y a potentiellement du danger pour ceux qui l'arrêteront, ce qui n'est pas ton cas, je te redis que tu es en repos. Et si le commissaire t'autorise à avoir ton arme, je suis certain qu'il ne t'a pas donné également la permission d'arrêter les gens, s'emporta-t-il. Donc tu restes là et tu me laisses gérer !

Une grimace de contrariété tordit les lèvres de la jeune femme. Elle paraissait hésiter sur la conduite à suivre. Finalement, elle se décida :

— Tu me fais chier, Alexis ! Il s'agit du meurtre de ma mère et je n'ai pas l'intention de me tourner les pouces. Et vous, M. Jaffré, dit-elle en le toisant, vous attendez quoi pour me dire où se trouve la chambre de Ludovic Ollivier ? Le déluge ?

Devant tant de détermination, l'homme n'osa pas la contredire.

— C’est au dernier étage, lâcha-t-il. L’appartement numéro 45. À gauche, en débouchant en haut de l’escalier ou en sortant de l’ascenseur.

— Merci ! déclara-t-elle en s’élançant vers la porte.

Le lieutenant tenta encore de la stopper en criant : « Attends ! Reste là ! », mais c’était peine perdue, elle courait déjà dans le couloir. Hamon n’avait plus d’autre choix que de la suivre pour éviter que cette interpellation ne dégénère.

Dagorn n’avait pas encore esquissé le moindre geste que les deux policiers avaient déjà quitté la pièce. De toute façon, même s’il avait voulu leur emboîter le pas, il en aurait bien été incapable. Sa jambe était certes beaucoup moins douloureuse ces derniers jours, mais toujours aussi raide, un vrai poids mort pour s’essayer au sprint. Ce n’était pas l’envie qui lui manquait pourtant. Sa curiosité était piquée au vif, il voulait en savoir plus sur ce Ludovic Ollivier, entendre sa version des faits, voir comment il allait réagir à son arrestation. L’impatience était trop forte pour rester sage. Il se décida finalement à y aller.

Armé de sa canne, il sortit du bureau de Jaffré avec cette démarche incertaine et branlante qui pouvait paraître risible au premier abord. Il se dirigea vers l’ascenseur le plus proche et, par chance, les portes s’ouvrirent à l’instant même où il appuya sur le bouton d’appel. L’engin n’était pas de première jeunesse et se révéla poussif dans la montée des cinq étages. Ce n’était pourtant pas la première fois qu’il le prenait, mais aujourd’hui, il lui semblait particulièrement lent. Quant à la musique d’ambiance qui remplissait l’habitacle, il ne l’avait jamais trouvée aussi niaise et inappropriée. Il n’avait qu’une hâte : arriver au plus tôt dans l’appartement du kiné et l’entendre s’expliquer.

Les portes de l'ascenseur s'ouvrirent enfin sur un petit hall à l'ornementation spartiate. Visiblement, le niveau réservé aux employés n'avait pas été décoré avec le même faste que le reste du manoir. C'était la première fois que Dagorn découvrait cet étage. Le sol était recouvert d'un linoléum imitant malhabilement un vieux parquet et les murs avaient été peints d'une manière uniforme d'un gris taupe, sans aucun cadre ou la moindre fioriture pour égayer l'ensemble.

Dagorn prit à gauche et emprunta un corridor assez sombre s'enfonçant sous les combles. Les rares lucarnes ne renvoyaient qu'une lumière hésitante. Le premier logement qu'il dépassa était le numéro 41. Il poursuivit sa marche, dépassa le numéro 42, puis le numéro 43. Au fond du couloir, il aperçut une porte à droite qui était ouverte. Des éclats de voix se firent bientôt entendre ainsi que le bruit de meubles qu'on déplaçait ou plutôt qu'on bousculait. Il y avait du remue-ménage là-dedans. L'interpellation d'Ollivier ne paraissait pas se dérouler sans encombre. Il s'avança encore, en tirant sur sa jambe invalide pour tenter de presser le pas.

Il vit soudain un homme roux jaillir de cet appartement. Le type tourna à gauche et courut comme un dératé, fonçant droit sur lui, le regard déterminé. Dagorn resta décontenancé un court instant. Que faire ? Comment réagir ? Il n'eut pas le temps de se poser davantage de questions que l'autre était déjà sur lui, le culbutant d'un grand coup d'épaule. Dagorn s'effondra en poussant un cri de douleur. Par réflexe, il tendit le bras qui tenait sa canne et parvint à crocheter la jambe du kiné. Celui-ci tomba brutalement, mais se redressa d'un bond, avec la vivacité d'un chat de gouttière, et se précipita jusqu'à l'ascenseur. Encore allongé par terre, Dagorn aperçut le lieutenant Hamon en train de piquer un sprint à son tour.

Il avait son téléphone portable collé à l'oreille et cria en soufflant bruyamment :

— Bordel, Guigui ! T'es où ? T'es où là ?

« Yeux bleus » marqua une pause dans le petit hall. Il appuya frénétiquement sur le bouton d'appel de l'ascenseur comme s'il avait le fol espoir de le faire remonter. C'était trop tard ! Il emportait en son sein Ludovic Ollivier.

Hamon comprenait que même en prenant les escaliers, il n'avait aucune chance de le rattraper. Cinq étages, même en descendant les marches quatre à quatre, c'était peine perdue. Énervé, il s'égosilla au téléphone :

— Guigui, écoute-moi, bordel au lieu de jacasser ! On a un suspect qui se fait la malle. C'est un rouquin, de plus d'un mètre quatre-vingts, avec une chemisette blanche. Tu ne peux pas le louper, il cavale sûrement vers la sortie. Chope-le ! Il vient de nous faire un coup de pute quand on a voulu l'arrêter. Appelle tous tes gars qui sont dans le parc et chope-le. Il donna ses dernières consignes à son collègue, en dévalant l'escalier le plus vite qu'il lui fut possible.

Dagorn était encore à terre. Il avait mal. Sa jambe le lançait. Il récupéra sa canne et chercha à se relever. La jeune Le Tallec vint lui donner un coup de main. Il remarqua que sa joue droite était toute rouge.

— C'est lui qui vous a frappé ? interrogea-t-il.

— Oui, j'étais parvenue à entrer chez lui. J'avais mon pistolet en main. Mais quand Alexis a déboulé dans l'appart, j'ai eu un moment d'inattention. Le kiné m'a brusquement refermé la porte en plein visage. Avec la violence du choc, je me suis cognée contre l'autre mur et je suis tombée. Alexis a voulu me relever, mais l'autre enfoiré l'a attrapé par le bras et l'a balancé contre la table et les chaises de cuisine. Le temps qu'il se dépêtre de tout ça, Ollivier s'était barré sans demander son reste. Alexis a vite retrouvé ses esprits et lui a filé au train. Mais moi, j'étais à moitié sonnée et je n'ai pas pu les suivre.

— C'est qu'il n'a pas la conscience tranquille, notre kiné, pour avoir réagi de la sorte. Vous aviez raison en fin de compte, c'est peut-être lui notre suspect numéro un.

Noémie sourit doucement :

— Et vous, ça va ? finit-elle par demander. Vous ne vous êtes pas fait trop mal ?

— Je crois que je survivrai, répondit-il. J'ai bien ma douleur à la jambe qui s'est réveillée, mais cela devrait le faire. Par contre, mon médecin va râler comme un diable si tous ses efforts pour me remettre sur pied sont balayés par ce genre de péripéties.

— Vous n'avez pas réussi à le bloquer au passage ?

— Il aurait fallu que j'aie le temps ! Il m'a foncé dessus sans crier gare et puis il est costaud, l'animal. Dans ma jeunesse, j'ai bien fait un peu de rugby, mais lui, il est taillé comme un vrai pilier de première ligne. Il m'a dégagé de son chemin sans effort. On aurait dit une vraie boule de bowling ! Avec moi, bien sûr, dans le rôle de la quille.

— Et il a fait un beau strike ! dit-elle amusée.

— Qu'est-ce que vous voulez ? Ce n'est pas trop dans mes habitudes de me battre. Je ne suis pas expert en la matière. À l'université, je ne dis pas que je n'aime pas en découdre de temps en temps avec mes collègues, mais seulement dans des joutes verbales. Je n'esquive pas les coups de poing, juste leurs pointes mordantes, je pare leurs arguments en répliquant sans ménagement. Il faut avouer que ce n'est pas toujours sans violence, mais c'est assurément moins douloureux que d'en venir aux mains.

Noémie se mit à rire à pleines dents de sa remarque. Elle l'aida à marcher, lui conseillant de s'appuyer sur elle s'il avait besoin. Un peu par fierté, Dagorn déclina l'offre. Il se contenta de sa canne pour marcher.

Une brève sonnerie indiqua que le portable de la jeune femme venait de recevoir un texto. Elle jeta un coup d'œil sur l'écran en disant :

— C'est Alexis.

— Que dit-il ?

— Que c'est bon ! Ils l'ont attrapé !

Un naufrage éthylique

— Alexis Hamon vient de m'appeler !

Noémie avait surgi dans la chambre de Dagorn en prononçant cette phrase. L'intonation employée était pleine de promesses. Le sourire dessiné sur son doux visage ne pouvait que rendre optimiste.

— Que vous a dit votre collègue ? demanda le quinquagénaire intrigué.

— Ils viennent de terminer l'interrogatoire de Ludovic Ollivier. Depuis hier, il niait tout en bloc, mais à force de le questionner, sa résistance a fini par se fissurer. Il vient d'avouer qu'il avait à plusieurs reprises insulté Mme Kaufman. Il reconnaît avoir eu des propos antisémites la visant directement, qu'il a proférés soit devant elle, soit derrière son dos en présence d'autres personnes.

— Intéressant.

— Si j'ai bien compris ce que m'a dit Alexis, le père de ce kiné était un homme d'affaires assez aisé qui a fait faillite il y a près de trente ans. Paraît-il que cette faillite aurait été provoquée par un banquier, un juif de Londres. À partir de là, la fortune de la famille Ollivier a fondu comme neige au soleil et notre Ludovic, encore adolescent à l'époque, est devenu foncièrement antisémite. Il l'est toujours d'ailleurs puisqu'il le revendique haut et fort.

— Il a reconnu le vol des bijoux ?

— Il n'a pas eu trop le choix puisqu'ils ont été retrouvés dans son appartement lors de la perquisition. Il admet les avoir volés, affirmant, je cite, dit-elle en lisant un petit bout de papier griffonné, que « ce n'est qu'une juste compensation de tout ce que ceux de sa race avaient volé à sa famille ! » Régulièrement, il lui dérobait un ou deux bijoux, jamais plus à chaque fois, pour ne pas que cela se remarque de trop. Il semblerait que Ludovic Ollivier l'ait avoué avec une certaine fierté. Pour lui, ce n'était qu'une peccadille par rapport à tout ce que les juifs avaient volé à la France…

Théodore Dagorn soupira de dépit :

— Pfff, quelle bêtise ! C'est la vieille rengaine éculée sur la cupidité atavique des juifs que nous sort l'extrême droite française depuis l'affaire Dreyfus. Et cela dure encore ! Le thème des juifs antipatriotes liés à la grande finance a déjà été servi jusqu'à l'écœurement par Édouard Drumont, Georges Bernanos ou Lucien Rebatet.

— Eh bien, ce type partage pleinement leurs idées dégueulasses puisque lors de la perquisition, mes collègues ont retrouvé des ouvrages de Faurisson, des pamphlets antisémites de Louis-Ferdinand Céline. Ils ont même retrouvé un exemplaire de *Mein Kampf* !

— Quel charmant personnage ! persifla Dagorn. Et sait-on si c'est parce qu'elle était juive qu'il a tué Mme Kaufman ?

— Pour l'instant, il nie toujours l'avoir assassinée.

Dagorn se redressa d'un coup sur son fauteuil, ravivant sa douleur à l'épaule :

— Que dites-vous ?

— Je dis qu'il n'a avoué aucun meurtre, mais on continue de l'interroger jusqu'à ce qu'il craque.

Le quinquagénaire resta pensif, son regard se perdant dans les rayonnages de sa bibliothèque.

— À moins qu'il ne soit pas l'assassin, lâcha-t-il subitement.

— Avec tout ce que je viens de vous annoncer sur sa haine des juifs, il n'y a plus aucun doute qu'il ait commis ce meurtre.

— En êtes-vous si sûre ?

— Bien entendu ! C'est évident ! Il la volait et lorsqu'elle s'en est aperçue et a voulu le dénoncer, il l'a tuée.

— Dans ce cas-là, pourquoi aurait-il tué votre mère et M. Lamour ?

— J'en sais rien, moi ! s'énerva-t-elle. Peut-être qu'il les volait aussi !

— Mais ils ne sont pas juifs, eux ! ajouta-t-il d'une voix posée.

— Oh, vous me faites chier avec votre esprit de contradiction ! Pour une fois qu'on trouve un vrai suspect valable, avec un mobile et sans alibi, il faut que vous rechigniez.

Le professeur tira de sa poche le troisième message, celui retrouvé dans l'appartement de Mme Kaufman. Il le relut une énième fois :

— « *En vérité, je vous le dis : la détraction est un péché pire que le vol parce qu'elle prive d'un bien incomparablement plus grand que ne sont l'or, l'argent et toutes les richesses du monde. L'honneur et la renommée ne peuvent être celés dans un coffre, ne peuvent être soustraits aux propos contumélieux, mais restent à l'inverse exposés aux médisances du calomniateur. Ce péché est d'autant plus énorme, d'après saint Bernard, qu'il est porté par l'appétit de nuire, d'une volonté expresse et formelle, d'amoindrir la réputation, afin que celui qu'il calomnie soit méprisé et haï par ceux auprès de qui il le calomnie. Et Mathieu de nous mettre en garde : Or je vous le dis, de toute parole sans fondement que les Hommes auront proférées, ils rendront compte au Jour du Jugement, car c'est d'après tes paroles que tu seras justifié et c'est d'après tes paroles que tu seras condamné. Dieu déteste les méchants qui ne peuvent modérer leur langue, dont les lèvres n'expriment que le malheur. En tant que serviteur du Tout-Puissant, je punirai les méchants.* »

Dagorn plia soigneusement le mot et le remit dans sa poche en demandant à son amie :

— Il n'y a rien qui vous étonne ? Qui vous semble ne pas correspondre ?

— De quoi vous me parlez ? Qu'est-ce qui vous dérange au juste ?

En guise de réponse, il se leva de son fauteuil et se saisit de sa canne. Il ouvrit la porte de son logement en lançant :

— Venez, Noémie ! Nous devons aller voir Isidore.

— Qu… Quoi ? Mais… Mais pourquoi ? bafouilla-t-elle.

— Venez, je vous dis. Nous avons besoin d'un spécialiste.

— Vous voulez retourner voir l'autre alcoolique ? demanda-t-elle en le suivant dans les couloirs de la résidence.

— Isidore n'est pas un alcoolique, c'est un grand esprit, un intellectuel de renom qui a juste une passion pour les spiritueux.

— Vous jouez avec les mots, Théodore. Cela n'empêche qu'il picole sec votre copain !

Dagorn préféra ne rien ajouter. Il marcha aussi vite que lui permettait sa jambe meurtrie, accentuant son boitillement. Toute sa grande carcasse claudiquait à intervalle régulier, dans une curieuse démarche mécanique.

Le duo arriva enfin devant la porte du bibliste. Dagorn frappa nerveusement. Une voix gutturale les invita à entrer. Ils découvrirent Isidore Ndiaye avachi dans son fauteuil gris informe, un verre de whisky à la main. À la vue du couple, il leva son verre pour les saluer :

— Ah, voilà les deux justes ! Les pourfendeurs du crime ! Depuis que trois meurtres ont été commis dans ce lieu, les gens fuient les Ormeaux comme la peste ! C'est la débandade ! La Bérézina ! Le mal est dans la place, mes amis, il s'est insinué entre nous, provoquant des ravages tel un fléau de l'Apocalypse ! Le mal est dans la place, je vous dis ! Heureusement qu'il reste vous deux pour essayer de l'annihiler, s'exclama-t-il en buvant une grande rasade d'alcool. C'était écrit ! Le bien affrontera le mal : « *Puis je vis le ciel ouvert, et voici, parut un cheval blanc. Celui qui le montait s'appelait Fidèle et Véritable, et il juge et combat avec justice. Ses yeux étaient comme une flamme de feu, sur sa tête étaient plusieurs diadèmes ; il avait un nom écrit, que personne ne connaît, si ce n'est lui-même, et il était revêtu d'un vêtement teint de sang. Son nom est la Parole de Dieu. Les armées qui sont dans le Ciel le suivaient sur des chevaux blancs, revêtues d'un fin lin, blanc, pur. De sa bouche sortait une épée aiguë, pour frapper les Nations. Il avait sur son vêtement et sur sa cuisse un nom écrit : roi des rois et seigneur des seigneurs. Et je vis la bête, et les rois de la Terre, et leurs armées rassemblées pour faire la guerre à celui qui était assis sur le cheval et à son armée. Mais la bête fut capturée, et avec elle le faux prophète. Ils furent tous les deux jetés dans l'étang ardent de feu et de soufre*[22] ».

Il acheva sa citation en riant bruyamment, avant d'avaler une nouvelle gorgée de whisky.

— Putain ! Il est encore plus saoul que la dernière fois, chuchota Le Tallec. Regardez, il est rond comme une queue de pelle, votre spécialiste. Il ne va pas nous être d'un grand secours.

Dagorn ne répondit rien. Son regard s'attarda sur la bouteille, aux trois quarts vides. Jamais, il n'avait vu son ami se saouler de cette manière, salement, comme un ivrogne

---

22. Apocalypse (19;11).

invétéré. Il se demandait ce qui avait pu le mettre dans un tel état. Cela le chagrinait sincèrement de le découvrir si lamentable. Il se voulut pourtant rassurant auprès de la jeune femme :

— Vous savez, Noémie, même très éméché, son intelligence et son érudition sont hors norme. Bien des sobres auraient des comptes à lui rendre.

— Si vous le dites, je veux bien vous croire, mais on a intérêt à ne pas tarder à lui poser nos questions parce que votre ami, tout spécialiste qu'il est, risque de bientôt sombrer dans un coma éthylique.

Ndiaye prit la bouteille à pleine main et en proposa à ses invités. Ceux-ci refusèrent poliment.

— Dommage, nous aurions pu boire à mon départ prochain, soupira-t-il en se resservant un verre à ras bord.

— Vous nous quittez ?

— Oui, mon bon Théodore, je déserte les lieux à mon tour. Oh, pas de mon plein gré ! C'est ma chère et tendre épouse qui se fait un sang d'encre pour moi avec tous ces meurtres et qui veut que je rentre au bercail. Je pars dans deux ou trois jours.

— Et cela ne vous réjouit pas ?

— Allons, mon ami, ne faites pas le bête, c'est un rôle qui ne vous sied guère. Vous savez que ma femme, tout empathique et généreuse qu'elle puisse être, est aussi une sacrée emmerdeuse qui m'empêche de vivre à ma guise.

— Vous voulez dire de boire à votre guise, glissa Noémie avec ironie.

— Pour moi, ces deux verbes vont de pair, mademoiselle. Je ne peux pas faire ce que je veux, ni quand je veux. C'est pour cela qu'elle m'a collé de force dans cette résidence pour que j'arrête de boire.

— Résidence que vous ne voulez plus quitter maintenant, ajouta Noémie en relevant la contradiction.

— Vous savez, jeune effrontée, en arrivant aux Ormeaux, je pensais être dans une sorte de prison surveillée par des matons buveurs d'eau ou de tisane. Mais il n'en était rien ! Malgré les recommandations d'un diététicien famélique et ennuyeux à mourir, je pus vivre entre ces murs d'une façon assez libre. Bien sûr, l'accès au salon de thé m'était interdit et l'alcool au restaurant m'était prohibé, mais j'ai vite trouvé des palliatifs à ces restrictions de fascistes. En peu de temps, j'ai noué des accointances avec certains membres du personnel qui, moyennant quelques euros, ont pu me servir de discrets intermédiaires pour faire entrer en douce des bouteilles de whisky jusque dans ma chambre. J'ai suffisamment soudoyé pour contourner cette prohibition malsaine. N'oubliez pas que je suis africain et que, malheureusement, sur mon continent, la corruption n'est pas rare. Je savais corrompre les bonnes personnes au sein même de la résidence pour mettre en place cette modeste, mais si agréable, contrebande. Ce qui fait qu'en dehors des murs de mon logement, j'étais astreint à une déprimante abstinence, mais une fois seul dans ma chambre, je pouvais faire bombance.

Il se mit soudain à rire aux éclats, comme s'il venait de dévoiler une bonne farce qu'il avait faite à son entourage. Il était visiblement content de lui.

— Avec votre femme, je suppose que ce ne sera plus le même régime ? interrogea la policière.

— Ça, avec elle, je risque de moins m'amuser. Ma femme est la plus redoutable garde-chiourme qui ait jamais existé sur Terre. Elle cache astucieusement les clefs de ma cave qui recèle pourtant de tant de merveilles : du *Redbreast*, du *Dalmore*, du *Miyagikyo*, du *Benromach*, du *Lagavulin*, du *Glenmorangie* et tant d'autres, que des whiskies dont l'évocation seule de leurs noms me fait saliver d'aise. Je connais mon dragon de femme qui va me mettre au régime sec : à l'eau ! Ce liquide incolore et insipide, tellement déprimant…

— Dites-vous que c'est pour votre santé qu'elle fait cela.

— Me faire plonger dans une dépression abyssale en me forçant à l'abstinence ? Je n'appelle pas cela « se préoccuper de ma santé », mais plutôt « astreindre son époux à une torture lente et désolante ».

Sur ce, il ingurgita le contenu de son verre d'un seul coup comme s'il mourait subitement de soif.

— Mais je m'égare sur mon cas personnel, dit-il en souriant benoîtement, le regard vague. Je suppose que si vous êtes venus me voir, ce n'est pas pour m'entendre m'apitoyer sur mon sort. Dites-moi ce que je peux faire pour vous, mes amis ?

Théodore Dagorn sortit le troisième message de sa poche en annonçant :

— Nous avons encore besoin de vos lumières !

L'homme noir eut un sourire magnifique avant de réciter :

— « La lumière est encore pour un peu de temps au milieu de vous. Marchez, pendant que vous avez la lumière, afin que les ténèbres ne vous surprennent point : celui qui marche dans les ténèbres ne sait où il va.[23] »

Il prit le billet sur la délation qu'il examina religieusement :

— Ce troisième message est dans la même veine que les deux précédents, constata-t-il rapidement. La dénonciation d'un péché appuyée par un extrait de la *Bible de Jérusalem*, ici un passage de l'*Évangile de Matthieu*. Il y a aussi un extrait du *Sermon sur le Cantique* de Bernard de Clairvaux. Rien d'original, conclut-il laconique.

Le professeur en profita pour exposer son idée :

---

23. Évangile de Jean (12 ; 35).

— Pour l'instant, tout porte à croire que le meurtrier veut punir ses victimes de leurs défauts : la curiosité pour Danielle Le Tallec qui était effectivement assez indiscrète ; la gourmandise pour François Lamour qui, lui, n'était pas si gourmand que cela.

— Première incohérence ! lâcha Ndiaye.

— Exact ! Et le troisième message parle de délation pour Rachel Kaufman. Pourtant, les soupçons de la police se portent sur Ludovic Ollivier.

— Le kiné rouquin ? demanda l'homme noir en ouvrant de grands yeux.

— Lui-même.

— Ce garçon m'a toujours été antipathique au possible.

— En fait, ce qui me contrarie, c'est que cet homme qui est le suspect principal était viscéralement antisémite et que la dernière victime était juive. Ce que je ne comprends pas, c'est pourquoi n'a-t-il pas écrit un pamphlet antisémite au lieu de ce mot sur la délation. S'il voulait vraiment punir les personnes à cause de leur principal défaut, pourquoi ne l'a-t-il pas attaquée sur ce qui est, pour lui, un défaut grave ? D'autant plus que nous avons des preuves qu'il avait régulièrement insulté Mme Kaufman dans le passé sur sa religion.

— C'est une seconde incohérence. Mais qu'attendez-vous de moi, au juste ?

— Je voulais savoir si dans la Bible nous trouvions des passages antisémites dont cet homme aurait pu se servir ?

Ndiaye répondit sans attendre :

— Pour dire vrai, il n'y a pas vraiment une foule de passages anti-juifs dans le Nouveau Testament. Pour la simple raison qu'à l'aube du christianisme, Pierre et les premiers chrétiens avaient essayé de convertir principalement des juifs. Ils n'avaient fait leurs sermons, leurs enseignements qu'au sein des communautés juives, il ne fallait donc pas que les Évangiles leur soient trop hostiles. Et même à la suite de difficultés avec les chefs des synagogues, lorsqu'ils vont changer de stratégie et convertir les Gentils[24], leurs discours ne deviendront pas plus antisémites. Malgré tout, nous trouvons plusieurs passages à charge contre les juifs, des passages dont la bonne vieille extrême droite catholique du début du XXe siècle, notamment le groupe des Maurassiens, s'est largement servie.

— Que disent ces passages ?

— Oh, la litanie habituelle ! Il est reproché aux juifs de ne pas avoir su reconnaître Jésus comme le Messie et de l'avoir conduit à la Croix. Il y a par exemple le passage où le Christ est jugé par le Sanhédrin ou celui où les grands prêtres et les anciens poussent le peuple à réclamer la libération de Barabbas au lieu de celle de Jésus. À cause de leur soi-disant aveuglement ou de leur obscurantisme, les juifs sont la cible de certains extraits. Dans les Épîtres aux Romains, il est écrit : « Je leur rends témoignage qu'ils ont du zèle pour Dieu ; mais c'est un zèle mal éclairé. Méconnaissant la justice de Dieu et cherchant à établir la leur propre, ils ont refusé de se soumettre à la justice de Dieu. Car la fin de la Loi, c'est le Christ pour la justification de tout croyant. ». Dans l'Évangile de Jean, ils sont même appelés fils de Satan puisqu'il est dit : « Vous êtes du diable, votre père, et ce sont les désirs de votre père que vous voulez accomplir. »

— En somme, un antisémite ne manquerait pas de passages à recopier pour attaquer une victime juive ?

— En effet.

— Alors, si Ludovic Ollivier est réellement le meurtrier, pourquoi n'attaque-t-il pas Mme Kaufman sur ce thème, mais juste sur la délation ?

---

24. Synonyme de païens.

La jeune Le Tallec se permit d'intervenir :

— Peut-être a-t-il fait exprès pour nous mener sur une fausse piste ?

— Vous faites grand cas des capacités intellectuelles de cet homme qui m'en semble fort dépourvu, ajouta Ndiaye. Il m'a souvent massé et j'ai pu m'entretenir avec lui bien des fois et, croyez-moi, j'ai pu explorer l'insondable profondeur de sa bêtise et de son inculture, précisa-t-il en se resservant un verre. Ce rouquin n'est pas capable de mener un double jeu.

— C'est bien ce que je pense ! Pour moi, la police suit une mauvaise piste. Ludovic Ollivier n'est pas le meurtrier. Il est peut-être voleur et antisémite, mais je ne le crois pas assassin.

— Ce n'est qu'une supposition, coupa Noémie, vexée que sa théorie soit ainsi battue en brèche.

— Je dirai plutôt une forte intuition, corrigea Dagorn. Cela me paraît trop illogique que le kiné, aussi antisémite qu'il soit, n'ait pas vomi ses horreurs anti-juives dans son message.

— Cela reste une supposition, insista la policière.

— Peut-être… Seul l'avenir nous le dira. Que je sache, il est toujours en garde à vue et vos collègues l'interrogent. Peut-être avouera-t-il ce que vous espérez tant ?

— Mais vous n'y croyez pas.

— Pas le moins du monde ! Le meurtre de Mme Kaufman est trop bien pensé, trop astucieux et surtout, il n'a aucun caractère antisémite pour que ce soit lui.

— Donc, si je vous écoute et laisse de côté la piste Ollivier, quelle nouvelle piste voulez-vous suivre ? questionna la jeune femme.

Le visage de Dagorn se para d'un petit sourire énigmatique.

— Dites-moi quelle est la personne qui nous a soufflé si complaisamment le nom de Ludovic Ollivier, nous menant ainsi sur une fausse piste ?

— C'est Philippe Jaffré, répondit-elle.

— Et quelle est la personne qui, d'après le directeur, s'est méchamment emportée contre votre mère ?

— Encore Jaffré.

— Alors, que diriez-vous d'avoir une petite conversation avec lui ?

— O.K., je vous suis.

Sans attendre, le binôme s'éclipsa de l'appartement de Ndiaye, laissant son occupant noyer sa mélancolie dans le whisky.

Conflit d'intérêts

Cet épi au sommet de son crâne était particulièrement rebelle, mais Philippe Jaffré était intransigeant concernant son look et ne pouvait s'avouer ainsi vaincu. Il comptait y mettre le temps et la quantité de gel nécessaires pour en avoir raison et obtenir enfin l'effet gominé désiré. Comme tout un chacun, Jaffré avait des priorités dans la vie, et l'élégance et l'apparence physique en faisaient partie. À 42 ans, cet homme au visage commun savait que ses principaux atouts n'étaient ni sa jeunesse ni sa beauté pour plaire aux femmes, alors il misait davantage sur sa coquetterie et sa tenue vestimentaire.

Aujourd'hui, il avait revêtu son nouveau costume *Versace*, un costume ajusté noir ébène à rayures blanches verticales, avec gilet et pantalon assorti, le *must* chez la jet-set new yorkaise avait-il lu sur ce site internet de vente par correspondance. L'argument avait fait mouche et il avait payé sans rechigner. De toute façon, sur ce site, ces articles étant de la contrefaçon, les prix défiaient toute concurrence.

Il était encore en chaussettes, planté devant son miroir psyché à se battre contre cet épi de malheur, pour le plaquer convenablement, lorsqu'il entendit frapper à sa porte. Intrigué, il jeta un coup d'œil par le judas et fut agréablement surpris de découvrir la belle Noémie Le Tallec en train de faire le pied de grue devant son appartement. Depuis le premier jour où il l'avait entraperçue dans les couloirs du centre, il l'avait trouvée particulièrement à son goût. Elle était mignonne à croquer. Elle avait des petites fesses bien cambrées, paraissant fermes et rebondies. Ses seins donnaient suffisamment de volume à ses habits pour le rendre rêveur. Oui, honnêtement, plus d'une fois, il s'était dit qu'il se la serait bien faite la petite Le Tallec... D'ailleurs, à plusieurs reprises, il avait déjà tenté de l'entreprendre en bavardant le plus innocemment possible, mais force était de reconnaître qu'elle s'était toujours montrée assez rétive à ses avances. Et aujourd'hui, la retrouver campée derrière sa porte lui ouvrait la voie à de nouvelles perspectives. Finalement, elle n'était peut-être pas si insensible à son charme cette petite. Il avait encore des chances de la mettre dans son lit.

Il se dépêcha d'enfiler ses chaussures en cuir fraîchement cirées. Par sécurité, il appliqua de nouveau une infime noisette de gel sur l'épi pour le contraindre à respecter le bon ordonnancement capillaire. Et, se trouvant fin prêt, il se précipita pour ouvrir, un sourire travaillé aux lèvres.

Autant son espérance avait été grande quelques secondes auparavant, autant sa désillusion fut immense en découvrant que cette jeune femme était accompagnée par M. Dagorn. De toute évidence, elle n'était pas venue pour la bagatelle. Il en aurait juré de dépit tant il était déçu. Et si par naïveté, il avait encore eu un soupçon de fol espoir en lui, il se serait envolé dès que Noémie commença à ouvrir la bouche.

Le ton n'avait rien d'avenant ni de charmant. Il était froid et incisif et tenait plus de l'interrogatoire en garde à vue que d'une conversation romantique lors d'un dîner aux chandelles. Elle posa les questions à la manière d'une mitraillette, tout en rafale. Des questions rapides et assassines. « Pourquoi vous êtes-vous disputé avec ma mère ? » ; « Saviez-vous qu'elle voulait porter plainte contre vous ? » ; « Où étiez-vous au moment de sa mort ? » ;

« Est-ce vrai qu'elle vous soupçonnait de faire du harcèlement sexuel à vos jeunes employées ? »

Dagorn n'était pas certain qu'elle ait choisi la meilleure stratégie pour lui tirer les vers du nez, mais il se garda bien d'intervenir. La peine d'avoir perdu sa mère rendait Noémie particulièrement virulente contre ce suspect.

Elle ne voulait pas le ménager. Comme elle disait toujours : « Quand on veut faire tomber les prunes, il ne faut pas avoir peur de secouer le prunier », alors, ce Jaffré, elle était bien décidée à le secouer pour qu'éclate la vérité.

Au tout début, l'homme fut légèrement décontenancé par l'agressivité de la jeune Le Tallec. Cela avait été si soudain, si inattendu. Il ne savait pas trop quoi répondre, se contentant d'encaisser les coups, tel un boxeur renvoyé dans les cordes, subissant sans répliquer. La surprise ne dura qu'un temps. Philippe Jaffré n'était pas du genre à se laisser marcher sur les pieds, surtout pas par une femme. Il se mit à se défendre, avec un ton qui n'avait rien à envier à la véhémence de la policière :

— En gros, si je comprends bien votre petit baratin, vous êtes en train de m'accuser d'avoir tué votre mère ?

— Il y a un peu de ça ! rétorqua Noémie avec assurance. Il semblerait qu'à plusieurs reprises, vous vous soyez disputé avec elle et avec des propos assez violents.

— S'il fallait soupçonner tous ceux qui se sont engueulés avec votre mère, vous allez avoir un sacré paquet de suspects sur les bras, mademoiselle ! Car au cas où vous ne seriez pas au courant, votre mère était une emmerdeuse finie, qui cherchait toujours la chicane. C'était bien simple, elle s'engueulait avec tout le monde, pour un oui ou pour un non.

— D'après nos sources, poursuivit la jeune femme sans se démonter, elle avait de bonnes raisons de s'emporter contre vous.

— Ah bon ? Et que disent vos sources ? lâcha-t-il narquois.

— Que ma mère vous a surpris plus d'une fois à être très entreprenant avec certaines de vos salariées, que vous leur faisiez du harcèlement pour qu'elles acceptent de coucher avec vous.

— Tout ça, ce sont des conneries !

— Et si on demandait leurs versions à Amélie Landron et à Sylvie Vaudoré ? À votre avis, qu'est-ce qu'elles diraient ? Que ce sont aussi des conneries ? Apparemment, elles auraient à se plaindre de votre attitude, de vos avances pour être précis, alors même que vous êtes leur responsable hiérarchique.

Une moue dédaigneuse tordit la lèvre de Jaffré.

— Ces deux-là ce ne sont que des allumeuses, déclara-t-il d'un ton sec. Vous les verriez au quotidien, ce n'est pas le genre à s'habiller comme des bonnes sœurs, si vous voyez ce que je veux dire.

— C'est la canicule en ce moment, elles ont peut-être le droit de s'habiller de manière plus légère, non ? lança-t-elle avec discernement. Il fait près de 35 degrés dehors, elles ne vont pas s'astreindre à porter des pulls à col roulé juste pour éviter le regard libidineux des bonhommes.

— Moi, je persiste et je signe, s'énerva-t-il. Elles s'habillent comme des aguicheuses, et quand ensuite on commence à discuter un peu avec elles et à vouloir leur payer un petit verre en ville, voilà qu'elles commencent à jouer les vierges effarouchées.

— C'est vous qui dites qu'elles sont aguicheuses.

— Quand on montre ses guibolles avec des jupes courtes et qu'on met des petits tops qui moulent bien les seins, vous ne trouvez pas que cela équivaut à porter une pancarte disant « Baisez-moi, je n'attends que ça » ?

— Et quand on a une grande gueule comme la vôtre et qu'on s'en sert pour débiter des conneries machistes, vous ne trouvez pas que cela équivaut à porter une pancarte disant : « Foutez-moi un pain dans la tronche, je le mérite » ?

— C'est une menace ?

— Non, c'est une envie, répliqua-t-elle en souriant ironiquement.

Jaffré appréciait de moins en moins cette conversation. Il devait trouver qu'elle tournait à son désavantage, qu'elle tournait à l'aigre. Il se sentait en porte-à-faux face à cette furie.

— Bon, cela a trop duré ! s'écria-t-il hors de lui. Vous n'avez pas à me harceler de la sorte ! Je sais que vous n'êtes pas habilitée à m'interroger. Votre collègue a dit hier que vous n'étiez pas en service donc vous n'avez rien à foutre ici ! Partez de chez moi ! Partez tout de suite !

— Je ne partirai que lorsque vous aurez répondu à mes questions !

— Je ne répondrai qu'en présence de mon avocat ! Alors, foutez-moi le camp ! Foutez-moi le camp !

Il paraissait hystérique, scandant cette même phrase à tout bout de champ, comme si elle avait un quelconque pouvoir incantatoire. Il répétait sans cesse cette formule, bien que de toute évidence, elle n'ait rien de magique, n'ayant aucun effet sur Noémie qui continuait à l'assaillir de questions : « Saviez-vous que ma mère allait porter plainte contre vous le lundi ? » ; « Saviez-vous ce qu'elle vous reprochait ? » C'en était trop pour Jaffré ! Il tournait dans sa salle, les mains plaquées contre ses oreilles, cherchant une échappatoire à cet interrogatoire hors norme. La chance fut avec lui !

Là, dehors, dans les jardins, il aperçut soudain ce lieutenant Hamon qui furetait dans un bâtiment avec des flics en uniforme. Sans attendre, Jaffré se précipita sur sa baie vitrée, en ouvrit les ventaux et se mit à appeler le policier en agitant les bras en tous sens. À le voir faire ses grands gestes désespérés, il faisait penser à un marin dont l'embarcation prend l'eau de toutes parts et qui essaye d'attirer l'attention des navires aux alentours. Ses braillements finirent par alerter Hamon. Celui-ci s'approcha en petites foulées, demandant ce qu'il se passait. Il ne fallut pas longtemps pour qu'il soit mis au parfum.

Jaffré se fit un malin plaisir à tout déballer, accusant Noémie de tous les maux. Il insista bien sur les mots « persécutions » ou « harcelé ». À l'entendre, il n'était qu'une victime de cette folle et il multiplia les arguments pour essayer de convaincre le lieutenant. Ses jérémiades étaient si exagérées qu'il faisait songer à une pleureuse qui n'a pas peur d'en rajouter pour être sûre d'être payée à la fin des funérailles.

En un rien de temps, Alexis Hamon comprit que la situation était délicate. Sa supérieure hiérarchique avait commis une faute qui pourrait se retourner contre la police. N'importe quel avocat saurait s'en resservir en parlant de vice de procédure si, à l'avenir, Jaffré devait être inculpé. Il aurait beau jeu de dénoncer des manœuvres policières ou des pressions injustifiées pour faire avouer son client.

Le lieutenant aux yeux bleus prit la seule décision qui lui parut valable. Il se tourna vers son capitaine et lui demanda de quitter les lieux au plus vite. C'était rare de l'entendre lui parler si sèchement. On ne parle pas ainsi d'habitude à son chef et encore moins à la femme qu'on aime secrètement. Il réitéra pourtant sa demande si crûment que cela sonna comme un ordre :

— Il faut que tu partes maintenant !

Il lui prit le bras et la poussa lentement vers la sortie. Il n'y avait aucune brusquerie, juste assez de fermeté pour signifier qu'il ne blaguait pas. La jeune policière tenta de lui parler en aparté :

— Attends, Alexis ! Il était prêt à craquer et on doit…

— Il n'y a pas de « on » qui tient, Noémie. Tu n'as rien à faire ici et tu le sais très bien. Tu es en congé et tu ne peux pas interroger les gens comme cela te chante.

— Je suis sûre qu'il sait quelque chose.

— Moi, je ne suis sûr que d'une chose : si Hascouet l'apprend, tu vas passer un sale quart d'heure et moi avec. Alors, tu ne fais pas d'histoires et tu décampes d'ici.

Noémie insista :

— Écoute, ma mère voulait porter plainte contre Jaffré parce qu'il harcelait de jeunes employées du centre. Elle avait été témoin de ses agissements. Et comme par hasard, elle est morte la veille du jour où elle devait se rendre à la gendarmerie. Ce ne peut être une coïncidence.

— Ça, c'est toi qui le dis.

— Mais c'est toi qui peux le prouver si tu le bouscules un peu.

— Pour l'instant, la seule personne que je bouscule, répliqua Hamon, c'est toi, pour que tu quittes cet appartement sur-le-champ.

— Alexis, je suis certaine que c'est lui l'assassin. Il faut que tu creuses cette piste avec Guigui. Cherche si Lamour et Kaufman n'ont pas été non plus témoins des harcèlements de Jaffré. Ou s'ils n'ont pas été sollicités par ma mère pour porter plainte à leur tour.

— Avec des « si », on peut tout inventer, Noémie. Avec des « si », tu vas finir par me dire que Jaffré est Jack l'Éventreur. Donc je te le redis, pars d'ici et emmène ton marquis avec toi.

Il ouvrit la porte et, d'un geste de la main, leur montra la sortie. Acculée sur le seuil du logement, la policière ne lâchait rien, cherchant encore à convaincre son collègue :

— Écoute-moi, bordel ! Essaye au moins de savoir s'il a un alibi pour le dimanche soir.

— Dehors !

— Il a un mobile ce type, mais il faut aussi que tu regardes s'il a un alibi qui tient la route. Fais cela pour moi, Alexis.

Sa dernière phrase avait été prononcée avec une mimique singulière, très douce, très attendrissante. Dagorn sourit en la voyant faire des yeux de biche pour tenter d'amadouer son collègue. Le procédé était discutable, mais son effet ne se fit pas attendre. Hamon était si amoureux de cette femme qu'il aurait fallu qu'il soit de bois pour résister à ce regard.

— Je… Je vais voir ce que je peux faire.

Et il referma la porte d'un coup, la faisant claquer au nez de Dagorn et de son amie.

Ils se retrouvaient tous les deux relégués dans le couloir comme des pestiférés qu'on veut éloigner à tout prix.

— Merde ! pesta Noémie. Cela ne nous a menés nulle part. On n'a rien appris de nouveau.

— Vous vous y êtes peut-être prise de manière maladroite et un peu cavalière pour l'interroger, non ? lâcha le professeur avec lucidité. Vous l'avez effarouché au lieu de le pousser aux confidences.

— C'est vrai que j'ai merdé, mais il me tapait tellement sur le système que je n'ai pas pu m'en empêcher. Je me suis énervée et résultat des courses, on n'a pas avancé d'un pouce.

— On a au moins appris une chose, c'est qu'il ne faudra pas compter sur M. Jaffré pour prononcer l'éloge funéraire de votre mère à l'enterrement. Je ne crois pas faire un raccourci sémantique en affirmant qu'il ne la portait pas dans son cœur…

— Jusqu'au point de la tuer ?

— *That is the question*… et pour l'instant, je n'ai pas la réponse.

Règlement de comptes

En rejoignant le logement de Dagorn, le professeur et la policière eurent la surprise de découvrir le jeune Erwan Le Roux planté devant la porte, les mains croisées derrière le dos. Visiblement, il les attendait impatiemment. Pour qu'il déserte ainsi sa place derrière le comptoir de l'accueil afin de venir les retrouver, c'est qu'il se passait quelque chose de sérieux.

Lorsqu'ils arrivèrent à sa hauteur, il ne leur adressa qu'un bonjour timide et rien d'autre. Il restait juste là, à dandiner son corps maigre devant eux. Il avait l'air de vouloir leur avouer quelque chose sans oser le dire, un peu comme un gamin qui ne sait pas s'il peut rapporter à l'instituteur une bêtise faite par ses camarades. L'envie était là, mais la crainte de se mêler de ce qui ne le regardait pas le gênait. Il fallut tous les encouragements et le gracieux sourire de Noémie pour libérer sa parole :

— Vous vouliez nous parler ?

— Oui ! lâcha-t-il aussitôt, comme soulagé de se délester d'un poids trop lourd. Je voulais vous informer que deux individus viennent d'entrer dans la résidence et…

— Quel genre d'individus ?

— Si vous voulez mon humble avis, je dirais que ce n'est pas le genre de personne à fréquenter le centre d'habitude. Je ne veux pas faire du délit de faciès, mais…

— Mais ils ne vous inspirent pas confiance ?

— Il faut dire qu'avec leurs figures patibulaires et leurs carrures de pugilistes, ils génèrent une certaine méfiance à leur égard.

Depuis qu'elle le connaissait, Noémie avait toujours trouvé qu'Erwan Le Roux s'exprimait étrangement pour un homme de 27 ans, disons qu'il usait d'un langage plus châtié que ce qu'on pourrait s'attendre à entendre dans la bouche d'un jeune de cet âge et surtout, d'un ancien cancre qui n'avait pas poursuivi son cursus scolaire au-delà de la classe de troisième. Il fallait reconnaître que son goût immodéré pour les mots croisés lui avait permis d'accumuler peu à peu un vocabulaire digne d'un lauréat du prix Goncourt. Le jeune homme n'était pas peu fier d'avoir ainsi étoffé ses connaissances lexicales en pur autodidacte et il s'efforçait de les réemployer pendant son travail pour se différencier des autres employés de l'accueil. Contrairement à eux, il avait l'impression d'avoir une sorte de label de standing, le label « érudit » qui faisait plus classe, lui permettant de récolter les plus gros pourboires.

— Et vous savez ce qu'ils voulaient ? interrogea la policière.

— Oui, ils m'ont demandé où se trouvait le bureau de monsieur le directeur.

— Vous leur avez dit ?

— Bien entendu, je ne vois pas au nom de quoi j'aurais pu m'y opposer.

— Peut-être au nom de la prudence, répliqua-t-elle sèchement. Si leurs têtes ne vous revenaient pas, il fallait vous montrer plus méfiant.

— Sur le coup, je n'y ai pas songé, avoua-t-il un peu penaud, et puis ils se montraient si insistants. Ils disaient que c'était urgent, alors je leur ai dit. C'est seulement après que j'ai réalisé que j'avais peut-être fait une bêtise. Ils avaient l'air si peu aimables que…

La jeune femme avait compris que Le Roux avait des remords. Cela ne servait à rien de lui demander de faire amende honorable. Elle prit la seule décision qui lui paraissait raisonnable pour l'heure :

— Bon, je vais jeter un œil chez Lepigouchet. On verra bien si vous vous êtes alarmé pour rien.

— Je viens avec vous, ajouta aussitôt Dagorn avec une belle ardeur.

— Non, non, rétorqua-t-elle en faisant un grand signe de la main, vous allez me ralentir. Avec votre jambe en vrac, vous allez aussi vite qu'un escargot asthmatique. J'irai plus vite seule, vous n'aurez qu'à me rejoindre.

Et avant qu'il ait pu émettre la moindre protestation, elle s'était déjà éloignée à petites foulées dans le grand couloir central.

Noémie croisa bien quelques pensionnaires qui s'offusquèrent de la voir prendre les allées de la résidence pour une piste d'athlétisme, sans qu'elle ne ralentisse pour autant. Au contraire, elle allongea ses enjambées.

Elle ne savait pas si c'était son intuition féminine ou son instinct de flic, mais quelque chose lui disait qu'il se passait un truc pas normal. Elle savait qu'à cause de son addiction au jeu, Lepigouchet fréquentait des gens louches, et en voir débarquer aux Ormeaux ne lui disait rien qui vaille. Sa crainte ne fit que s'accentuer en arrivant devant la porte du bureau du directeur. Elle avait distinctement entendu un bruit de gifle et un cri étouffé. La discussion avait l'air de tourner au vinaigre.

Sans frapper et sans sommation, elle ouvrit la porte en grand, découvrant Lepigouchet assis sur son fauteuil, fermement maintenu par un homme d'origine polynésienne, plutôt trapu, mais sacrément bien bâti, un costaud qui n'aurait pas dépareillé dans une mêlée parmi les *All Blacks*. L'autre type, avec la barbe hirsute, avait les manches retroussées et devait être celui qui menait l'interrogatoire, le genre d'interrogatoire serré que menait Lafont[25], rue Lauriston sous l'Occupation.

L'irruption de Noémie dans la pièce fut si brusque que les deux gars restèrent pétrifiés sur place, comme s'ils jouaient à « 1, 2, 3 Soleil » et ne devaient pas être vus à bouger ne serait-ce qu'un orteil. La surprise s'estompa rapidement et le barbu gueula d'une voix de tonnerre :

— Qu'est-ce que tu viens branler ici, toi ? Tu ne vois pas que le directeur est occupé ? Alors, tu reprends tes cliques et tes claques et tu vires !

La jeune femme ne se démonta pas. Elle répondit d'un ton très assuré :

— J'aimerais bien rester avec vous, pourtant.

— On ne t'a pas donné la permission, poulette, s'emporta l'autre, alors tu dégages !

Avec une rapidité insoupçonnée, Noémie dégaina le Sig-Sauer de son holster et mit en joue les deux hommes.

— Disons que la permission, je vais la prendre toute seule, lâcha-t-elle en souriant ironiquement.

Avec un calme olympien, digne d'un flic qui appréhende des criminels à chaque coin de rue, elle leur montra sa carte de police de la main gauche, puis la rangea dans sa poche, avant de sortir une paire de menottes. Elle l'agita au bout de son bras comme s'il s'agissait de grelots, faisant bruyamment tinter les deux anneaux.

— Vous allez lever gentiment les bras au ciel, ordonna-t-elle d'une voix posée. Plus haut les mains comme si vous vouliez attraper les nuages avec vos petites mimines. Et vous allez reculer jusqu'au mur, sans faire d'histoires.

Les deux truands n'eurent pas d'autre choix que d'obéir, cette fille avait en main un argument de poids, le genre

---

25. Henri Lafont fut le chef de la Gestapo française sous l'Occupation allemande.

d'argument avec du 9 mm qu'il était peu aisé de contredire si on n'était pas outillé de la même façon. Elle jeta soudain les menottes en direction du Polynésien :

— Toi, le rugbyman, tu vois le radiateur en fonte derrière toi ? Eh bien, tu vas t'accrocher tout seul comme un grand. Et je veux entendre le clic qui me prouve que tu es bien cadenassé.

La mort dans l'âme, l'autre ne put que s'exécuter. Noémie s'approcha avec la lenteur d'un chat qui s'avance vers sa proie, tous les sens en éveil. Avec ce genre de types, elle savait que la méfiance était de mise, c'était parfois la meilleure assurance-vie pour éviter les pépins. Son pistolet braqué sur son prisonnier, elle vérifia rapidement qu'il était bien attaché.

— C'est bien, mon gars, te voilà marié à ce radiateur jusqu'à ce que la mort vous sépare. Un tel poids au poignet, c'est encore plus fiable qu'une alliance au doigt. Vous n'êtes pas près de vous quitter tous les deux.

Il ne lui restait que le dernier truand à mettre hors d'état de nuire. Elle tira une seconde paire de menottes de la poche de sa veste et s'écria :

— À ton tour, le hipster ! On ne va pas faire de jaloux. Il y a un autre radiateur là-bas. On dirait qu'il a été placé là rien que pour toi, petit veinard. Allez, recule !

En jetant les bracelets d'acier, elle eut une demi-seconde d'inattention. Seulement une. Une de trop ! Placé juste derrière elle, toujours entravé à son poids mort, le Polynésien lui flanqua un grand coup de pied aux fesses. Le choc fut si violent qu'elle fut propulsée contre le bureau de Lepigouchet. Avec l'élan, elle bascula pardessus le meuble. Son pistolet lui échappa des doigts et roula jusqu'au seuil de la porte.

Encore sonnée par sa chute, Noémie tarda à se relever pour le récupérer. Ce fut trop tard ! Déjà le barbu se jeta sur elle comme un fauve affamé, les bras en avant pour lui enserrer les poignets. L'étreinte fut aussi rapide que brutale. L'homme avait la force d'un ours, mettant Noémie en difficulté.

Plus par réflexe que par calcul, elle recula subitement le buste et lança un violent coup de tête contre le plexus de son adversaire. Sous la douleur, l'autre relâcha un instant son étau, permettant à Noémie de se contorsionner telle une anguille voulant échapper à la main qui veut la saisir. Elle se mit légèrement sur le côté, juste de trois quarts, et lui balança un grand coup de coude au niveau de la carotide. Le barbu poussa un cri et commença à battre en retraite. Cette fille était plus coriace qu'il ne le soupçonnait, compensant son infériorité physique par des techniques de self-défense. Avant qu'il ait pu parer quoi que ce soit, il reçut bientôt un autre coup au milieu de la joue. Le geste avait été aussi vif et précis que celui d'une boxeuse professionnelle. À force de reculer, il se retrouva bientôt acculé contre le mur face à cette furie qui bataillait sans crainte.

Emportée par sa fougue, Noémie tenta encore de lui envoyer un coup de pied contre le torse. Elle fut trop téméraire. Le barbu eut le temps de lui saisir la jambe et la déséquilibra en la poussant en arrière. La policière tomba de tout son long sur le tapis.

Elle crut que l'autre allait en profiter pour la maîtriser totalement, mais il n'en fut rien. Il se dirigea vers la porte entrouverte pour se saisir du Sig-Sauer SP 2022. Il se mit à le brandir comme un trophée arraché de haute lutte :

— Alors, poulette, cela te cloue le bec ? Tu croyais m'avoir, mais je ne suis pas un perdreau de l'année. Maintenant que j'ai ton arme, c'est toi le dindon de la farce.

Sa main crispée sur la crosse métallique du pistolet, le barbu tenait Noémie en respect, la forçant à reculer.

— Allez, va délivrer mon pote. Magne-toi le cul, on n'a pas que ça à foutre ! cracha-t-il de sa voix haineuse.

Malgré le danger, la jeune policière mit beaucoup de mauvaise volonté à obéir, ce qui exaspéra son adversaire. Elle se tenait la jambe, feignant de s'être blessée durant leur bagarre. De toute évidence, elle cherchait à gagner du temps, espérant sans doute que des renforts arriveraient au plus vite. Le type flaira le piège et réitéra ses menaces :

— Je t'ai dit de te magner, la flicaille, avant que je m'énerve. Tu…

Il n'eut pas le temps d'achever sa phrase qu'une terrible douleur au poignet droit lui fit soudain lâcher son arme. Il se plia en deux en hurlant à pleine voix, sa main gauche enserrant son avant-bras meurtri. Il eut juste le temps de voir le capitaine Le Tallec en profiter pour récupérer son Sig-Sauer et viser dans sa direction. Il réalisa avec rage que la situation venait de se retourner contre lui en un rien de temps. Tout était perdu, pensa-t-il. Et presque aussitôt, il jeta un regard mauvais en direction de ce grand type dans l'embrasure de la porte, vêtu d'un costume chic, tenant sa canne à la manière d'une massue. C'était à cause de lui que tout avait foiré. Il avait déboulé comme ça, sans crier gare, pour s'interposer entre lui et la policière.

Cet inconnu le dévisagea avec un sourire malicieux et subitement, il se mit à réciter ces quelques phrases d'un ton ampoulé :

— « *Sans regret, sur votre poignet, / D'un coup, je vois que j'ai fait mouche. / Et promis, c'est sur votre nez, / Qu'à la fin de l'envoi, je touche !* »

Et pour conclure sa tirade, il lui asséna un formidable coup de canne en plein milieu du visage. Sous le choc, le barbu s'étala au sol, glissant jusqu'au pied du canapé. Il mit quelque temps à se relever, tellement il était groggy. Son visage était tout ensanglanté, perlant de grosses gouttes rouges qui s'écrasaient dans ses mains. Il cria d'un ton rageur et pleurnichard :

— Enculé ! Tu m'as pété le nez !

L'inconnu en costume lui répondit d'un ton aussi ironique que possible :

— Je vous prie d'accepter toutes mes plus plates excuses, monsieur. Enfin, soyons précis, si je vous présente mes excuses, ce n'est nullement pour le fait que je vous ai quelque peu malmené, car vous en conviendrez aisément, vous l'avez mérité en agressant mon amie. Non, si je demande humblement pardon, c'est d'avoir fort effrontément pastiché cette célèbre réplique de Cyrano. Je crains qu'à son écoute, le pauvre Edmond Rostand a dû se retourner dans sa tombe de désespoir.

— Putain, tu m'as fait mal. Enculé !

— Oh, j'ai l'impression que vous vous répétez, mon pauvre vieux, ajouta Dagorn en gardant le même ton narquois. Et croyez-moi, quand une réplique est aussi pauvre que la vôtre, il est inutile de la bisser. Nos oreilles ne s'en porteraient que mieux.

— Merde, cela fait un mal de chien ! Putain, je vais te défoncer, connard !

C'est le moment que choisit la jeune femme pour s'immiscer dans cette conversation virile.

— Je crois, au contraire, que tu ne vas pas faire grand-chose pour l'instant, mon gars, déclara-t-elle, juste te laisser passer gentiment ces menottes. Voilà, comme ça, et maintenant tu vas être sage.

— Merde, vous ne pouvez pas appeler un médecin, non ? Je suis sûr que ce con m'a niqué le nez.

— Je serais toi, je penserais d'abord à appeler mon avocat, car il risque de t'être très utile. Ton nez, il sera rétabli dans quelques jours, alors que pour ta liberté, je serais plus pessimiste. À mon avis, tu ne la retrouveras que dans quelques années.

Son adversaire entravé, Noémie se redressa et regarda Dagorn. Elle lui envoya un sourire si immense qu'il signifiait toute la reconnaissance qu'elle éprouvait pour lui. Il l'avait sortie d'un bien mauvais pas et elle ne pouvait que l'en remercier.

— Vous êtes arrivé à temps, Théodore, finit-elle par dire.

— Oui, j'ai l'impression. Quand j'ai compris que la situation était mal engagée pour vous, je me suis dit qu'il ne serait pas souhaitable que j'imite les carabiniers[26] d'Offenbach, alors je suis intervenu.

— Vous avez bien fait. Ce salaud m'a eue comme une bleue.

— Il a eu tort, dit-il en contemplant sa victime menottée, maintenant c'est lui qui a des bleus.

— Il faut dire que votre intervention musclée l'a vite calmé, dit-elle en riant.

— De coutume, la brutalité est un moyen de communication que je ne prise guère, je préfère régler mes différends par le dialogue. Néanmoins, je reconnais que c'est souvent le seul langage que connaissent les individus à l'esprit aussi épais que leur cuir. Alors je me suis fait violence en devenant plus pugnace et belliqueux que d'habitude.

— Ce n'est pas moi qui vous en tiendrai rigueur aujourd'hui.

---

26. Référence à l'opéra-bouffe de Jacques Offenbach *Les brigands* : « *Nous sommes les carabiniers, / la sécurité des foyers. / Mais, par un malheureux hasard, / au secours des particuliers, / nous arrivons toujours trop tard.* »

Un rapide coup de téléphone permit de prévenir le lieutenant Hamon et quelques-uns de ses collègues de ce qui venait de se dérouler dans le bureau du directeur. Ils arrivèrent le plus vite qu'ils purent pour récupérer les deux malfaiteurs. Le nez et la bouche tout recouverts de sang, le barbu se laissa embarquer sans mot dire par deux policiers en uniforme. Le Polynésien fut plus véhément. Les bras maintenus dans le dos par les liens en acier, il tourna la tête en direction de Lepigouchet et se mit à lui hurler dessus :

— Toi ! N'oublie pas que ta dette court toujours ! Et tu as intérêt à la régler au plus tôt, car mon patron n'est pas prêt à te foutre la paix ! Il va te…

Il n'eut pas le temps de finir sa phrase que le lieutenant aux yeux bleus le remit à sa place :

— Toi, tu nous gâtes à proférer des menaces devant témoin. Quoiqu'il ne soit pas la peine, avec tout ce qu'on peut déjà te coller sur le dos : intimidation, racket, opposition aux forces de l'ordre, coups et blessures sur personne dépositaire de l'autorité publique et j'en passe, ton cas est déjà assez chargé. On a de quoi te coller en taule pour un bon bout de temps.

Le message était on ne peut plus clair. Le type n'insista pas à jouer les bravaches et préféra se murer dans un silence coupable.

Ils avaient tous quitté son bureau depuis un moment qu'Alain Lepigouchet n'en finissait plus de trembler comme une feuille morte. Il avait eu la peur de sa vie, à tel point qu'il s'était fait dessus.

En plein doute

Avec sa tapisserie défraîchie et ses sanitaires à l'agencement spartiate, la petite chambre n'avait rien d'une suite royale. Il faut dire que l'hôtel du « Rhuys'Zeau », situé dans la rue des Vénètes, n'était pas le plus réputé de la ville de Sarzeau et avait peu de points en commun avec un palace trois étoiles.

C'était pourtant là que Noémie Le Tallec avait posé ses valises le temps que finissent ses investigations à la résidence des Ormeaux. Elle n'y avait pas recherché le luxe tapageur et le personnel obséquieux d'un grand établissement touristique, mais plutôt le calme nécessaire à la réflexion et à l'introspection. Et puis, en étant un minimum honnête, on ne pouvait nier que la literie n'était pas mauvaise, ce qui était, à son avis, la principale qualité qu'on devait attendre d'un hôtel.

C'était maintenant la huitième nuit qu'elle passait dans cette modeste chambre aux rideaux grisâtres et aux murs recouverts d'un rose fuchsia pétant. Les sept premières nuits, elle y avait dormi comme un bébé bienheureux, d'un sommeil lourd et reposant. Il fallait croire que les nuits étaient capables de se suivre sans pour autant se ressembler, puisque ce soir-là, Noémie ne parvint pas du tout à s'endormir.

Elle restait dans le noir, les yeux grands ouverts, comme une sentinelle fouillant les ténèbres du regard à la recherche d'un improbable ennemi. Dans son crâne, une intense activité cérébrale s'était mise en branle, ressuscitant les images de sa mère sans vie dans cet étang sordide qui se mêlaient à des souvenirs plus lointains et plus insaisissables, des souvenirs d'enfance évanescents.

Elle ne dormait pas, néanmoins, elle avait la sensation désagréable de cauchemarder, ressentant brusquement un manque et une tristesse infinie comme si elle prenait seulement conscience que sa mère était morte ou plutôt qu'elle venait juste de réaliser l'aspect définitif de son décès. Elle comprenait que son enquête pour découvrir le meurtrier avait étouffé ses sentiments et avait occulté l'idée même de sa disparition. Le docteur Bibollet avait évoqué un phénomène d'autodéfense du cerveau pour atténuer la douleur de cette mort et pour repousser toute idée de deuil, une sorte de disjoncteur mental pour éviter la surchauffe émotionnelle.

Pour l'heure, le disjoncteur était en train de dérailler laissant s'échapper des sentiments déplaisants et douloureux. Noémie se mit à pleurer abondamment et longuement… Roulée en boule dans le lit, elle se laissa aller à son chagrin, sans aucune retenue. Elle en était presque surprise d'être si éplorée. Elle trouvait cela un peu étrange et anormal, vu que sa mère et elle avaient toujours été comme chien et chat. Sans doute que les liens du sang étaient plus forts que leurs anciennes querelles et qu'il ne fallait pas chercher plus loin.

Elle avait très chaud. Il était près d'une heure du matin lorsqu'elle se décida à se lever, juste vêtue d'une culotte en coton et d'un top bleu canard. Elle alla dans la salle de bain pour se soulager et boire un verre. L'eau du lavabo avait un désagréable goût de chlore, mais était très fraîche, c'était tout ce qui comptait pour l'instant : se rafraîchir.

Se rafraîchir et se ressaisir.

La jeune femme ouvrit les volets en bois dans un grincement crissant et s'assit sur une chaise juste devant la fenêtre béante espérant profiter des bienfaits d'un infime courant d'air. Son regard erra dans cette rue envahie par l'obscurité et le silence, sans âme qui vive. En ce mois d'août, malgré la pleine saison touristique, cette rue, excentrée du cœur de bourg et de son animation, était déserte. Un endroit propice pour réfléchir sans être dérangée. Un endroit normalement idéal pour passer une bonne nuit sans être importunée… Mais pour l'instant, le sommeil la fuyait. Ce silence nocturne l'angoissait, accentuant son sentiment de solitude.

Machinalement elle prit son portable. L'écran indiquait 1 h 19. *Déjà 1 h 19 !* Et elle n'avait toujours pas réussi à dormir. Elle n'en avait même pas envie pour l'instant. Elle regarda l'historique de ses textos.

Alexis Hamon lui en avait envoyé un à 22 h 51. Il lui avait écrit un long message pour lui signifier qu'il s'excusait de s'être emporté contre elle aujourd'hui dans le bureau de Jaffré, qu'il aurait dû être plus compréhensif, plus solidaire et plus à l'écoute. C'est vrai qu'elle l'avait rarement vu ainsi. Il paraissait vraiment énervé contre elle. Cela l'avait surprise sur le coup, lui qui de coutume ne savait plus comment lui être agréable ou être à ses petits soins. Finalement, sa colère n'avait duré que peu de temps. Il était si épris d'elle qu'il avait vite passé l'éponge. Cette indulgence l'avait amusée et elle avait juste répondu : « Merci. C'est gentil de ta part ». Lui avait pris cela pour un encouragement et il avait envoyé d'autres SMS.

Des messages professionnels surtout. D'abord celui de 22 h 57 : « Tu avais raison. J'ai cuisiné Jaffré. Il n'a aucun alibi pour les meurtres. On va le surveiller de près celui-là » ; un autre à 23 h 01 : « Les types appréhendés dans le bureau de Lepigouchet ont été placés en garde à vue.

Mais ce sont des tombes. Impossible de leur faire dire le nom de leur chef. Par contre, grâce à leurs empreintes, on a pu retrouver leurs identités dans le fichier central : Yvann Madec et Éric Muliana, des petites frappes interpellées autrefois pour racket, quelques vols ou des coups et blessures » ; et un suivant à 23 h 07 qui ne faisait plus aucun doute sur le fait qu'il voulait se rabibocher avec elle : « Demain, avec Guigui, nous examinons de près la scène de crime de Kaufman. Ce serait bien que tu sois avec nous. Tu pourrais nous aider à comprendre comment le tueur s'y est pris. Si tu veux, tu peux dire à ton marquis de venir aussi. S'il est aussi intelligent et malin que tu le prétends, il ne pourra que nous être utile pour résoudre ce meurtre *a priori* impossible. » Cela l'avait fait sourire et elle avait répondu : « D'accord. Merci. Bisous. »

Le « Bisous » avait peut-être été de trop. Alexis l'avait pris pour argent comptant et avait cessé les messages professionnels pour d'autres, plus personnels. Il lui avait écrit que si elle avait besoin de quoi que ce soit, il était là pour elle, que si elle voulait parler, elle pouvait lui téléphoner n'importe quand, à n'importe quelle heure. Il avait poursuivi en déclarant qu'il trouvait qu'elle faisait preuve d'un courage admirable dans cette épreuve, qu'elle était persévérante et endurante. Il osa même lui envoyer dans un texto qu'elle devait rendre beaucoup de femmes jalouses autour d'elle à force d'allier autant de qualités morales à celle indéniable de la beauté.

C'était la première fois qu'Alexis se permettait de dévoiler un peu ses sentiments à son égard. Malgré tout, il n'avait pas encore l'audace de se déclarer ouvertement, de lui exprimer pleinement ce qu'il ressentait pour elle. Il se contentait de laisser affleurer à travers les lignes quelques mots suggestifs ou quelques allusions. Il ressemblait plus à un amoureux transi qu'à un Don Juan endurci et sûr de lui. Noémie se sentait flattée de la gentillesse de ses mots. Alexis en devenait attendrissant à force d'être aussi maladroit et aussi timoré. Et puis, c'était vrai qu'il était beau ce jeune lieutenant, une vraie gravure de mode… De quoi se laisser tenter… Mais pour réellement se laisser tenter, il aurait fallu qu'Alexis ait davantage confiance en lui. Il manquait beaucoup trop d'assurance.

Elle, ce qu'elle voulait, c'était pouvoir compter sur un homme qui la rassure, qui la soutienne, qui se montre optimiste. Bref, elle ne souhaitait pas seulement quelqu'un de beau à l'extérieur, mais plutôt de solide à l'intérieur, quelqu'un sur qui elle pouvait s'appuyer sans risque qu'il flanche lorsqu'elle avait le moral en train de s'effriter.

Les larmes lui revinrent aux yeux. Assise à cheval sur sa chaise, face à la fenêtre, elle repensa à sa mère et elle se sentit si seule et si triste que c'en était désespérant. L'image rassurante et paternelle de Théodore Dagorn traversa soudain son esprit sans qu'elle y ait vraiment réfléchi. Il s'était immiscé dans ses pensées comme une figure subliminale. Noémie aurait presque aimé qu'il soit là, juste à côté d'elle, pour lui parler, pour la consoler. Ce type avait un don indéniable pour trouver les mots, pour ramener l'espoir en fuite, pour redonner un coup de fouet au moral défaillant. Elle songea même à lui téléphoner… Mais il était près de 1 h 30. Il l'aurait prise pour une folle…

Et pourquoi ne pas téléphoner à Alexandre ? Lui n'aurait aucune objection à ce qu'elle l'appelle en pleine nuit. Depuis le temps qu'il lui annonçait qu'il voulait qu'ils se remettent ensemble. Il lui avait assez dit par textos, il l'avait assez suppliée par téléphone. Il le lui avait même répété il y a deux jours lorsqu'ils avaient dîné ensemble dans ce petit resto à Rennes. Elle ne l'avait pas revu depuis trois mois et elle l'avait trouvé si mignon et si attirant, comme auparavant. Et il l'avait fait rire, comme avant. Cela avait été un beau moment passé tous les deux. Une sorte de bulle de bien-être depuis leur rupture. Bien sûr, il n'avait pas pu passer sous silence ses histoires de tromperie avec sa collègue. Le sujet avait été vite remis sur la table, mais il avait su se défendre avec habileté, sans nier sa responsabilité, tout en insistant sur le fait que cette incartade n'avait été qu'une folie, qu'il n'avait commis cette faute qu'une seule et unique fois et qu'il s'en voulait à mort. Oui, il pouvait jurer qu'il regrettait tout, qu'il ne le ferait plus jamais. Il avait répété à l'envi qu'il n'aimait qu'elle et rien qu'elle, et que sa pétasse de collègue qui l'avait aguiché au bureau ne comptait pour rien. Elle s'était laissé attendrir. Il l'avait embrassée. Elle s'était laissé faire. Il lui avait déclaré qu'il voulait revenir vivre avec elle. Elle l'avait laissé dire… sans rien accepter, sans le contredire pour autant. Il avait continué à lui faire des promesses. Il lui avait dit des choses qu'une femme aime entendre, de tels mots tendres qu'il aurait fallu avoir un cœur de glace pour ne pas sentir ses certitudes se craqueler.

La soirée s'était arrêtée là, mais indéniablement, son ex avait marqué un point. Il n'avait pas encore gagné la partie, néanmoins, elle se sentait sur le point de jeter l'éponge… Enfin, elle ne savait pas trop encore. Elle hésitait.

Cette nuit-là, malgré la chaleur obsédante de cette canicule estivale, elle se décida à retourner se coucher. Il fallait qu'elle se repose un minimum pour avoir les idées claires pour le lendemain. Elle avait tout de même trois meurtres à tenter de résoudre.

Étalée sur son lit, le corps à peine recouvert par le drap blanc, elle gardait les yeux ouverts. Elle se sentait horriblement paumée. Paumée pour l'enquête de l'assassinat de sa mère, autant que pour ses histoires de cœur…

La scène de crime

En début d'après-midi, alors que le soleil était à son zénith, la petite cour hexagonale cernée de hauts murs avait tout d'un sauna. La chaleur y était à peine supportable. Pas vraiment l'endroit idéal pour y tenir une réunion. C'était pourtant là que les lieutenants Guillou et Hamon se trouvaient en compagnie de Noémie et de Dagorn. Ils étaient au cœur de la dernière scène de crime, celle où Rachel Kaufman avait été découverte gisant dans une mare de sang, le crâne fracassé. Ils étaient là pour essayer de résoudre une énigme : comprendre comment le meurtrier s'y était pris pour atteindre sa victime et la tuer dans un lieu clos. Une question que ces quatre personnes s'étaient déjà posée des dizaines de fois sans y trouver la moindre réponse satisfaisante. De l'avis de tous, l'énigme paraissait insoluble.

Ils se décidèrent à énumérer toutes les possibilités d'accès à cette terrasse, autant les plus évidentes que les plus farfelues. Histoire de ne rien oublier, de n'omettre aucune hypothèse. Ils devaient reprendre le problème depuis le début et avancer à tâtons, par supposition. Comme s'il fallait encore complexifier la situation, Alexis Hamon crut bon de rappeler qu'aucune arme n'avait été retrouvée sur place, ni aucun projectile, ni aucun objet contondant, et que la police scientifique n'avait pas décelé d'autres empreintes digitales que celles de la victime.

Pour le moment, Théodore Dagorn resta en retrait de cette discussion entre les trois policiers. Sa jambe convalescente lui interdisant une station debout prolongée, il s'autorisa à s'asseoir sur le banc adossé à une enfilade de roses trémières. À cet endroit, il avait l'infime privilège d'être à la seule place un peu ombragée de la terrasse, de quoi prévenir le risque d'insolation. Pour éviter qu'elle ne plisse, il réajusta sa veste en lin écru, finement taillée en « *drape cut* » et il attendit patiemment, en plaçant le bout de sa canne entre ses mocassins en daim agrémentés de pampilles. Dans cette attitude, il avait tout d'un dandy des Années folles venu en villégiature sur la côte pour prendre des bains de soleil.

— La première possibilité, commença le lieutenant Guillou de sa voix encrassée de nicotine, serait que le tueur soit passé par la baie vitrée…

— Chose que nous savons impossible puisque, lorsque le corps a été retrouvé, la porte-fenêtre était fermée, poursuivit Noémie, et la clef se trouvait toujours dans la serrure, à l'intérieur de la cour. Mme Kaufman s'était enfermée elle-même à double tour pour être tranquille et personne n'a pu franchir cette porte.

— De plus, Séverine Beauverger faisait le ménage à cette heure et elle aurait inévitablement vu une personne pénétrant dans le logement.

— Que sait-on de cette Beauverger ? demanda Hamon le plus sérieusement du monde.

Avant de répondre, Guillaume Guillou s'alluma une cigarette. Puis, sans se presser, il retira d'une poche de son jean un petit carnet. Il le feuilleta avant de lire :

— « *Séverine Beauverger est âgée de 35 ans. Elle a une légère déficience mentale, d'après Jaffré. Elle a toujours vécu avec sa mère à Ploeren, scolarisée dans des classes Ulis à l'école et au collègue à Vannes. Elle a travaillé quelque temps dans l'ESAT Saint-Georges à Crac'h, mais cela fait presque quinze ans qu'elle travaille aux Ormeaux et qu'elle fait l'affaire. Elle est lente, parfois maladroite, mais travailleuse et consciencieuse, et elle ne fait jamais d'histoire.* » C'est tout ce que j'ai sur elle. En tout cas, je ne crois pas qu'elle ferait le moindre mal à une mouche, et encore moins à une pensionnaire du centre.

Noémie acquiesça d'un signe de tête et reprit la suite des hypothèses :

— La deuxième possibilité serait que l'assassin soit passé par l'extérieur, en venant du parc, et aurait escaladé le mur. Seulement, M. Abgrall prétend qu'il se trouvait juste derrière ce mur et qu'il n'a vu personne.

Le lieutenant Hamon l'interrompit :

— La question est : peut-on se fier à ce M. Abgrall ?

— Moi, je pense que oui, précisa Guillou en feuilletant derechef son calepin.

En homme méthodique, il avait déjà fait des recherches sur les différents employés de la résidence, collectant assez d'informations pour en dresser un portrait fidèle. Ses collègues appréciaient cela chez lui, et il n'en était pas peu fier. Il cala son mégot de gitane au coin de sa bouche et lut le fruit de ses investigations :

— « *Charles Abgrall est âgé de 53 ans. Il vit à Arzon, il est séparé de sa femme depuis cinq ans. Il travaille aux Ormeaux depuis dix-neuf ans, en théorie en tant que jardinier, mais en réalité, il est aussi homme d'entretien, plombier, électricien, bricoleur en tout genre, enfin bref, homme à tout faire et à tout réparer. Il a un casier judiciaire vierge. Ses supérieurs n'ont jamais eu à se plaindre de lui, il est toujours disponible, revient même parfois pendant ses jours de repos s'il y a besoin de dépanner. Il est rendant service, comme dit M. Jaffré* ». Moi, je dirais corvéable à merci, mais ce n'est que mon avis, ajouta le lieutenant Guillou avec un sourire ironique. « *Le jour du meurtre, il était en train de tailler les haies de photinias et de troènes, ainsi que des massifs de buis avec deux stagiaires venant de la MFR de Questembert. Il y a Pierre Duval qui a 23 ans et Mathis Courbet, 19 ans. Ils préparent tous les deux un brevet professionnel d'aménagements paysagers. Ils sont en apprentissage en alternance à la MFR. Pour eux aussi, j'ai vérifié. Rien à signaler. Aucun antécédent. Aucun souci avec la justice. Ils m'assurent qu'ils n'ont pas quitté Abgrall de la journée. Ils ont travaillé à l'entrée du parc dans la matinée, puis à 11 h 30, ils sont partis manger tous les trois à la cantine du personnel, avant que ne débute le service du restaurant. Vers 12 h 20, ils ont entrepris de tailler les arbustes qui se trouvent juste derrière* », dit-il en faisant un ample geste de la main. « *Ils n'ont pas quitté l'endroit jusqu'à 16 heures. Et ils sont prêts à jurer que personne n'a pu franchir ces murs, avec ou sans échelle, sinon ils l'auraient immanquablement vu. Le seul moment où Abgrall s'est absenté, c'est lorsque Mme Faure lui a demandé d'ouvrir la serrure. Mais à cette heure-ci, Kaufman était déjà morte.* » Comme vous le voyez, ces trois hommes ont tous un alibi en béton.

— Bien, alors il nous faut oublier l'hypothèse du mur, déclara Noémie un rien désabusée. Il nous reste une troisième possibilité — après celle de l'intrusion par l'intérieur et celle de l'intrusion par l'extérieur — c'est celle de l'intrusion par le haut, par les étages supérieurs, fit-elle en levant son index au ciel.

— Nous avons déjà échafaudé cette hypothèse avec Guigui, et elle n'est pas plus concluante que les autres, affirma Hamon d'une voix mécanique. Nous avons imaginé que le tueur puisse être descendu en rappel jusqu'à la terrasse du rez-de-chaussée pour atteindre sa victime. Mais nous n'avons trouvé aucun indice sur les toits pour étayer cette possibilité. Pourtant, avec cette sécheresse interminable, les tuiles sont couvertes de poussière, quiconque serait passé par là aurait inévitablement laissé des traces. Et ce n'est pas le cas.

— Il y a bien un balcon au troisième étage par où notre tueur aurait pu descendre, mais là encore, c'est impossible, lâcha Guillou en soufflant bruyamment. Ce balcon est celui du logement d'une dénommée Jacqueline Guillemot. À l'heure du crime, elle avait trois amis à déjeuner, Jacques Tanguy, Didier Grosjean et Delphine Even. Ils étaient tous dans la salle à manger, la salle qui donne directement sur le balcon. Alors, à moins d'être l'homme invisible, le tueur n'a pas pu passer par là sans être vu.

— Au deuxième étage, il y a une petite fenêtre ovale qui éclaire un couloir, poursuivit Hamon. Mais elle est trop étroite pour qu'un homme s'y faufile.

De son banc, Dagorn leva la main, pas pour demander la parole, plutôt pour dire qu'il souhaitait une précision. Il n'avait pas soufflé mot depuis le début de la discussion, mais il n'en avait pas raté une bribe.

— Vous voulez dire quelque chose, professeur ?

— Oui, cet œil-de-bœuf, quelles sont ses dimensions exactement ?

Ce fut Guillou qui répondit alors qu'il était en train de sortir une autre cigarette de son étui chiffonné :

— 25 centimètres de large sur 35 de long. J'ai moi-même mesuré. À moins d'être un enfant ou un pygmée à la rigueur, personne ne peut passer par cette ouverture. Quant au premier étage, poursuivit-il, il n'y a ni fenêtre ni balcon, c'est un mur aveugle.

— En bref, notre tueur n'a pu passer par nulle part ! conclut son collègue dépité. Ce n'est pas possible, c'est de la sorcellerie. Comment a-t-il fait son compte ?

Sans rien dire, Dagorn se leva en s'appuyant lourdement sur sa canne. Il s'avança lentement jusqu'au massif d'hortensias qui ornait le milieu de cette cour, sans doute pour se mettre au centre de toutes les attentions, et d'une voix un peu grandiloquente, il s'adressa au trio de policiers :

— J'aurais une petite objection à émettre à votre raisonnement, lieutenant Hamon. Si j'ai bien suivi le cheminement de toutes vos réflexions, je suis persuadé que le meurtrier n'a pu frapper Rachel Kaufman qu'à partir de cette fenêtre. Et uniquement par-là !

— Mais je viens de vous…

Le professeur ne lui laissa pas finir sa phrase, poursuivant sa justification sur sa lancée :

— Vous aviez raison en écartant toutes les autres hypothèses, messieurs. Aucune ne tient la route. Donc, par élimination, il ne reste que la lucarne. C'est la seule possibilité valable. J'en veux pour preuve que le banc a été sciemment déplacé sur plus d'une vingtaine de centimètres vers la gauche, comme le montrent les deux sillons parallèles creusés dans la terre retrouvés le jour du crime. Dans quel but déplacer ce banc, me direz-vous ? Tout simplement pour le positionner exactement sous la fenêtre, à l'endroit idéal pour faire choir un objet suffisamment lourd pour briser le crâne de la pauvre Mme Kaufman.

— M. Dagorn, nous avions déjà envisagé cette hypothèse avant de la rejeter, car elle ne tient pas plus la route que les autres. Aucun projectile n'a été retrouvé au sol ! Aucun !

Le professeur fit un grand mouvement de la main comme pour signifier que cette réfutation ne comptait pour rien. Sans attendre, il joignit la parole au geste, en affichant un grand sourire satisfait :

— L'explication est pourtant d'une simplicité enfantine, messieurs.

— Eh bien, je serais curieux de l'entendre votre fameuse explication.

— Il est évident, comme je viens de vous le dire, que notre tueur a agi de cet œil-de-bœuf, lâcha-t-il avec un ton docte, légèrement suffisant. Vous vous formalisez de l'absence d'un projectile, mais la raison est très simple. Avant de perpétrer son forfait, notre individu a pris soin d'attacher avec une corde sa pierre ou sa bûche ou quelque objet suffisamment lourd pour tuer sur le coup la vieille femme. Vous comprenez mon raisonnement, messieurs ? Il a ensuite jeté son projectile par la fenêtre, la chute ayant provoqué le décès de Mme Kaufman, puis il a lentement et patiemment remonté cette « arme » pour la subtiliser de la scène de crime. C'était simple, mais il fallait y penser…

Il arrêta subitement son discours, un peu à la manière d'un acteur, seul sur scène, qui vient de réciter sa tirade, qui laisse le silence s'installer juste pour le plaisir d'écouter les vivats et les applaudissements dont il est coutumier.

Il n'y eut néanmoins aucune réaction de ce genre et Dagorn en fut quelque peu déçu espérant plus de spontanéité et d'enthousiasme devant le résultat de ses brillantes déductions. Il jugea ces deux flics décidément bien ingrats alors qu'il venait de leur révéler, non sans un certain trait de génie, pensa-t-il, le mode opératoire du tueur. Même Noémie n'avait pas réagi, gardant un visage hermétique.

Il vit enfin les deux policiers réagir. Ils étaient en train de se dévisager mutuellement, comme pour savoir lequel des deux allait prendre la parole. Finalement, ce fut le lieutenant Guillou qui s'y colla, son visage se parant d'une moue de contrariété comme s'il devait effectuer une corvée :

— Désolé, professeur, vous vous trompez. Ce n'est pas de cette manière que cela s'est déroulé.

— Pourtant…

— Je vous assure, insista-t-il d'une voix qu'il cherchait à rendre bienveillante. Nous avions déjà imaginé le stratagème que vous venez de nous détailler, cependant, nous avons rapidement compris que ce n'était pas ainsi qu'il avait agi.

— Et pourquoi donc ? répliqua-t-il vexé.

— Parce que la fenêtre se situe à plus de cinq mètres de hauteur par rapport au sol et que si le tueur avait dû haler un objet, estimé à trois ou quatre kilos minimum par notre médecin légiste, il aurait été physiquement impossible qu'il l'empêche de toucher le mur. Or nous n'avons décelé aucune trace de frottement tout le long de la paroi. Et puis, cet objet qui aurait heurté la tête de la victime aurait été ensanglanté. Et là encore, la police scientifique n'a pas retrouvé le plus petit fragment d'ADN de Kaufman le long du mur, ni gouttes de sang, ni cheveux, ni lambeaux d'épiderme. Je peux vous le certifier, ils sont catégoriques sur ce point : le tueur n'a pas fait disparaître son arme du crime en la remontant jusqu'à lui à l'aide d'une corde. C'est impossible.

Hamon intervint à son tour, un peu plus sèchement que son collègue :

— Voyez, monsieur le marquis, à l'heure qu'il est, nous ne savons toujours pas comment le meurtrier s'y est pris pour se débarrasser de Kaufman, mais une chose est certaine, il n'a pas agi de la manière que vous pensez.

Ils ne dirent rien de plus. À voir le visage défait du quinquagénaire, ils durent penser qu'il n'était pas nécessaire d'en rajouter une couche. Il avait l'air si désappointé qu'il aurait été inhumain d'insister. Après tout, on ne tire pas sur une ambulance, cela ne se fait pas… Les deux policiers préférèrent s'éclipser sans rien dire.

Noémie et Dagorn étaient désormais seuls au sein de cette cour. Lui ne cessait de répéter comme un homme ivre et hébété qu'il restait persuadé que la fenêtre était la seule possibilité. Il n'y avait que par-là que le tueur avait pu frapper. Mais il ne s'expliquait pas l'absence de marque ou de trace le long de la paroi.

— Mais alors s'il n'a pas hissé jusqu'à lui l'arme du crime avec une corde, comment s'y est-il pris ? Comment a-t-il fait ?

La jeune femme le regarda radoter ainsi pendant de longues minutes. Elle n'osait pas trop le reconnaître, mais elle était un peu déçue par son ami. Il lui avait tant vanté son don de la déduction, la sagacité de son esprit hors du commun, qu'elle en avait espéré monts et merveilles. Elle avait cru s'être alliée à une sorte de Sherlock Holmes amateur et elle s'était juste acoquinée avec un professeur de littérature beau parleur qui n'avait finalement pas découvert grand-chose depuis le commencement de cette enquête.

Un beau parleur, oui. Un beau parleur, mais également un homme charmant et charismatique, un personnage positif et élégant. À défaut d'avoir déniché un limier hors pair, elle se disait qu'elle avait rencontré un ami. *Un ami à qui elle pouvait pardonner ses vantardises, un ami à qui elle n'en voulait pas de s'être fourvoyé dans ses raisonnements* songea-t-elle en souriant doucement.

Magnanime, elle s'approcha de lui et lui posa la main sur l'épaule en lui chuchotant d'une voix compatissante :

— Allons, tous les hommes sont faillibles et vous, vous n'êtes qu'un homme.

— En conséquence, je suis faillible, conclut-il avec un sourire timide. Je vois que vous voulez essayer de me consoler à coups de syllogisme.

— J'essaye surtout de vous convaincre que ce n'est pas si grave de s'être trompé.

Il se mit à la dévisager avec intensité de son beau regard vert clair luisant comme une pierre de jade sous les rayons solaires.

— Pourtant, Noémie, pourtant… Je pensais réellement avoir trouvé. La fenêtre ne peut être que la clef de ce meurtre impossible… J'ai beau retourner le problème dans tous les sens, je ne vois qu'elle comme solution.

La jeune policière fit un petit geste de la main pour lui demander de se taire.

— Si cela peut vous consoler, ajouta-t-elle tendrement, dites-vous que personne n'a trouvé, ni vous ni personne d'autre, alors cessez de vous faire du mouron. Ce n'est pas si grave. On ne peut vous en faire le reproche, car personne pour l'instant n'a compris comment Rachel Kaufman a été assassinée.

L'épigramme

— J'ai trouvé ! s'écria Noémie hilare en pénétrant dans l'appartement de Dagorn.

Cette joyeuse saillie tira le professeur de la profonde réflexion dans laquelle il était plongé pour se remémorer tous les faits recueillis au cours de l'enquête des trois meurtres. Ce n'était pas une mince affaire de recouper chaque constatation, de revisualiser chaque scène de crime ou de repenser aux différentes discussions échangées avec tous les protagonistes de cette histoire. Il avait l'impression d'avoir rembobiné un vieux film sur bande et de le rediffuser dans sa tête à différentes vitesses, accélérant les moments qui lui paraissaient les plus dérisoires et ralentir sur les plus cruciaux. C'était une véritable immersion dans l'affaire des Ormeaux. Et c'est à ce moment précis que son amie avait surgi, le sourire aux lèvres et le regard espiègle.

— Trouvé ? Qu'est-ce que vous avez trouvé ? demanda-t-il en émergeant de sa méditation.

— À vous voir aussi sérieux et absorbé, j'ai trouvé qui vous essayez de mimer ! C'est *Le penseur* de Rodin ! Je me trompe ?

Le quinquagénaire leva les yeux au ciel devant l'ineptie de sa remarque.

— Vous pensez vraiment que c'est le moment de plaisanter ? lâcha-t-il consterné. Nous avons un meurtrier qui déambule en toute impunité dans le centre, avec trois morts à son actif et vous, vous persiflez sans état d'âme.

— Oh, ne vous faites pas plus rabat-joie que vous n'êtes, Théodore ! répliqua-t-elle en faisant une mimique malicieuse. Il faut savoir prendre du recul lors d'une enquête, tous les flics de France et de Navarre vous le diront. Si vous prenez tout trop à cœur, vous finirez par péter un câble. Croyez-en mon expérience. Et même si ma mère fait partie des victimes, je ne vais pas m'empêcher de vivre et de rire à cause du salaud qui lui a fait cela. La vie continue sans que j'oublie le tragique de la situation, mais parfois rire est le plus beau pied de nez qu'on puisse faire au malheur.

— Pour le moment, c'est le meurtrier qui nous fait un beau pied de nez en nous ridiculisant ouvertement.

— Je vais vous dire, il ne va pas nous rire au nez très longtemps. Dès que je lui aurai mis la main dessus, je lui foutrai un sacré coup de pied au cul, et avec ce qu'il a fait à ma mère, j'y mettrai tout mon cœur. Je vous assure qu'il ne pourra plus s'asseoir pendant un bon bout de temps ce salopard.

— Avant de songer à vous défouler sur son postérieur, il faudrait encore que nous le démasquions, ce qui n'est pas encore fait.

C'était la première fois que Noémie entendait Dagorn être aussi prudent, voire pessimiste, à propos de l'affaire des Ormeaux. Cela ne lui ressemblait pas. Il avait toujours été plutôt enthousiaste et rassurant depuis le début, persuadé que son observation et sa déduction viendraient à bout de toute cette histoire. Sa voix assombrie exprimait pleinement ce désenchantement.

Il invita la jeune policière à s'asseoir dans une bergère haute et spacieuse recouverte d'un velours de damas, *un vrai fauteuil d'aristocrate,* pensa-t-elle, *qui devait valoir son pesant de cacahouètes sur le marché de l'art.* Il lui servit un verre de porto tout en lui expliquant que c'était du Tawny, du 30 ans d'âge, vieilli dans un fût de chêne, une vraie merveille qu'il se procurait chez un caviste de la rue de la Monnaie à Rennes. Il s'assit en face d'elle et se servit à son tour, très généreusement, sans doute la dose nécessaire pour redonner le moral aux troupes.

Noémie n'avait pas soif. Elle but juste une petite gorgée, par politesse, et elle se décida à lui demander, sans mettre les formes, pourquoi il faisait ainsi grise mine.

— Je n'y comprends rien à rien à toute cette histoire, avoua-t-il avec sincérité. Nous avons le meurtre de trois personnes qui apparemment ne sont apparentées en rien. Pourtant, si notre tueur les a éliminées à tour de rôle, c'est qu'il y a bien une raison, mais laquelle ? Et puis, il y a les messages énigmatiques sur les défauts des victimes, rédigés par un maniaque mystique et illuminé que votre docteur Bibollet ne croit pas du tout maniaque. Mais alors, pourquoi ces messages ?

— Je ne sais pas.

— Mais là où je perds mon latin, c'est avec les meurtres de Lamour et de Kaufman ! Je ne parviens pas à comprendre le *modus operandi* de l'assassin. Comment s'y est-il pris pour empoisonner ce brave François, pour être certain que ce soit lui qui prendrait cet éclair au chocolat et pas un autre ? J'ai beau retourner le problème dans tous les sens, imaginer tous les scénarios possibles, je ne vois pas. Et que dire de la mort de Mme Kaufman, enfermée sur sa terrasse, isolée de l'extérieur ? Comment le meurtrier est-il parvenu à lui casser le crâne sans se faire voir, sans laisser de trace, sans qu'on retrouve la moindre arme sur place ?

— C'est vrai que tout porte à croire qu'il a commis deux crimes parfaits.

— Il n'y a pas de crime parfait, Noémie, seulement des enquêteurs imparfaits, soupira-t-il. Dans ce cas précis, je crains fort que ce soit nous les enquêteurs fautifs. Nous avons forcément oublié quelque chose ou négligé un indice, ce n'est pas possible autrement.

— Sans doute, mais qu'est-ce qu'on a négligé ?

— Je ne sais pas ! Je ne sais pas du tout ! J'ai essayé de repenser aux personnes que nous avions le plus suspectées et leurs possibles mobiles, sans que cela débouche sur quelque chose d'exploitable. Il y a Jaffré qui avait des raisons de tuer votre mère pour ne pas qu'elle ébruite les suspicions de harcèlement sexuel, mais pourquoi tuer les autres alors ? Lepigouchet pouvait se débarrasser de François Lamour pour ne pas avoir à rembourser les 8 000 euros empruntés, mais là encore, pourquoi s'en prendre aux autres ? Ollivier a peut-être éliminé la vieille Kaufman par antisémitisme, mais cette explication ne vaut plus pour votre mère et mon ami. À moins qu'il voulût les empêcher de porter plainte contre lui ? Mais cela me paraît un mobile bien fragile…

— Imaginons alors que le docteur Bibollet se soit trompée et que nous ayons réellement affaire à un dingue qui frappe au hasard ?

— C'est une possibilité, néanmoins, je n'y crois guère. Ces crimes me paraissent trop bien élaborés pour être l'œuvre d'un déséquilibré.

— Vous avez repensé à la liste des noms de personnes qui s'étaient embrouillées avec ma mère ? Le tueur est peut-être parmi eux ?

— La liste est là, sur le guéridon, dit-il en s'emparant d'un bout de papier. Il y avait bien sûr Jaffré pour la raison que nous connaissons. Nous retrouvons les noms de Lepigouchet et Ollivier. Il y a également Mmes Desmon et Rochebonne, les deux commères des Ormeaux. Ces deux pies, je les vois moins en meurtrières qu'en victimes, car à force de calomnier les autres, je m'étonne que personne n'ait encore eu envie de les trucider. Moi-même, l'idée m'a déjà effleuré l'esprit, lâcha-t-il en ricanant un peu puérilement. Il y a Erwan Le Roux, le jeune employé qui est à l'accueil qui, à mon humble avis, n'a pas une once de malice en lui. Même chose pour ma partenaire de bridge, la si gentille Delphine Even. Je ne vois pas non plus Didier Grosjean et Jacqueline Guillemot en meurtriers. Quant à Stéphanie Lecorre, c'est une aide-soignante qui a parfois un caractère de cochon et qui ne mâche pas ses mots envers les pensionnaires, mais de là à occire quelqu'un… Non, tout cela me paraît bien léger. Le tempérament de votre défunte mère étant ce qu'il était, il est logique qu'il y ait eu des disputes entre elle et d'autres résidents, de simples querelles qui ne débouchent pas forcément sur des meurtres.

— Il faudra peut-être vérifier les causes de ces disputes.

— Vous avez parfaitement raison, concéda-t-il. Comme je l'ai dit tout à l'heure, il ne faut rien négliger. Nous les questionnerons au plus vite, à moins que vos collègues s'en chargent.

— C'est prévu. J'ai appris que le commandant Hascouet avait enfin chopé les braqueurs des banques de Rennes qu'il cherchait partout. Maintenant qu'il les a mis sous les verrous, il aura plus de temps à consacrer aux meurtres des Ormeaux.

— Espérons, dit-il en vidant d'un trait la fin de son verre.

Sans attendre, Dagorn se resservit du porto. Il en proposa à la jeune femme bien que son verre fût encore à moitié plein. Elle refusa poliment, préférant écouter le professeur exposer le fruit de ses réflexions :

— En fait, la seule chose dont je suis à peu près convaincu, c'est que le coupable fait partie du personnel.

— Pourquoi donc ?

— *Primo* parce que la plupart des pensionnaires du SSR ne sont pas en état. Beaucoup sont trop esquintés pour perpétrer de tels méfaits. Vous imaginez Mme Desmon en train de se battre alors qu'elle est en fauteuil roulant ?

Ou vous voyez M. Grosjean qui est unijambiste transporter le corps de votre mère dans la brouette ? *Deusio* parce que le meurtrier a eu besoin de se déplacer sans problème dans l'ensemble de la résidence et d'ouvrir les portes de la réserve, celle des cuisines, celle de l'appartement de votre mère pour mettre le message sous le vase, celle du logement de Kaufman pour glisser un billet dans sa bibliothèque, etc. Il fallait quelqu'un qui ait accès aux différentes clefs de ces portes et surtout qui puisse se déplacer sans encombre et sans attirer l'attention, quelqu'un qu'il était légitime d'apercevoir à ces différents endroits.

— Cela se tient comme raisonnement.

— Malheureusement, c'est la seule chose qui se tienne. Aucune autre de mes théories ou suspicions ne tient la route pour l'instant. Mais je vous jure que je finirai par trouver ! déclara-t-il en buvant une bonne rasade de porto.

Noémie Le Tallec était contente de l'entendre positiver de nouveau. Était-ce le fait de récapituler tous les faits, ou peut-être les effets inattendus de l'alcool ingurgité, mais il paraissait reprendre du poil de la bête. Il retrouvait de sa combativité, il reprenait confiance en lui. Elle ne pouvait que l'encourager sur cette voie.

— Vous le coincerez, Théo ! Je vous fais confiance.

En écho à sa phrase, une expression de surprise avait couru sur le visage du professeur. Ce fut bref, mais très perceptible.

— Comment m'avez-vous appelé ? demanda-t-il comme s'il avait mal entendu.

— Eh bien, je vous ai appelé Théo, tout simplement. Cela vous dérange ?

Il esquissa un léger sourire embarrassé qui ressemblait davantage à une moue.

— Honnêtement je ne préférerais pas, finit-il par dire.

— Vous n'aimez pas ?

— J'avoue que je ne suis pas un grand adepte des diminutifs en tout genre. J'ai toujours trouvé cela très restrictif, voire dédaigneux pour la personne dont l'interlocuteur ne semble même pas avoir la patience de prononcer son prénom jusqu'au bout. C'est une forme de paresse de l'esprit. Mais que voulez-vous ? D'aucuns diraient que c'est le mal de notre époque. Tout doit aller vite, se dire vite… ou s'écrire vite comme avec les messages lapidaires des textos dans lesquels les gens amputent sans vergogne les mots, sacrifiant leur orthographe sur l'autel de la célérité et du moindre effort.

Noémie s'amusa de voir son ami prendre la mouche pour si peu, elle eut du mal à contenir un rire.

— Vous n'exagérez pas un peu, cher professeur ? pouffa-t-elle en lui assénant une petite tape sur son bras valide. Ce n'est pas méchant pour un sou et c'est quand même loin d'être une insulte. Après tout, le diminutif n'est le plus souvent qu'une forme de manifestation affectueuse envers une personne qu'on apprécie, non ?

— Bien sûr que le surnom donné vient le plus souvent d'une intention hypocoristique.

— Hypo quoi ?

— Hypocoristique, c'est-à-dire qui se veut gentille ou familière.

— C'était bien ainsi qu'il fallait prendre mon « Théo ».

— Je sais bien, mais je n'en suis pas fervent, voilà tout. Je trouve ceci un peu infantilisant et réducteur. En m'enlevant une syllabe, on mutile mon prénom, on lui enlève un peu de son âme, on altère la rythmique de sa sonorité. Bref, on retranche à mon identité un morceau d'elle-même… Et c'est bien dommage…

— C'est entendu, déclara-t-elle en courbant le haut du corps pour mimer une singulière révérence. Vous ne m'entendrez plus vous appeler Théo. Je me contraindrai de vous dire : Théodore ! Théo-dore ! Thé-O-Dore !

La jeune femme s'amusa à accentuer sa prononciation, ce qui fit sourire le professeur.

— Je vous en serai éternellement reconnaissant, chère madame, répondit-il en entrant dans son jeu.

— Mais sans vouloir vous vexer, admettez que c'est tout de même un peu *has been* comme prénom, poursuivit-elle, un peu daté, non ?

— Sans doute, mais c'est le prénom que mes parents ont choisi à mon attention, en leur âme et conscience, avec toute leur affection, c'est ce qui lui donne toute sa valeur. Et puis, ce prénom n'a pas été choisi au hasard ou en suivant une quelconque mode qui aurait fini par passer et par lasser. Mon prénom a un véritable sens. Il fait partie de mon histoire à part entière, on m'a baptisé ainsi pour une raison bien précise.

— Laquelle ? demanda-t-elle intéressée.

— Mes parents ont eu du mal à m'avoir, vraiment du mal. Je suis finalement arrivé à un moment où ils n'y croyaient plus tellement, ma mère avait plus de 40 ans, et il y avait eu déjà tant d'échecs, tant de déceptions. Alors quand je suis né, ils ont cru à un miracle ! Et ils m'ont appelé Théodore, ce qui littéralement signifie : « don de Dieu ».

— C'est bien trouvé.

— Oh, ce n'est pas original, d'autres avant eux y avaient pensé. Notamment Louis XIII et Anne d'Autriche qui, après vingt-trois ans de mariage sans naissance et après plusieurs fausses couches, se sont réjouis de l'arrivée inespérée du futur Louis XIV. Tout à leur joie, ils l'ont baptisé Louis-Dieudonné. Je pourrais également vous citer l'exemple du poète Agrippa d'Aubigné, continua-t-il avec la verve d'un conteur. Sa naissance fut si compliquée que sa mère est morte en couches, d'ailleurs Agrippa vient du latin *aegre partus* qui se traduit par « enfanté avec peine », mais le nouveau-né a survécu et lui aussi fut prénommé Théodore puisque, d'après le père, Dieu l'avait sauvé pour lui faire don d'un héritier tant désiré.

Noémie l'écoutait maintenant sans que lui vienne l'idée de l'interrompre. Confortablement installée dans sa bergère, elle buvait ses paroles. Elle le trouvait éloquent et passionné. S'il était ainsi devant ses étudiants, nul doute qu'il était un prof apprécié. Ce qui la touchait tout particulièrement était qu'il se confie si spontanément à elle, qu'il s'ouvre une nouvelle fois à elle en toute confiance, comme s'ils étaient des amis de longue date.

— Figurez-vous que ma femme et moi avons également eu quelques soucis pour avoir un enfant. Il s'est révélé qu'Agathe n'était pas aussi féconde que nous l'aurions souhaité. Elle a fait une tonne d'examens, un traitement hormonal, des FIV… sans que cela change quoi que ce soit… Et c'est seulement lorsque nous avons abandonné tout espoir qu'elle est tombée enceinte, raconta-t-il les yeux brillants. Nous étions fous de joie, c'était inespéré !

— Un vrai miracle, en fait !

— Vous vous doutez bien que, contrairement à mes parents, mon athéisme m'empêchait d'associer au prénom de ma fille la référence à une quelconque intervention divine alors nous avons choisi de la prénommer « Victoire », car pour nous, c'était bien une victoire. Une victoire contre la stérilité, une victoire contre la nature, une victoire contre certains spécialistes médicaux particulièrement défaitistes.

— C'est un prénom charmant en tout cas.

— Le plus curieux est que son prénom convient à merveille à notre fille, précisa-t-il. Elle a toujours été forte et persévérante, réussissant tout ce qu'elle entreprend.

Elle a vraiment la victoire en elle, rien ne lui apparaît impossible ou insurmontable…

— Curieuse coïncidence.

— Ce n'est peut-être pas une coïncidence, répliqua-t-il le plus sérieusement du monde. Même si je ne crois pas au destin, je me dis que certains prénoms sont sans doute prédestinés. J'en veux pour preuve que ma mère se prénommait Sophie qui veut dire « sagesse » en grec, et elle était effectivement une femme sage et mesurée.

— Alors, je vous dis tout net que je ne crois pas une seconde aux prénoms prédestinés. Mon père s'appelle Martial et c'est l'homme le plus lisse, le plus calme, le plus débonnaire que je connaisse, il n'a rien de martial ni de belliqueux en lui.

— Disons que c'est l'exception qui confirme la règle.

Elle préféra ne pas répondre, se contentant de boire son porto. À son tour, Dagorn porta son verre à ses lèvres. Il ingurgita deux fines gorgées avec un plaisir non dissimulé. Il resta silencieux encore un instant, les paupières closes, savourant les arômes révélés en fin de bouche, des arômes d'abricot sec et de noisettes torréfiées d'après lui, avec un subtil soupçon de vanille.

C'est là qu'il se produisit quelque chose d'étrange…

L'homme se redressa, en ouvrant brusquement les yeux. Il avait un regard agité, paraissant presque illuminé.

— Quel prénom avez-vous dit ? lança-t-il sans attendre.

La jeune femme marqua une hésitation tant elle était surprise par son attitude.

— Le prénom de mon père ? finit-elle par dire.

— Oui, son prénom ?

— C'est Martial. Pourquoi ?

Dagorn se leva d'un coup de son fauteuil comme s'il était assis sur un ressort. Il se précipita vers sa bibliothèque autant que lui permettait la rigidité de sa jambe.

Il fouilla du regard les différents rayonnages avant de s'arrêter sur un ouvrage relié en cuir rouge rehaussé de dorure sur la tranche.

— Ah voilà, les *Épigrammes* ! s'écria-t-il soudain.

— Vous croyez vraiment que c'est le moment de lire ? lâcha-t-elle narquoise.

— Ce n'est pas pour lire, mais pour vérifier quelque chose.

— C'est quoi votre livre ?

— Ce sont les *Épigrammes* de Martial.

— Martial, comme mon père ?

— Oui, sauf que là, il s'agit d'un poète du Ier siècle.

— Plus vous répondez à mes questions, moins je pige quelque chose ! s'irrita-t-elle. Qu'est-ce que vous cherchez dans ce foutu bouquin ?

— Une réponse à une de nos nombreuses questions, dit-il énigmatique. Je devrais trouver cela dans la table des matières, ajouta-t-il en tournant les pages. Ah voici, épigramme numéro XVIII, page 56. C'est par-là. Presque. Encore trois pages. Voilà j'y suis !

Il se tut au grand désespoir de Noémie qui ne comprenait rien à rien. Il était en train de lire son fameux passage pendant qu'elle piaffait d'impatience. Heureusement, ce fut relativement court. Le professeur s'écria bientôt avec l'expression qu'aurait un footballeur venant de marquer un but :

— Oui, ce ne peut être que ça ! C'est l'évidence même. C'est comme cela que Rachel Kaufman a été tuée.

— Mais comment ? Et pour les deux autres, vous avez aussi trouvé ? interrogea la jeune femme.

— Vous ne comprenez pas, Noémie ! Il n'y a que Kaufman qui compte ! Tout tourne autour d'elle. Depuis le commencement.

— Il n'y a que Kaufman qui compte ? Et ma mère dans tout cela ? Elle est bien morte, oui ou merde ?

— Je ne dis pas le contraire, mais on ne peut concevoir sa mort et celle de François Lamour que si on appréhende la manière et la raison pour laquelle Kaufman a été tuée.

— Mais… Pourquoi ? Que… Qu'est-ce que… Je ne pige plus rien, moi.

— Je suis conscient que mes propos peuvent vous paraître quelque peu sibyllins, mais je vous en supplie, faites-moi confiance. Je crois avoir tout compris, j'en ai l'intuition. Il faut juste que nous ayons la confirmation du mobile et je serai sûr de mes déductions. C'est seulement là que je pourrai tout vous expliquer.

— O.K., Théodore, je vous fais confiance, déclara-t-elle à moitié convaincue. Par où commence-t-on ?

— Remontrez-moi la liste dressée par le lieutenant Guillou sur les pensionnaires de l'internat de Talence.

— Quoi ? Vous en êtes encore là ? s'énerva-t-elle. Guigui a déjà fait des recherches dans cette direction, cela ne donne rien. On perd notre temps. La piste « Talence » ne mène nulle part !

— Talence est forcément la clef, répliqua-t-il avec assurance, car comme je l'ai dit, Rachel Kaufman est au centre de toute cette histoire et on ne peut dissocier Talence de Kaufman, les deux sont intimement liés. Il faut chercher de nouveau.

— Mais on a déjà regardé tout le dossier à s'en user les yeux, insista la jeune femme avec vigueur, ce n'est pas la bonne piste, je vous le dis.

D'une voix plus posée, plus contrôlée, le professeur essaya de la convaincre :

— Écoutez le sage conseil de Paul Valéry qui nous prévient qu'« un fait mal observé est plus pernicieux qu'un mauvais raisonnement. » Il y a effectivement un fait que nous n'avons pas pris en compte et qui change tout.

— Lequel, alors ?

— Voyez dans la liste du lieutenant Guillou, il y a neuf noms, les noms de ceux qui ont l'âge des filles-mères de Talence ou alors l'âge de leurs enfants éventuels. Cependant, nous allons nous concentrer sur les six qui travaillent aujourd'hui aux Ormeaux, à savoir : Fabienne Faure et Stéphanie Lecorre, Alain Lepigouchet, Romain Jouannet, Philippe Jaffré et Gilles Hervieu.

— Et on fait quoi avec ces noms ?

— Cherchez tout d'abord dans leur casier judiciaire.

Le capitaine Le Tallec soupira pour exprimer un certain agacement.

— Aucun d'entre eux n'a de casier judiciaire, Théodore ! Cela fait belle lurette qu'on les a tous épluchés. Vous nous prenez pour des débutants à la police ? C'est ça votre idée de génie ?

— Alors, téléphonez aux différentes préfectures, rétorqua-t-il sans se démonter. Téléphonez aux officiers d'état civil de leurs lieux de naissance, appelez les différentes mairies des communes où ils ont séjourné.

— On cherche quoi au juste ?

— Tout leur historique ! Les lieux qu'ils ont habités, les noms de famille de leurs parents et de leurs grands-parents, s'ils se sont mariés, s'ils ont divorcé… Bref, tout ! Il faut les suivre à la trace du berceau jusqu'à aujourd'hui !

La jeune policière le regarda un peu dépitée, un peu comme s'il venait de lui sommer de décrocher la lune. Pourtant, elle ne contesta pas sa demande, ne rechigna pas une seconde devant la besogne à accomplir. Elle était prête à suivre ses directives sans protester. Elle n'aurait pas pu l'expliquer, mais il y avait quelque chose dans son timbre de voix qui lui imposait le silence et une forme de docilité, tellement il paraissait persuadé d'avoir trouvé le fin mot de cette histoire. Depuis leur rencontre et ces quelques jours passés ensemble, elle n'avait pu que constater l'infaillibilité de la plupart de ses déductions. Elle se décida à lui accorder une nouvelle fois sa confiance. Elle prit juste la parole pour soumettre une suggestion :

— Cela risque de prendre du temps de collecter toutes vos infos et de les confronter entre elles. Histoire de gagner du temps, sur ces six noms, il n'y en a pas un que vous suspectez davantage que les autres, par hasard, que je commence par lui ?

Le quinquagénaire eut un sourire indéfinissable et, doucement, il posa son doigt à un endroit précis sur la liste.

— Si ! dit-il sans cesser de sourire. Je pense effectivement à quelqu'un en particulier.

— Non, vous plaisantez ?

— Il s'agit d'une personne qui a tué trois victimes, il n'y a pas de quoi s'esbaudir.

— Rire, Théodore ! On dit rire au XXIe siècle. Pas s'esbaudir.

Sur ce, Noémie s'installa à la table de la salle et commença par appeler quelques connaissances dans différents commissariats de France. Elle avait besoin de renforts, mais ne pouvait compter sur personne du SRPJ de Rennes, de crainte que le commandant Hascouet découvre qu'elle menait toujours l'enquête malgré son congé. En un rien de temps, le logement de Dagorn se transforma en standard téléphonique. Les appels et les messages se succédaient sur le téléphone de la jeune femme. Celle-ci collectait les informations et les notait scrupuleusement sur une feuille, entourant certains noms ou certaines dates, barrant des mots avec méthode.

Pendant tout ce temps, Dagorn réfléchissait, calé dans son fauteuil, les yeux fermés. Il se remémorait chaque détail à l'aune de sa découverte. Tout lui paraissait soudain si fluide dans son esprit. Tous les faits s'agençaient maintenant d'une façon logique et élémentaire. Dans son cerveau en ébullition, s'assemblait peu à peu chaque pièce d'un immense engrenage mécanique, les roues dentées du mobile s'alignant aux crémaillères de l'opportunité et aux pignons des moyens. La succession des trois meurtres s'expliquait enfin, ainsi que les fameux messages des défauts. Tout s'expliquait. Tout s'éclaircissait. Tout devenait aussi clair que de l'eau de roche. Il était si absorbé par ses pensées qu'il ne s'aperçut qu'au dernier moment que Noémie se tenait debout tout près de lui. Elle lui tendit une feuille qu'elle venait de compléter et annonça :

— C'était bien ce nom, Théodore ! Vous aviez raison !

Elle crut qu'il allait dire « comme d'habitude », mais il n'en fit rien. Au contraire, au lieu de tirer toute la couverture à lui, il se fendit d'un petit compliment, plus gentil que mérité, pensa-t-elle.

— C'est vous qui avez trouvé, Noémie. Moi, je n'ai fait qu'émettre une hypothèse et vous, vous avez trouvé la preuve de ce que je supputais. C'est vous qui avez fait le plus gros.

Il était rare de le voir faire preuve d'humilité, ce qui donnait toute sa valeur à sa déclaration. Elle ne le contredit pas, même si elle savait que son intervention n'avait été que minime par rapport à celle de Dagorn. Elle reprit son smartphone qu'elle avait laissé sur la table.

— Je vais prévenir Alexis par texto. Il faut que lui et les autres viennent l'arrêter tout de suite.

Elle se mit à pianoter sur son écran à une vitesse de dactylo.

« Yeux bleus » se révéla être aussi rapide qu'elle puisqu'il répondit dans la seconde. Le professeur comprit aussitôt que le message avait quelque chose d'étonnant vu les yeux qu'elle écarquillait.

— Que se passe-t-il ? questionna-t-il impatient.

— Manifestement, vous n'êtes pas le seul à avoir démasqué l'assassin, Théodore, souffla-t-elle médusée, car Alexis vient de m'envoyer un SMS pour me prévenir qu'il est déjà ici.

— Mais que dit-il exactement ?

Elle se mit à lire le message : « *Coupable trouvé par Hascouet. Preuves irréfutables. Sommes arrivés aux Ormeaux.* » Elle renvoya un texto très succinct : « *T où ?* » La réponse ne se fit pas attendre : « *Bureau Lepigouchet. Arrestation en cours* ».

— Venez ! s'écria Dagorn en empoignant sa canne. Il faut les rejoindre au plus vite !

Il n'eut pas besoin de se répéter. La jeune femme avait quitté la pièce en même temps que lui pour se précipiter dans les couloirs du centre.

Le dénouement

C'était assez frappant sur le moment : le visage du commandant Hascouet affichait la même fière satisfaction qu'aurait un chasseur de retour au bercail avec une gibecière remplie à ras bord. Il avait le regard brillant de plaisir, un sourire orgueilleux aux lèvres. Il avait de quoi sourire en effet, la traque n'avait pas été évidente et sa proie plutôt habile à se dissimuler, mais il avait fini par l'avoir. Dressé au milieu du bureau du directeur des Ormeaux, Hascouet paraissait triompher.

Près de lui, Alain Lepigouchet était prostré sur une chaise, menotté, le regard dans le vague. Il ne protestait pas, ne pleurait pas. Il paraissait juste abattu, complètement dépassé par les événements. Il subissait la situation sans essayer de se plaindre comme si c'était une fatalité contre laquelle il ne pouvait absolument rien. Ces derniers mois, les problèmes s'étaient tellement accumulés dans sa vie qu'il voyait cette nouvelle épreuve comme un aboutissement de son malheur.

En pénétrant dans la pièce, c'est ainsi que Dagorn et Noémie les avaient découverts, l'un crâne et jubilant, l'autre entravé et accablé. Autour d'eux, se trouvait plusieurs policiers silencieux, ainsi que Mme Faure et M. Jaffré.

Le commandant Hascouet leva soudain les yeux vers la porte, découvrant les deux nouveaux venus. Il les accueillit avec une certaine bonhomie non dénuée d'ironie :

— Ah ! Noémie et son marquis ! Pourquoi ne suis-je pas surpris de vous voir débouler dans mes pattes ? Toujours là où on ne vous attend pas et où vous ne devriez pas être ! Mais aujourd'hui, cela n'a guère d'importance, car tout est fini. On vient d'arrêter le coupable.

— Vous pensez que c'est lui ? demanda la jeune Le Tallec dubitative en désignant le directeur du doigt.

— Oui, c'est bien ce cher M. Lepigouchet qui a tué ta mère ainsi que Lamour et Kaufman.

L'intendante se permit de prendre la parole, s'adressant directement à son ami et collègue :

— Alain, tu n'as pas commis ces crimes ? Ce n'est pas possible.

— Je n'ai tué personne, Fabienne, répondit-il d'une voix lamentable. Il faut me croire. J'avais juste besoin d'argent. Mais j'ai tué personne.

— Connerie que tout cela ! coupa Hascouet. On a trouvé le mobile des trois crimes et ce monsieur n'a aucun alibi.

— Et peut-on savoir ce mobile ? interrogea Dagorn.

— Vous m'auriez étonné si vous n'étiez pas venu mettre votre grain de sel, vous ! s'écria le commandant. Mais le fait d'avoir arrêté notre assassin me rend indulgent. Tout ceci n'était qu'un sordide crime crapuleux. Lepigouchet est un joueur invétéré et surtout un joueur malchanceux. Il a perdu beaucoup d'argent au tiercé et il avait emprunté de fortes sommes à des individus qui se faisaient de plus en plus pressants pour récupérer leur argent. Nous savons déjà que M. Lamour lui avait prêté la somme de 8 000 euros. Le tuer évitait de devoir le rembourser.

— Non, je ne l'ai pas tué, s'insurgea l'homme menotté.

Le commandant ne releva pas cette objection et poursuivit son réquisitoire :

— Nous avons découvert qu'hier ce cher Lepigouchet avait prélevé des sommes d'argent sur les comptes de Mmes Le Tallec et Kaufman. Il avait leur RIB ainsi que leur IBAN et bien qu'elles soient mortes, il s'est viré plusieurs milliers d'euros sur son compte personnel, 5 000 au total, espérant naïvement que personne ne le remarquerait.

— C'est idiot.

— Oui, c'est idiot, mais il l'a pourtant fait. Il faut dire qu'il était aux abois. Les gars qui lui ont prêté de l'argent ne sont pas du genre à plaisanter avec les dettes. La preuve avec les deux costauds envoyés ici même pour le rappeler à l'ordre. Notre homme a pris peur et s'est senti contraint d'en venir à ces extrémités pour s'en sortir.

— C'est vraiment stupide, insista Dagorn. Il n'a pas pu le faire, il se serait douté qu'il se ferait coincer.

— Vous surestimez l'intelligence de Lepigouchet, monsieur le marquis. Apprenez que tous les criminels font des erreurs. Il n'y a que dans les mauvais polars que les flics sont des idiots irrécupérables qui commettent impair sur impair alors que les assassins sont des génies dotés d'un QI hors norme.

— Je relève seulement l'incohérence des faits : M. Lepigouchet aurait été assez malin et habile pour échafauder deux meurtres presque parfaits et il commettrait une erreur aussi énorme en faisant un virement *post-mortem*... Tout ceci ne tient pas la route. Pourquoi aurait-il fait cela ? C'est se tirer une balle dans le pied...

— Je ne sais pas. La panique ? L'affolement ? Enfin, le résultat est là, c'est lui le coupable.

— Un homme capable de manigancer de tels crimes ne panique pas, commandant, renchérit Dagorn. Il a fait preuve à maintes reprises d'un sang-froid extraordinaire pour tout préparer, pour tout calculer, ce n'est pas pour commettre une telle bévue à la fin. Si c'était vraiment un crime crapuleux, il aurait à la rigueur effectué les mouvements d'argent juste avant d'assassiner ses victimes, mais certainement pas plusieurs jours après leur mort. Non, je vous dis que monsieur le directeur n'est pas le meurtrier. Comme vous l'avez dit tout à l'heure, c'est un joueur aux abois qui, mis le dos au mur par ces créanciers, a joué son va-tout en faisant ces virements peu prudents au dernier moment *via* les comptes des défunts…

— Je vous dis qu'il n'a pas d'alibi !

— La belle affaire ! s'exclama le professeur. Combien au sein de cette résidence n'ont pas d'alibi ? Je vous répète que M. Lepigouchet n'est pas notre assassin.

— Je suis d'accord avec M. Dagorn. Alain ne peut pas avoir commis tous ces crimes. Il n'en est pas capable !

Fabienne Faure était intervenue de manière très spontanée. Il était évident qu'elle éprouvait une certaine affection maternelle pour son directeur et ne pouvait se résoudre à le voir partir en prison. Noémie s'était tue depuis le début de la joute entre le commandant et son ami Théodore. Elle sentit qu'il était temps pour elle de parler. Elle pesa ses mots, sachant pertinemment l'importance de ce qu'elle allait divulguer. Elle se tourna vers l'intendante et déclara d'une voix assurée :

— Vous êtes bien placée pour savoir qu'il est innocent, madame, puisque c'est vous qui avez commis ce triple meurtre.

L'annonce eut l'effet d'une bombe. Tous dévisagèrent la jeune femme avec stupeur comme si elle venait de révéler qu'elle était la réincarnation de Jeanne d'Arc. Seul Dagorn ne parut pas surpris. L'intendante s'était figée sur place, la bouche bée, les yeux énormes. Un silence pesant régna sur la pièce pendant de longues secondes, un silence que le commandant fut le premier à briser d'une voix volcanique :

— C'est quoi ce délire, encore ! C'est Lepigouchet le coupable ! Point barre !

— Je maintiens que c'est Mme Faure, répliqua Noémie.

— Eh bien, ce sont des conneries ! Je n'ai ni le temps ni l'humeur nécessaires à vous entendre tous les deux débiter vos élucubrations. On embarque Lepigouchet ! ordonna-t-il en faisant de grands mouvements de bras.

Dagorn se permit la familiarité de lui poser la main sur l'épaule, un geste lent, sans brusquerie, le genre de geste que l'on ferait pour retenir un ami qui va commettre une erreur. Avant que le policier ne l'envoie promener, il eut le temps de lui glisser d'une voix ferme et posée :

— Admettons un instant que vous ayez tort, juste un instant. Imaginez ce qu'on dira de vous en apprenant l'arrestation d'un innocent…

Le professeur avait dû trouver les mots adéquats pour attirer l'attention d'Hascouet. Celui-ci ne pipa mot, se contentant de regarder son interlocuteur avec de grands yeux interrogateurs.

— Imaginez les gens se faire des gorges chaudes de votre bévue au sein du commissariat, ou pire dans la presse, poursuivit-il. Alors que si vous nous laissez vous raconter tout ce que nous avons découvert, personne ne saura jamais rien de votre méprise. Et même, vous pourriez vous attribuer tout le mérite de l'arrestation de la vraie coupable…

Hascouet resta indécis. Il était en train de peser le pour et le contre de cette proposition. D'un côté, s'il acceptait, il reconnaissait son erreur, mais d'un autre côté, il ne voulait pas faire les choux gras du *Ouest-France* à son détriment. Il lâcha à contrecœur :

— C'est bon, je vous écoute. Mais soyez convaincant, sinon je serai capable de vous arrêter pour entrave au bon déroulement de la justice.

Tout naturellement, Noémie Le Tallec laissa la parole à Dagorn. Après tout, c'est lui qui avait tout découvert, il n'était que justice de lui laisser la primeur des révélations.

Et puis, elle commençait à bien le connaître, son professeur. Elle savait qu'il appréciait tout particulièrement faire étalage de ses déductions.

Théodore Dagorn fit quelques pas en faisant taper le bout de sa canne contre le plancher du bureau. Il se plaça devant cet auditoire improvisé et se mit à parler d'une voix claire et forte, reprenant ses habitudes de professeur discourant devant ses étudiants :

— Nous avons trois meurtres commis à quelques jours d'intervalle sur des pensionnaires du centre de SSR des Ormeaux, trois victimes qui, d'après votre propre police, n'avaient aucun lien entre elles, aucun lien familial, aucun lien professionnel, aucun lien économique… Le seul lien qui paraissait exister était celui que le tueur avait créé avec ses petits messages concernant les soi-disant défauts des défunts. Ce tueur considéré comme un maniaque à tendance narcissique et mystique semblait suivre une logique macabre qui lui était propre en punissant des personnes pour leurs travers. Seulement, d'après une psychiatre consultée par le capitaine Le Tallec, notre maniaque n'avait rien d'un authentique maniaque, ne tuant pas ses victimes d'une façon similaire, ne plaçant jamais ses messages près des corps, mais parfois près d'objets ayant appartenu aux défunts ou parfois dans un lieu public. Bref, sans aucun rituel propre normalement aux maniaques ! Partant de ce constat, je me suis dit que l'assassin avait essayé assez maladroitement de nous mener sur une fausse piste.

Hascouet avait noté au passage qu'il avait dit « nous mener », comme s'il se prenait lui-même pour un flic. Décidément, pensa-t-il, il prenait ses aises ce professeur de littérature à force de jouer les détectives amateurs. Et ce n'était pas près de s'arrêter, car il était désormais intarissable, presque excité de pouvoir exposer son point de vue :

— Alors je suis parti de ce postulat : il ne s'agissait ni d'un tueur en série ni d'un psychopathe maniaque. Par conséquent, j'ai analysé chaque meurtre indépendamment l'un de l'autre, chacun dans toute sa singularité, à l'état brut, devrais-je dire. Et qu'est-ce que nous constatons ?

Il avait posé cette question sans attendre de réponse, juste comme un élément de rhétorique.

— Nous constatons que sur ces trois meurtres, l'un d'entre eux fait figure d'intrus. Les meurtres de Lamour et Kaufman sont des crimes bien pensés, bien préparés, alors que celui de Mme Le Tallec est tout autre. C'est le seul qui paraît improvisé, fait à la va-vite. Il n'y a eu aucune préméditation. C'est le crime qui n'était pas prévu. Mme Le Tallec est malheureusement arrivée au mauvais endroit et au mauvais moment et l'assassin a été obligé de s'en débarrasser sur-le-champ, dans la plus grande improvisation.

Dagorn jeta un petit regard compatissant vers Noémie. Il se doutait qu'évoquer la mort de sa mère ainsi, dans toute sa trivialité, pouvait être une épreuve pour elle. Mais il savait qu'il lui fallait poursuivre. Elle l'avait recruté pour l'aider à démêler le vrai du faux dans toute cette affaire et c'est ce qu'il faisait à l'instant même en dévoilant tout ce qu'il avait découvert :

— Prenons maintenant le deuxième meurtre, celui de François Lamour. Il est mort empoisonné par une pâtisserie et la police a retrouvé un billet évoquant le péché de gourmandise. Dès le début, ce point m'a chiffonné, car François n'était pas particulièrement gourmet et gourmand. Il y avait une anomalie dans le raisonnement de ce tueur censé punir les défauts les plus réprouvables de ses victimes. Ensuite, j'ai examiné avec application et méthode la manière dont il avait été empoisonné et j'en suis arrivé à la conclusion que ce meurtre était impossible à réaliser.

— Impossible ? Comment cela, impossible ? s'écria Hamon. Il a bien été commis donc il est possible !

— Vous me comprenez mal, lieutenant, corrigea le quinquagénaire. Ce que je qualifie d'impossible n'est pas l'empoisonnement, mais le fait qu'on ait visé François pour le tuer, lui ! Et lui seulement !

— Je ne vous comprends toujours pas !

— J'ai eu beau émettre toutes les hypothèses possibles et imaginables, même les plus farfelues, et je peux vous certifier que l'assassin n'avait aucun moyen pour cibler cette victime en particulier.

— Le fait que vous n'ayez pas trouvé ce moyen ne veut pas dire qu'il n'existe pas. Vous n'avez pas la science infuse, ironisa Hascouet.

— Je n'ai peut-être pas la science infuse, mais vous ne l'avez guère plus, commandant, répliqua Dagorn mordant, car à ma connaissance, vous n'avez pas non plus trouvé ce fameux moyen. Vous aussi, vous avez cherché et vous avez fait chou-blanc. Alors je réitère ma théorie : François Lamour n'a pas été délibérément visé et choisi. Il est mort par hasard. Le tueur voulait une victime, peu importe laquelle. Il a mis du poison dans la pâtisserie, sachant qu'il y avait vingt-cinq chances sur trente que quelqu'un succombe ce jour-là…

— C'est horrible ce que vous dites, lâcha Noémie.

— Oui, c'est horrible, mais j'y reviendrai plus tard. Concentrons-nous pour l'heure au troisième et dernier meurtre, le seul qui compte vraiment.

— Merci pour ma mère, intervint la jeune femme qui n'appréciait guère la remarque.

— Je me suis mal exprimé, Noémie, pardonnez ma maladresse. Je voulais dire le seul meurtre qui ait vraiment compté aux yeux de Mme Faure, le seul qu'elle eût vraiment commandité depuis le début, le seul qui animait tous ses faits et gestes. Son but ultime : éliminer Rachel Kaufman ! Jamais elle n'avait prévu de tuer d'autres personnes que celle-ci, ce sont les circonstances qui vont l'y obliger.

Le professeur avait lâché sa dernière phrase en toisant l'intendante d'un regard implacable. Elle ne broncha pas du tout. Elle restait stoïque, les yeux sombres et durs, sans même essayer de protester ou de se défendre. C'est en voyant son attitude que le commandant Hascouet réalisa que Dagorn était dans le vrai. Si elle avait été innocente, elle aurait nié, elle aurait contre-argumenté, elle se serait protégée, ou peut-être même qu'elle aurait insulté son accusateur, mais elle ne faisait rien de tout cela. Elle gardait seulement le silence, un silence éloquent, un silence coupable…

— Mais bordel ! Pourquoi a-t-elle fait ça ? lâcha Guillou.

— Pourquoi ? répéta Dagorn. Mais pour punir Mme Kaufman du pire des crimes ! De lui avoir enlevé son enfant, son tout petit enfant.

Il aurait pu en jurer : il avait vu quelque chose passer dans les yeux de l'intendante, une sorte de lumière triste qui avait subitement voilé son regard.

— Fabienne Faure, reprit le professeur, a séjourné durant son adolescence, à l'internat pour filles-mères de Talence, le même que dirigeait Mme Kaufman.

— Ce n'est pas possible, objecta Guillou, j'ai vérifié cette piste et il n'y a aucune trace d'une dénommée Faure dans les registres de l'internat ou même de la mairie.

— Vous avez raison, lieutenant. Faure n'apparaît pas. Pour une raison toute simple, notre intendante est une femme célibataire, divorcée, qui a gardé après sa séparation son nom de femme mariée. Elle continue à se faire appeler Faure, mais avant son mariage, elle avait Gautier comme patronyme. Mais même si vous aviez cherché au nom de Gautier, vous n'auriez rien trouvé, lieutenant, pour la simple raison que Gautier n'est pas son nom de jeune fille. Gautier est le patronyme qu'elle ne porte que depuis l'âge de 21 ans, l'âge où elle a obtenu du tribunal la permission de changer de nom.

— Quel était le nom sous lequel elle était inscrite à Talence ?

C'est Noémie qui répondit à la place du professeur :

— Sous le nom de Maisonneuve. Elle était la fille d'un couple de petits merciers de Vieillevigne en Loire-Atlantique. Nous avons fait des tas de recherches sur l'état civil des différents suspects pour trouver enfin un nom qui correspondait aux registres de Talence.

— Un nom qui correspondait, mais également un âge qui correspondait, précisa Dagorn. Vous aviez déjà débroussaillé le terrain, lieutenant Guillou, en faisant une liste des personnes des Ormeaux ayant l'âge d'une fille qui aurait pu accoucher à Talence ou même d'un enfant né là-bas. Cette liste m'a été très utile, concéda-t-il, ce qui ne manqua pas de flatter l'égo du policier. Je me suis surtout concentré sur les noms des membres du personnel, car pour moi, seul quelqu'un ayant les clefs des différentes pièces et la permission de se déplacer dans l'ensemble de la résidence pouvait être le coupable, ce qui me laissait que six noms : Stéphanie Lecorre ou Fabienne Faure pour les possibles anciennes filles-mères, et Alain Lepigouchet, Ludovic Ollivier, Philippe Jaffré ou Gilles Hervieu pour de possibles enfants nés à l'internat. Nous avons donc fait des recherches sur ces noms et sur le reste de toute leur famille et comme vient de vous le dire le capitaine

Le Tallec, seul le nom de Maisonneuve, *alias* Faure, correspondait.

— Kaufman n'était qu'une salope qui ne méritait pas de vivre !

Fabienne Faure avait brusquement pris la parole, sans y avoir été invitée, de sa propre initiative. La voix ne tremblait pas, elle était sereine et limpide. Depuis le début, elle n'avait jamais cherché à nier quoi que ce soit, et là, de son propre chef, elle avouait tout. Était-ce une vue de l'esprit, mais elle paraissait même ressentir une certaine fierté de reconnaître avoir éliminé la personne qui lui avait fait tant de mal, qui l'avait tant fait pleurer ?

— Je suis arrivée à Talence début 1977, raconta-t-elle sans hésiter, lâchant ses phrases avec rapidité tels des flots jaillissant après la rupture d'un barrage. J'avais 16 ans et au grand déshonneur de mes parents, j'avais un petit bâtard dans le ventre. Ils m'avaient envoyée là en toute discrétion, pour que personne à Vieillevigne ne s'aperçoive de ma grossesse. Vous pensez bien, une fille enceinte à mon âge, sans être mariée, cela ne se faisait pas. Les commères de la commune auraient eu tôt fait de me donner une réputation de dévergondée, une vraie marie-couche-toi-là. Et ça, mes parents ne pouvaient pas le supporter. Mon père disait toujours : « C'est pas parce qu'on n'a point trop de sous, qu'on n'a point d'honneur chez les Maisonneuve. » Pourtant, mon bébé était un enfant de l'amour. Son père s'appelait Roland. Il habitait la commune voisine. C'était un beau jeune homme de 21 ans, le fils de la famille Chevalier, de petits industriels aisés qui possédaient une usine de papeterie à Rocheservière au bord de la Boulogne. On se fréquentait en cachette, on s'aimait et puis je suis tombée enceinte par accident. Quand mes parents l'ont su, ils m'ont envoyée dans cet internat de filles-mères dirigé par Mme Kaufman. Là-bas, j'étais coupée du monde, avec d'autres réprouvées, des filles qui avaient fauté comme moi. Il y en avait aussi certaines qui avaient été violées, mais ce n'était pas pour autant qu'elles étaient mieux considérées. Elles étaient grosses et il ne fallait pas que cela se sache... Il m'a fallu quelques semaines pour faire parvenir un courrier à Roland et lui expliquer ma situation. Il m'a répondu, dit-elle en esquissant un sourire délicieux. Dans une très belle lettre, il me disait qu'il m'aimait, qu'il voulait m'épouser et reconnaître l'enfant. Je suis allée aussitôt le faire savoir à Mme Kaufman, lui confier que ma situation allait se régulariser, que mon bébé ne serait jamais un bâtard, car il porterait le nom de son père. J'étais aux anges, persuadée que ma vie venait brusquement de s'embellir. Mais cette vieille peau en avait décidé autrement. Elle a écrit un courrier aux parents de Roland, une longue lettre à charge contre moi, affirmant que j'avais envoûté leur fils, que j'étais tombée exprès enceinte pour lui mettre la main dessus, sur lui et surtout sur la fortune familiale. Elle prétendait que je n'étais qu'une fille aux mœurs légères, une fille à soldats quoi, le genre de fille à écarter les cuisses contre de l'argent, alors là pour avoir la fortune des Chevalier, je n'avais pas rechigné à les écarter, plus d'une fois... Et puis, juste après, des journalistes sont venus pour parler de l'internat. Ils ont fait un article pour le *Sud-Ouest* comparant l'établissement de Talence à l'hôpital général de la Salpêtrière du XVIIe siècle lors du grand renfermement[27]. Ils faisaient le parallèle entre ces deux lieux, disant qu'ils avaient la même fonction : « discipliner les mœurs de filles à la moralité douteuse, redonner le goût de l'effort et du travail à celles qui avaient goûté

---

27. C'est ainsi qu'est appelée la politique royale débutée dans la deuxième moitié du XVIIe siècle pour enfermer les mendiantes et prostituées.

au vice ». Il y a même eu une photographie où on me voyait dans la cour avec certaines de mes copines vêtues de cette blouse hideuse. Je suis sûre que c'est cette salope de Kaufman qui a tout manigancé. La preuve, c'est que le journal *Sud-Ouest* ne diffusait pas jusqu'en Vendée ni en Loire-Atlantique et pourtant, plusieurs exemplaires ont atterri à Vieillevigne et à Rocheservière… Vous imaginez les conséquences… Roland m'a écrit ensuite, me parlant de l'effet désastreux de la lettre de Kaufman et de l'article de presse. Il disait que, dans ces conditions, le mariage n'était plus possible, que ses parents s'y opposaient fermement, qu'ils menaçaient de le déshériter… Bref, qu'il ne voulait plus de moi et de notre enfant…

Le ton de Fabienne Faure se mua imperceptiblement. Cette femme forte, habituée à tout gérer et tout contrôler, perdait de son assurance. La voix se fit plus plaintive et plus torturée. Le rappel de ces moments douloureux réveillait une peine depuis si longtemps enfouie.

— J'ai accouché au sein même de l'internat en septembre 1977. Je ne me rappelle plus trop de cet instant. Je sais juste que j'ai eu un fils, aux cheveux très noirs, aussi noirs que ceux de son père. Je me souviens aussi que dans la salle où j'avais accouché, on m'a fait signer des tas de papiers. On m'a dit que c'était pour régulariser la naissance, pour le déclarer à l'état civil… En fait, on m'a fait signer des documents reconnaissant que j'abandonnais mon fils, que je le confiais à l'assistance publique… Ça, je ne l'ai su qu'après… Bien après, quand c'était trop tard… Kaufman m'a avoué que mon fils avait été adopté par des gens très bien et que c'était mieux ainsi, qu'il aurait une plus belle vie qu'avec moi. Et je ne l'ai plus jamais revu. Je ne sais même pas quel nom il porte aujourd'hui ni s'il est encore vivant…

La voix s'était brusquement cassée. L'émotion était en train de la gagner. L'intendante s'était laissé aller à replonger dans son intimité, ravivant en même temps une vieille blessure mal cicatrisée. Elle dut marquer une pause, le temps de se ressaisir. Ce n'était pas son genre de défaillir. Elle devait se reprendre.

Lorsqu'elle ouvrit de nouveau la bouche, la voix était plus neutre. Cette femme avait repris la maîtrise d'elle-même. Pas de doute, c'était une femme forte. La vie avait dû se charger de l'endurcir.

— Le plus tôt que j'ai pu, je suis allée travailler sur Paris. Je voulais mettre de la distance entre moi et les commères de Vieillevigne qui ne se gênaient pas pour médire sur mon dos. J'ai fait changer mon nom de Maisonneuve. Ce nom, je ne pouvais plus le porter, il était avili. Il était comme un vêtement trop sale, trop souillé à garder sur soi. Ce nom était entaché de trop de mauvais souvenirs, il me rappelait sans cesse que j'avais été une réprouvée. Sans doute aussi que je voulais punir mes parents de ne pas m'avoir mieux soutenue durant cette épreuve, peut-être tout simplement pour oublier. Enfin bref, j'ai changé mon nom. À Paris, je suis devenue comptable. J'ai épousé en 1982 Jean-Pierre Faure. J'ai beaucoup aimé cet homme, précisa-t-elle en souriant doucement. Nous nous sommes installés à Limoges. J'ai été heureuse avec lui là-bas. Mais pour mon malheur, je ne pouvais pas lui donner d'enfants. Vous réalisez le comble de la situation ? demanda-t-elle à l'assistance sans s'adresser à quelqu'un en particulier. Moi qui avais été fille-mère, voilà que mon ventre était devenu aussi stérile qu'un désert de sel. J'ai fait des tas d'examens qui n'ont fait que confirmer ce triste constat. Jean-Pierre avait un très fort désir d'enfant et au bout de onze ans, il m'a quittée. Il a refait sa vie avec une femme qui a pu le combler comme il le méritait. Cela a été une période affreuse pour moi. J'en ai reporté toute la faute sur Kaufman, me persuadant que si elle ne m'avait pas forcée à abandonner mon enfant, j'aurais pu être de nouveau féconde. Il y avait dû y avoir un blocage psychologique lié à ce traumatisme vécu à Talence. Enfin, ce n'est pas certain, mais il doit y avoir une explication de ce genre à mon inexplicable stérilité. Pour ne pas devenir folle, pour ne pas me sentir inutile, j'ai travaillé pour l'UNICEF. Durant dix ans, j'ai arpenté la planète pour m'occuper des enfants des autres, avec un dévouement sans faille. Je voulais donner ce trop-plein d'amour maternel que je n'avais pu donner à mon fils. J'ai aimé mon fils par procuration en chérissant d'autres enfants. Quand je suis rentrée en France, j'ai enchaîné divers boulots liés à la comptabilité et à la gestion de divers établissements. En 2010, je suis arrivée ici, à Sarzeau, au centre des Ormeaux. Je m'y suis sentie bien, faisant mon travail le plus consciencieusement possible. Tout allait pour le mieux jusqu'à ce que le hasard vienne mettre son petit grain de sable dans mon existence bien rangée, bien huilée. Il y a six mois, Rachel Kaufman ressurgissait dans ma vie, sortie des tréfonds d'un passé que je croyais enfoui à jamais. Vous imaginez la scène ? Cette vieille peau se trouvait là, devant moi, mal en point, avec des fractures de la clavicule et de l'humérus. Pourquoi ici, dans un centre de SSR de Bretagne, et pas un dans son coin en Nouvelle-Aquitaine ? Je ne sais pas et peu importe d'ailleurs, elle était bien là, devant moi. Je l'ai reconnue aussitôt malgré sa vieillesse. Et d'un coup, j'ai ressenti une haine immense envers elle. Cette haine que j'avais déjà éprouvée contre cette salope, une haine que je croyais apaisée, éteinte par les années, avait subitement refait surface, plus véhémente que jamais, plus tenace. Je ne pourrais pas l'expliquer, mais c'est ainsi, je l'ai haïe dès l'instant où je l'ai revue. Je crois que l'envie de la tuer a surgi à la même seconde. Je devais lui faire payer toute sa méchanceté, toute sa vilenie, toute sa cruauté… Son séjour aux Ormeaux était programmé sur plusieurs mois et j'avais tout le loisir d'échafauder mon plan et de l'appliquer.

— Mais comment vous vous y êtes prise, bordel ? coupa Hascouet avec brusquerie. Comment vous avez fait pour la tuer alors qu'il n'y avait aucune issue sur cette foutue terrasse ?

— Oui, c'était quoi votre plan ? renchérit Alexis Hamon impatient. On a pensé à tout, on a formulé des tas d'hypothèses, mais on ne voit vraiment pas comment vous vous y êtes prise.

Malgré leur insistance, Mme Faure ne répondit pas. Elle paraissait soudain épuisée d'avoir tout déballé, d'avoir mis au grand jour un secret dissimulé depuis tant d'années. Il en avait fallu de la force pour soulever la chape de plomb qui recouvrait son passé depuis si longtemps. Ce fut Théodore Dagorn qui vint à son secours.

Il prit la relève avec une certaine satisfaction et sûrement un peu de prétention. Il n'aimait rien tant que ces instants où il pouvait exposer à la face des autres la fulgurance de ses déductions. L'homme n'était pas modeste et ce n'était un secret pour personne.

— Si Mme Faure le permet, je répondrai à sa place le temps qu'elle se remette de sa lassitude. Si je suis dans l'erreur, elle n'aura qu'à me reprendre, annonça-t-il d'un ton qui signifiait qu'il n'envisageait pas la possibilité de se tromper. Ce jour où Danielle Le Tallec est décédée était un dimanche, comme nous le savons tous, un jour où il y a beaucoup moins de personnes présentes aux Ormeaux, où il est possible de se déplacer dans le centre avec plus de discrétion. C'est ce jour que Mme Faure a choisi pour aller dans la réserve puisque c'est là qu'elle y dissimulait l'arme prévue pour tuer Mme Kaufman. Je ne pense pas que vous veniez pour la récupérer, dit-il en se tournant vers l'inculpée, seulement vérifier si elle était « prête ».

— Prête ? Comment ça « prête » ? interrogea Hascouet. Qu'est-ce que vous voulez dire par là ?

— Patience, commandant, patience. J'y viens, mais il ne faut pas aller plus vite que la musique. Il faut laisser le temps au temps.

Hascouet éprouvait quelques difficultés à garder patience devant ce civil présomptueux qui voulait lui donner des leçons d'investigation. Il détestait particulièrement la théâtralité qu'il cherchait à conférer à l'instant, juste pour maintenir le suspense ou pour créer son petit effet. Il laissa faire cependant, parce que l'autre était en train d'aborder le premier meurtre :

— Alors que Fabienne Faure était affairée dans la réserve, Mme Le Tallec a surgi dans ce petit bâtiment son livre à la main. Nous savons qu'elle était curieuse et intrusive, ce qui n'était pas le moindre de ses défauts, lâcha-t-il en jetant un regard grave vers Noémie. Elle est arrivée comme un cheveu dans la soupe, comme un chien dans un jeu de quilles, bref, elle est tombée au mauvais moment. Pour Mme Faure, c'était la catastrophe. Elle a craint que cette intruse fasse le lien entre ce qu'elle voyait et le meurtre prévu pour le lendemain ou le surlendemain. Peut-être que Le Tallec n'aurait jamais fait ce lien, mais il était trop dangereux de prendre le risque. Par conséquent, Mme Faure a réagi aussitôt, avec efficacité, comme elle sait si bien le faire. Elle s'est emparée de la serfouette qui traîne toujours dans la réserve, celle-là même dont se sert le cuisinier pour ouvrir les gros emballages. Et elle l'a frappée à la tête. Je ne sais pas si elle l'a tuée sur le coup, mais en tout cas, sa victime s'est effondrée au sol de tout son poids. Voyant le sang couler, je suppose qu'elle a pris un sac de congélation qui se trouvait sur une étagère et elle en a recouvert entièrement la tête pour éviter qu'une mare de sang se propage sur tout le carrelage.

Dagorn vit les lèvres pincées de Noémie et ses poings crispés. Par sa voix, elle découvrait la mort de sa mère dans toute sa brutalité, presque comme si elle la vivait. Il ne voulut pas en rajouter dans le tragique pour ne pas la bouleverser davantage, pourtant, il aurait voulu questionner l'intendante pour savoir si Le Tallec était vraiment morte aussitôt du coup reçu à la tête ou si, agonisante, elle avait péri étouffée dans le sac de congélation. Il préféra ne pas poser de question morbide, la police le ferait de toute façon ultérieurement. Inutile pour lui de torturer davantage la jeune fille en détaillant la mort de sa mère.

— La situation était critique pour Mme Faure. Elle se trouvait avec une morte sur les bras et pas celle qu'elle avait prévue. Le plus important pour l'heure était de ne pas être vue avec ce cadavre. Elle ficela au mieux le sac autour du cou de la morte pour ne pas que le sang se répande partout, puis elle enferma sa victime dans la réserve. C'est une bâtisse assez peu fréquentée, surtout un dimanche. Aucun risque qu'on trouve le corps tout de suite. J'imagine que vous êtes retournée dans votre bureau ou dans votre logement et que vous avez réfléchi à la situation. Vous n'êtes pas le genre de femme à paniquer, vous avez l'habitude de gérer des moments de crise, pas de ce genre-là, bien sûr, mais tout de même, vous avez le sang-froid nécessaire pour ne pas vous laisser submerger par vos émotions. Vous avez réfléchi froidement et méthodiquement. Vous ne pouviez plus reculer désormais, de toute façon, je ne pense pas que vous ayez songé un instant à ne plus tuer Mme Kaufman. Et vous avez trouvé la solution ! dit-il en la désignant du doigt. Cette nuit-là, vous avez mis des gants pour ne pas laisser d'empreintes digitales. Vous avez emprunté une porte de service, une porte sans caméra. Vous avez récupéré le corps que vous avez hissé sur la brouette du jardinier et vous l'avez transporté jusqu'à la mare, malgré l'obscurité. Vous avez mis le corps dans l'eau, vous l'avez mis sur le ventre, ce qui a été une erreur à cause des lividités cadavériques. Puis vous avez jeté le livre au loin. Vous avez essuyé la serfouette que vous avez lancée dans l'eau. Par contre, je ne sais pas ce que vous avez fait du sac de congélation, mais vous avez dû le faire disparaître d'une manière ou d'une autre. Soit vous l'avez brûlé, soit vous l'avez mis à la poubelle sachant que les éboueurs passeraient le lundi matin, dès l'aube. Enfin, vous êtes retournée chez vous pour mettre en place le reste de votre plan.

— Quel plan ? demanda Guillou.

— Celui du soi-disant tueur en série. Pour ne pas éveiller les soupçons, Fabienne Faure a inventé ce personnage du psychopathe maniaque à tendance narcissique et mystique. Elle a décidé de créer une série de meurtres afin de mieux dissimuler son meurtre, celui de Mme Kaufman. Ce n'était pas ce qui était prévu au commencement, mais la mort de Le Tallec changeait la donne. Pour ne pas qu'on fasse le lien entre ces deux morts, il fallait en provoquer une troisième, voire une quatrième, on ne sait jamais. Il fallait faire penser à un cinglé qui tuait selon une certaine logique.

— La logique des défauts ? lâcha Alexis Hamon.

— Oui, précisément. Pour Danielle Le Tallec, le défaut de curiosité paraissait couler de source. Elle a rédigé son petit message en se débrouillant pour l'enrober d'un discours religieux avec ajout d'extraits de bibles et de sommes trouvés sur internet. Puis, vous l'avez placé au plus vite dans sa chambre, plié sous un vase. Quand ?

Je ne sais pas ? Sans doute dans la journée du lundi, avant l'arrivée de la police.

— Et pour M. Lamour ?

— J'y viens ! Pour créer son personnage de psychopathe, je vous ai dit qu'il fallait une seconde victime. Mais qui ? Elle ne détestait personne, n'avait aucun contentieux avec un tiers. Alors elle a laissé le hasard choisir à sa place. Elle a concocté un poison à base de ciguë. Elle a dû cueillir ce lundi quelques plantes, elle a broyé tige, racine et fleurs. Elle a laissé macérer le tout durant quarante-huit heures et elle a récupéré un jus létal. Je suppose qu'elle l'a mis dans une seringue, plus facile à utiliser. Le jour de l'anniversaire du directeur, elle a vu l'occasion rêvée de mettre son projet à exécution. Elle connaissait les habitudes du cuisinier, ainsi que les lieux. Elle a profité d'une absence de Kévin Gapaillard pour injecter le poison dans un éclair au chocolat. Au moment du goûter, elle a pris pour elle une tartelette aux fraises. D'après le cuisinier, elle a placé la bougie d'anniversaire sur une tartelette. Sur la vidéo, nous la voyons nettement donner des tartelettes à deux personnes précises, M. Grosjean et Mme Even. En fait, voici trois personnes qu'elle appréciait particulièrement et dont elle voulait éviter la mort à tout prix. Pour les autres, elle s'en remettait au hasard pour choisir à sa place.

— Comment vous avez pu faire ça ? s'insurgea Noémie en toisant l'intendante. C'est inhumain !

— Ce qui est inhumain, c'est qu'on m'ait volé mon enfant, madame, répondit-elle d'un ton si calme que c'en était sidérant. Alors pour me venger de cette ignominie, j'étais prête à tout. S'il avait fallu tuer cent personnes pour atteindre au final Kaufman, je l'aurais fait sans sourciller, même mille.

— Finalement, c'est ce pauvre François Lamour que vous avez empoisonné, continua le professeur avec verve.

Je pense que vous aviez rédigé à l'avance son message, car cela aurait été trop long pour faire des recherches sur internet avant l'arrivée de la police. Seulement, comment écrire un billet sur le défaut d'une personne que vous ne connaissiez pas ? Vous ne saviez pas à l'avance qui allait mourir, donc vous ne saviez pas de quel travers l'accuser… Peu importe, vous avez choisi la facilité : puisque la victime mourrait en mangeant, vous avez songé à la gourmandise et vous avez disserté sur ce thème. C'est cela qui m'a intrigué depuis le départ : ce pauvre Lamour n'avait rien d'un glouton alors pourquoi l'accuser d'un tel défaut ? Ce n'est que par la suite que j'ai compris votre raisonnement. Je pense que dès que vous avez constaté les premiers symptômes du poison sur votre victime, vous vous êtes empressée d'aller dans votre bureau, vous avez pris votre message sur la gourmandise et vous avez écrit sur le verso de la feuille « Pour Lamour ». Mais où mettre votre papier ? Pas dans la chambre de la victime, puisqu'un médecin et d'autres membres du personnel tentaient de soigner François. Vous risquiez d'être vue. Vous avez opté pour la prudence et vous l'avez mis dans la corbeille du courrier au milieu des enveloppes, certaine que la police la trouverait.

Subitement Dagorn marqua une pause. Il n'était nullement fatigué de raconter, au contraire, il paraissait exalté, entièrement enflammé par son récit. Mais il voulait laisser le temps à son auditoire de digérer toutes ces informations. La pause fut brève tant il était impatient de poursuivre sa brillante démonstration :

— Ça y est ! La psychose était à son comble aux Ormeaux ! déclara-t-il en levant un bras au ciel. La plupart des résidents croyaient en cette histoire de psychopathe frappant à l'aveugle au sein du centre. Beaucoup avaient peur et voulaient fuir. Même Mme Faure a joué la comédie à fond, se plaignant que ce soudain exode mettrait à mal les finances, que c'était une catastrophe sans nom. N'a-t-elle pas exhorté les policiers à arrêter au plus vite la folie meurtrière du tueur ? lâcha-t-il en prenant les lieutenants Guillou et Hamon à témoin. Pourtant, à ce moment précis, elle se moquait bien du budget des Ormeaux, de sa comptabilité et des dettes. La seule chose à laquelle elle songeait était que le climat était propice à un troisième et dernier meurtre, celui auquel elle aspirait depuis tant de temps : se débarrasser de Rachel Kaufman ! C'était le seul meurtre qu'elle avait prévu de longue date, dont elle avait envisagé chaque aspect, chaque détail. Tout était finement pensé pour créer un meurtre parfait, ou disons presque parfait.

— Bon sang ! Finirez-vous par nous dire comment elle s'y est prise, foutu bavard, ou nous laisserez-vous mariner encore longtemps dans notre jus ? s'emporta Hascouet au faîte de son impatience.

— La difficulté pour Fabienne Faure était d'éliminer quelqu'un qui ne sortait quasiment jamais de son logement et les rares fois où elle le faisait pour ses soins, elle était toujours accompagnée de son kiné ou d'une aide-soignante. Impossible de la tuer dans ces conditions. De plus, lorsque quelqu'un entrait dans son appartement, une femme de ménage ou l'homme d'entretien, elle se barricadait invariablement dans sa chambre ou sur sa terrasse. Il n'y a pas à dire, les gens associables sont des individus difficiles à tuer, osa-t-il en ricanant. Notre assassin a donc envisagé de perpétrer son meurtre dans un de ces deux lieux, mais la chambre était à exclure, car il était impossible d'atteindre la victime. Il ne restait plus que la terrasse. Cela tombait bien, avec ce climat béni des dieux, Mme Kaufman adorait y aller pour bronzer ou tout simplement se réchauffer les os, il y avait donc de multiples opportunités de s'en débarrasser.

— Des opportunités, mais peu d'accès.

— Vous avez tout à fait raison, lieutenant. Nous savons désormais qu'il n'y avait aucun moyen pour un individu de pénétrer dans cette cour fermée, que ce soit par l'intérieur du logement, ou par l'extérieur, en franchissant les hauts murs.

— Nous avons aussi découvert qu'il était impossible de venir du toit ou même de l'appartement du troisième étage, le seul dont le balcon ait vue sur la terrasse de Kaufman, car à l'heure du crime, il était rempli de convives et personne n'a rien vu ni rien remarqué.

— C'est pourquoi j'ai vite supposé que la petite fenêtre du deuxième étage, celle qui est au bout du couloir, était l'élément clef de notre affaire, glissa le quinquagénaire en souriant.

— Sauf que vous savez bien qu'elle est trop étroite pour que quelqu'un s'y faufile, souffla Hamon d'exaspération, et descende tuer sa victime avant de remonter. On ne pouvait pas non plus y balancer un projectile sur Kaufman sans qu'on retrouve ce projectile ensuite sur la terrasse. Nous avons déjà envisagé toutes les possibilités hier, et vous le savez bien puisque nous étions ensemble. Nous avons déjà retourné le problème dans tous les sens, sans rien trouver. En théorie, il n'y avait aucun moyen de tuer la vieille !

— Pourtant elle est morte, donc il existait un moyen ! s'exclama le professeur enthousiaste. Et ce moyen, c'est Noémie Le Tallec qui me l'a soufflé par hasard.

— Moi ? dit la jeune femme étonnée.

— Vous vous rappelez lorsque nous avons parlé du prénom Martial ?

— Oui, mais je ne vois pas ce…

— Ce prénom n'est pas seulement celui de votre père, mais également celui d'un auteur latin du Ier siècle. Martial est célèbre pour ses *Épigrammes* et j'ai soudain repensé à celle concernant la mort d'un homme. Il ferma les yeux et se mit à réciter d'une voix lente et saccadée : « *Sous la porte voisine du portique d'Agrippa, à l'endroit où le pavé glissant est arrosé d'une pluie incessante, un fragment de cette eau glacée par l'hiver tomba sur la gorge d'un jeune homme qui entrait dans ce temple humide ; après avoir précipité les tristes destins du malheureux, le poignard amolli s'est fondu dans la plaie brûlante qu'il avait faite. Quels jeux cruels n'a-t-on pas à redouter de la fortune ? Où la mort n'est-elle point, si l'eau peut aussi nous égorger ?* [28]» Vous comprenez maintenant ? demanda-t-il en rouvrant les paupières.

— Vous voulez dire que…

— Que Fabienne Kaufman est morte en recevant un bloc de glace sur la tête. C'était l'arme parfaite, car, une fois fondu, nous n'en trouvions plus trace… N'est-ce pas, Mme Faure ? C'est bien ce bloc de glace que vous avez « fabriqué » dans la réserve ?

— Oui, admit-elle d'une voix blanche. Le freezer de mon réfrigérateur n'était pas assez puissant pour créer un glaçon aussi gros, j'ai donc utilisé le congélateur de la réserve pour en fabriquer un. C'est lorsque je l'ai sorti pour vérifier sa taille et son poids l'autre dimanche que Danielle Le Tallec a déboulé devant moi, me demandant ce que j'étais en train de faire. Ensuite, cela s'est passé très vite, comme vous l'avez raconté. J'ai eu peur qu'elle comprenne plus tard et j'ai réagi de façon… radicale. C'est dommage qu'elle se soit trouvée là, lâcha-t-elle en regardant Noémie comme si elle voulait formuler des excuses,

28. Livre numéro 4, épigramme XVIII.

parce que je ne voulais tuer que Kaufman à l'origine, et personne d'autre.

— La veille de son meurtre, à un moment où Mme Kaufman a été faire des soins, vous êtes entrée dans son appartement et vous avez déplacé le banc de la terrasse pour le placer pile sous la fenêtre.

— C'est exact.

— Vous avez inséré votre billet sur la délation dans un des livres rangés dans sa bibliothèque, persuadée qu'elle ne le trouverait pas, mais que la police le découvrirait plus tard en faisant une perquisition en bonne et due forme.

— C'est exact.

— Mais en voulant trop bien faire, vous avez commis une petite erreur. Seule une personne assez érudite aurait pu songer qu'on remarquerait le mauvais placement d'un livre romantique parmi les réalistes. Ce qui permettait de soustraire un certain nombre de noms à la liste des suspects.

— On ne peut pas penser à tout, lâcha-t-elle en haussant les épaules pour signifier que cela n'avait plus guère d'importance. Il fallait de toute façon que mon tueur en série finisse sa besogne, concéda l'intendante en souriant timidement, donc j'ai placé ce mot en souhaitant qu'on le trouve. Je devais donner un défaut à ma victime, et quel meilleur défaut pouvais-je trouver à cette vieille peau que la délation ? C'était bien elle qui m'avait calomniée auprès de la famille Chevalier et de la presse.

— Et le lendemain midi, vous êtes montée au deuxième étage avec votre gros glaçon.

— Il était lourd. Je l'avais dissimulé dans un sac pour mieux le porter et surtout pour qu'on ne le remarque pas. Heureusement, je n'ai croisé personne. J'ai ouvert la petite fenêtre du couloir et j'ai aperçu Kaufman en train de se faire dorer au soleil comme à son habitude. J'ai visé du mieux que j'ai pu et j'ai lâché mon bloc de glace. Il lui a atterri pile sur le crâne, pile où il fallait. J'ai entendu un craquement, comme si ses os se brisaient comme du petit bois, du bois trop sec, trop vieux. La vieille s'est écroulée d'un coup, sans un cri, sans un râle. Le glaçon a fini sa course sur le carrelage de la terrasse, près d'une plate-bande de fleurs. La terrasse est orientée plein sud, c'est un vrai four en milieu de journée. Je savais qu'il fondrait rapidement, disparaissant à jamais.

— Sauf que ce matin-là, Séverine Beauverger a fini son ménage un peu plus vite que prévu et a donné l'alerte un rien trop tôt. Lorsque le capitaine Le Tallec et moi-même sommes entrés, nous avons remarqué que la terre des plates-bandes était mouillée. Curieux alors que visiblement les fleurs n'avaient pas été arrosées et paraissaient avoir soif. Pourquoi cette petite flaque dans la terre ? Et juste à cet endroit-là. Cela m'avait intrigué sur l'instant. C'étaient tout simplement les ultimes traces du glaçon, mais ceci, je ne l'ai deviné que bien plus tard.

— J'ai joué de malchance à ce moment-là, dit-elle.

— Moins que Mme Kaufman en tout cas, rétorqua Dagorn, car elle, elle est morte.

— Croyez-moi, elle le méritait amplement. Ce n'était qu'une garce jusqu'au bout des ongles.

— Qui suis-je pour juger ? lâcha-t-il pour conclure.

Il se tut définitivement. Il n'avait plus rien à dire, il avait déjà tant dit et tant fait pendant ces douze jours pour résoudre ce crime.

Il était grand temps pour le commandant Hascouet de reprendre la main. Il avait trop longtemps été spectateur pendant que le marquis s'arrogeait le premier rôle. Il ordonna qu'on libère le malheureux Lepigouchet et, d'une voix exagérément martiale, il s'adressa à Hamon :

— Lieutenant, veuillez passer les menottes à Mme Faure !

L'intendante le regarda avec un sourire indicible. Elle paraissait presque soulagée ou du moins apaisée.

— Cela m'est bien égal maintenant, dit-elle doucement en tendant ses poignets. Je me suis vengée. La vieille Kaufman a gâché ma vie et désormais, elle est morte, c'est la seule chose qui compte à mes yeux. Faites de moi ce que vous voulez, cela n'a plus aucune importance.

Épilogue

Il y avait tant de monde sur le perron du manoir qu'on se serait cru à la sortie d'une église un jour de noces, quoiqu'il manquât des guirlandes de fleurs, des cris de joie et des lancers de riz. À la place, on voyait des mines graves et des regards interrogateurs. Des propos qui paraissaient insensés se propageaient de bouche à oreille. On se répétait sans trop y croire que la si exemplaire Mme Faure venait d'être arrêtée. On ne savait pas vraiment comment le bruit avait pu se véhiculer aussi rapidement dans la résidence, mais les faits étaient là : des dizaines de pensionnaires et plusieurs membres du personnel s'étaient rassemblés en catastrophe en haut du grand escalier pour essayer d'en savoir plus, ou du moins, pour voir de leurs propres yeux si cette rumeur folle était fondée. Il ne leur avait pas fallu attendre trop longtemps avant de le savoir.

Bientôt, la lourde porte d'entrée fut ouverte par des flics en uniforme. Derrière eux, apparut, soigneusement encadrée par deux policiers en civil, la haute stature de l'intendante. Fabienne Faure était menottée. Des cris et des onomatopées exprimant l'étonnement se firent entendre d'emblée. Flanquée de son escorte, la prisonnière s'avança, stoïque, sans hésiter et sans trembler. La foule se fendit sur son passage, dans un silence surprenant.

Dagorn était parvenu à se faufiler entre ces remparts de corps, jouant parfois des coudes pour atteindre son ami Isidore Ndiaye. De cette nouvelle position, il pouvait observer la coupable tout à son aise. Son visage était paré d'un masque presque impassible, qui reflétait juste de l'apaisement. Elle s'était fait justice en tuant celle qui lui avait volé son enfant, maintenant, pour elle, plus rien ne paraissait avoir d'importance. Comme si l'idée d'être jugée et enfermée ne la chagrinait même pas. Ce n'était que la logique des choses. Elle avait tué trois personnes et elle allait en payer le prix, comme elle avait fait payer le prix à la vieille Kaufman. « Cette Mme Faure, c'est la dignité faite femme » murmura Dagorn à son ami sans pouvoir s'empêcher d'éprouver un soupçon d'admiration. Fabienne Faure aurait pu être l'héroïne d'une tragédie des temps modernes, une personne frappée par le malheur et qui s'était vengée, quelles qu'en fussent les conséquences.

La scène était singulière, avec tous ces pensionnaires et employés qui s'écartaient sur son passage, formant sans le réaliser une sorte de haie d'honneur. Dans leurs yeux, Dagorn décelait des regards étonnés, mais surtout soulagés. Ils devaient concevoir qu'avec cette arrestation, ils ne couraient plus aucun risque à rester aux Ormeaux, que tout danger était enfin écarté. Ils devaient ressentir la même joie que les personnages des légendes bretonnes qui entendaient la charrette de l'Ankou[29] s'éloigner, signe que l'heure de leur mort n'avait pas encore sonné et qu'ils pourraient continuer à vivre.

Le reste se déroula très rapidement. Une fois arrivés devant une voiture de police, le lieutenant Hamon lui fit baisser la tête et l'installa sur le siège arrière. Guillou et un flic en uniforme prirent place à l'avant du véhicule qui ne tarda pas à démarrer. La foule silencieuse le suivit du regard le long du chemin bitumé, jusqu'à ce qu'il soit happé par une rangée de tamaris. C'est à cet instant seulement que la foule commença à se désagréger, en petits

---

29. Personnage de la mythologie bretonne. Il s'agit du serviteur de la mort qui collecte dans sa charrette les âmes des défunts récents.

groupes qui retrouvaient peu à peu la parole. Les gens échangeaient leurs impressions, d'abord à voix basse, puis de manière plus affirmée et plus convaincue. Ils s'égaillèrent bientôt à travers la résidence dans une cacophonie d'avis et de ressentis.

Le commandant Hascouet arriva à hauteur de Théodore Dagorn. Il resta mutique le temps de s'éponger le crâne et le visage avec son vieux mouchoir à carreaux. Cela dura un moment, à tel point que le professeur se demanda si l'autre n'en faisait pas exprès, pour gagner de précieuses secondes afin de trouver les mots adéquats. Ses lèvres charnues s'entrouvrirent enfin pour lâcher un amas de mots rauques à peine audibles :

— Voilà une bonne chose de réglée. Mais vous parlez d'un meurtre alambiqué comme pas possible ! Il n'y avait qu'un type à l'esprit aussi tordu que vous pour être capable de le résoudre.

Sans rien ajouter, il lui serra la main avec une poigne de forgeron, de quoi vous disloquer les phalanges et les métacarpes. Quand il desserra son étau, il descendit les marches en pierre d'un pas lourd et pataud pour rejoindre sa voiture. Dagorn était encore en train de masser sa main endolorie lorsqu'il entendit la voix rafraîchissante de la jeune Noémie. Il se retourna et la vit assez près de lui, avec un sourire ravissant à faire chavirer le cœur des anges.

— Mine de rien, je crois que le commandant vient de vous dire quelque chose de gentil.

— Vous croyez ?

— Évidemment. Si je traduis bien le langage hascouetien, je dirais même qu'il vous a remercié… à sa manière.

— C'était pour le moins succinct comme discours.

— De sa part, il ne faut pas en attendre davantage.

— Alors, je m'en contenterai.

Elle s'avança de deux pas, juste assez pour se retrouver face au professeur.

— Pour ma part, je serai plus explicite, continua-t-elle avec douceur. Je sais pertinemment que c'est grâce à vous que nous avons démêlé cette affaire. Vous m'avez confié que « Théodore » signifiait le « don de Dieu ». Je crois qu'effectivement, vous portez bien votre nom. Je ne sais pas si c'est le bon Dieu qui vous a placé sur mon chemin, ou seulement le hasard, mais votre sagacité a permis de résoudre le meurtre de ma mère, ainsi que les deux autres.

— Pour démêler l'écheveau de cette enquête, avec des nœuds aussi compliqués que celui de Gordios[30], je crois me souvenir que nous étions deux. Je n'aurais rien pu faire sans vous.

— Ne jouez pas les modestes, Théodore, ce n'est pas votre genre. C'est vous qui avez fait le plus gros. Et pour cela, je ne peux que vous remercier.

Elle s'approcha encore de lui, suffisamment pour qu'il sente son souffle chaud contre son visage, et elle l'embrassa généreusement sur la joue. Il resta interdit quelques instants, avant de se ressaisir :

— Pour un tel prix, je suis prêt à mener toutes les enquêtes que vous voudrez.

Noémie répondit par un simple sourire :

— Vous retournez à Rennes ? demanda-t-il, un peu troublé.

— Il le faut bien. Mon congé prend fin. Je reprends le boulot dans trois jours. L'institut médico-légal doit me

---

30. D'après une légende grecque, le nœud de Gordios (ou le nœud gordien) reliait le joug d'un char et son timon. « Sans commencement ni fin apparente », il avait la réputation d'être impossible à dénouer, jusqu'à ce qu'Alexandre le Grand y parvienne.

rendre le corps de ma mère demain et l'inhumation a lieu dans deux jours. Dès ce soir, mes frangins et mon père débarquent chez moi pour régler les derniers papiers et bien sûr pour la cérémonie. Et…

— Et ?

— Je retourne voir Alexandre.

— Ah ? lâcha-t-il en surjouant le surpris.

— Vous pensez que j'ai tort ?

Il n'hésita pas à répondre :

— Je pense que vous avez raison d'essayer. Depuis le temps que vous m'en parlez, je vois que pour vous, la rupture n'était plus évidente. Vous vous demandez si votre histoire est réellement finie ou si elle a des chances d'être poursuivie. Si vous vous posez autant de questions, c'est que vous avez encore des sentiments pour lui. Votre ex a été persévérant, a tenté de vous reconquérir maintes fois en vous téléphonant. Il a l'air de s'être amendé. Alors, je vous conseille de foncer ! Allez-y ! Vous devez en avoir le cœur net. Si cela fonctionne de nouveau entre vous, c'est que vous avez fait le bon choix. Si vous ne le faites pas, vous le regretterez toute votre vie. C'est Oscar Wilde qui nous dit qu'il vaut mieux « avoir des remords que des regrets ». Si cela ne marche pas mieux entre vous, au moins vous serez fixée une bonne fois pour toutes.

— Je suivrai votre conseil. Merci pour ça aussi.

Elle posa de nouveau la douceur de ses lèvres contre sa joue et l'embrassa. Elle s'écarta en souriant.

— Vous viendrez me voir à Rennes ?

— Je vous promets de venir vous voir quand je serai complètement rétabli… Dans quelques semaines, peut-être moins, si mon kiné fait des miracles, dit-il en riant.

La jeune femme prit la peine d'aller saluer Isidore Ndiaye qui patientait en haut de l'escalier aux côtés de Mme Even. Elle le remercia à son tour et dévala l'escalier sans se retourner. Elle grimpa dans sa Peugeot et mit le contact. La voiture manœuvra sur le gravier du parking avant de s'échapper du domaine des Ormeaux.

Elle avait à peine disparu qu'Isidore s'approcha de son ami en lui disant de sa voix débonnaire :

— Maintenant que tout est fini, cela va vous faire un vide. La vie dans la résidence va vous paraître bien insipide, mon cher.

— C'est sûr que ne plus enquêter va me manquer, souffla Théodore.

— Je ne parlais pas de l'enquête, idiot, mais de la femme.

Dagorn le dévisagea un peu sévèrement :

— Allons, vous dites n'importe quoi, elle pourrait presque être ma fille.

— Mais ce n'est pas le cas.

— Je suis trop vieux pour ce genre de bagatelle.

— Disons que vous avez de l'expérience, ajouta Ndiaye en rigolant, et vous n'êtes pas dénué d'un certain charme, peut-être un peu désuet, mais si atypique.

La brave Delphine Even, qui se trouvait trois marches plus haut que les hommes, n'avait rien perdu de leur discussion. Elle s'y invita avec gourmandise :

— Effectivement, je trouve que mon coéquipier de bridge a encore de beaux restes, dit-elle en clignant de l'œil.

— Voyez, mon cher Théodore, même Mme Even le concède. Croyez-moi, bien des femmes en vous découvrant pourraient citer ce magnifique passage de la Bible : « Tes caresses sont meilleures que du vin, meilleures que la senteur de tes parfums. Ta personne est un parfum raffiné. C'est pourquoi les jeunes filles sont amoureuses de toi.[31] »

— Vous dites n'importe quoi, Isidore.

---

31. Extrait du *Cantique des Cantiques*.

Dagorn avait lâché cette phrase en haussant les épaules. Ndiaye hésita avant d'en rajouter. Il ne voulait pas être inconvenant. Il attendit quelques secondes et, persuadé d'être dans le vrai, il poursuivit :

— Je vois qu'elle connaissait la signification de votre prénom, mais connaît-elle celle du sien ?

— Non, je ne crois pas.

— Et vous, savez-vous quel est le sens étymologique de « Noémie » ?

— Oui, je le sais.

Delphine Even intervient :

— On peut savoir ? Moi, je ne le connais pas. Je ne suis pas aussi érudite que vous, messieurs.

— Cela vient de l'hébreu, un mot signifiant « agréable », répondit Ndiaye.

— Le moins que l'on puisse dire, c'est qu'elle porte admirablement son nom, cette petite, commenta Mme Even en souriant malicieusement.

— C'est vrai qu'elle le porte bien, lâcha Dagorn pensif.

— Allons, ne soyez pas si mélancolique, je suis sûr que vous la reverrez un jour cette jeune femme.

Le professeur lança son regard au loin, à l'endroit même où la 3008 avait disparu, entre les longs plumeaux des tamaris. De ses lèvres pincées, s'échappa une petite phrase, presque anodine, mais riche de sens :

— C'est ce que je lui ai promis en tout cas.

Du même auteur

La Société des Derlines (Intégrale), Éditions Charles Corlet (2014).

Pris au piège dans la poche de Chambois – Témoignages de civils, Éditions Charles Corlet (2014).

À la folie, et autres histoires de jalousie meurtrière, Éditions Charles Corlet (2015).

Je méritais une autre mort : cinq secrets d'outre-tombe, Éditions Charles Corlet (2016).

Le manoir du marchand d'armes, Éditions Charles Corlet (2017).

Confesse – le destin d'un prêtre libertin, Éditions Charles Corlet (2018).

Vous avez demandé le 17, ne quittez pas (recueil collectif), Au mot près Éditions (2021).

Dernière nuit à Ouessant, Éditions Ouest-France (2022).

Rien à foot (recueil collectif), Au mot près Éditions (2022).

Image de couverture : © Adobe Stock / Zlata B
et © Adobe Stock / Barbara Helgason

Éditions **OUEST-FRANCE**

Éditeur Hervé Chirault
Coordination éditoriale Isabelle Rousseau
Conception graphique et mise en page
Studio graphique des Éditions Ouest-France
Photogravure Graph&Ti, Rennes (35)
Impression Sepec numeric, Péronnas (01)

Édilarge SA, Rennes
ISBN : 978-2-7373-8882-8
Dépôt légal : mai 2023
N° d'éditeur : 10977.01.2,3.05.23
Imprimé en France
editions.ouest-france.fr

sepec numérique

Impression & brochage - France
Numéro d'impression : N08311230580 - Achevé d'imprimer : Avril 2023

IMPRIM'VERT®